O CASTELO AZUL

LUCY MAUD MONTGOMERY

O CASTELO AZUL

TRADUÇÃO: LIVIA KOEPPL

Principis

Esta é uma publicação Principis, selo exclusivo da Ciranda Cultural
© 2020 Ciranda Cultural Editora e Distribuidora Ltda.

Traduzido do original em inglês
The blue castle

Texto
Lucy Maud Montgomery

Tradução
Livia Koeppl

Preparação
Karoline Cussolim
Fernanda R. Braga Simon

Revisão
Eliel Cunha

Produção editorial e projeto gráfico
Ciranda Cultural

Imagens:
Tartila/Shutterstock.com;
Raftel/Shutterstock.com;
Gleb Guralnyk/Shutterstock.com;
GoodStudio/Shutterstock.com

Dados Internacionais de Catalogação na Publicação (CIP) de acordo com ISBD

M787c   Montgomery, Lucy Maud, 1874-1942

            O castelo azul / Lucy Maud Montgomery ; traduzido por Livia Koeppl. - Jandira, SP : Principis, 2020.
            256 p. ; 15,5cm x 22,6cm. - (Literatura Clássica Mundial)

            Tradução de: The blue castle
            Inclui índice.
            ISBN: 978-65-5552-203-7

            1. Literatura canadense. 2. Romance. I. Koeppl, Livia. II. Título. III. Série.

2020-2515

CDD 813
CDU 821.111(71)-31

Elaborado por Odilio Hilario Moreira Junior - CRB-8/9949

Índice para catálogo sistemático:
1. Literatura canadense: Romance 813
2. Literatura canadense: Romance 821.111(73)-31

1ª edição em 2020
www.cirandacultural.com.br
Todos os direitos reservados.
Nenhuma parte desta publicação pode ser reproduzida, arquivada em sistema de busca ou transmitida por qualquer meio, seja ele eletrônico, fotocópia, gravação ou outros, sem prévia autorização do detentor dos direitos, e não pode circular encadernada ou encapada de maneira distinta daquela em que foi publicada, ou sem que as mesmas condições sejam impostas aos compradores subsequentes.

SUMÁRIO

Capítulo 1 7
Capítulo 2 18
Capítulo 3 22
Capítulo 4 28
Capítulo 5 31
Capítulo 6 36
Capítulo 7 42
Capítulo 8 49
Capítulo 9 59
Capítulo 10 64
Capítulo 11 70
Capítulo 12 83
Capítulo 13 85
Capítulo 14 88
Capítulo 15 95
Capítulo 16 99
Capítulo 17 102
Capítulo 18 106
Capítulo 19 112
Capítulo 20 119
Capítulo 21 129
Capítulo 22 137

Capítulo 23 140
Capítulo 24 144
Capítulo 25 148
Capítulo 26 153
Capítulo 27 159
Capítulo 28 172
Capítulo 29 177
Capítulo 30 182
Capítulo 31 187
Capítulo 32 194
Capítulo 33 199
Capítulo 34 202
Capítulo 35 206
Capítulo 36 211
Capítulo 37 213
Capítulo 38 217
Capítulo 39 228
Capítulo 40 232
Capítulo 41 239
Capítulo 42 242
Capítulo 43 252
Capítulo 44 254
Capítulo 45 256

CAPÍTULO 1

Se não houvesse chovido em uma certa manhã de maio, a vida de Valancy Stirling teria sido completamente diferente. Ela teria comparecido, juntamente com o restante de sua família, ao piquenique de noivado de tia Wellington, e o doutor Trent teria ido a Montreal. Mas choveu, e é por causa disso que você vai ouvir o que aconteceu com ela.

Valancy acordou cedo, na apática e desesperançada hora que precede o amanhecer. Não dormira muito bem. Às vezes é difícil dormir bem quando você sabe que fará vinte e nove anos no dia seguinte, ainda é solteira e vive em uma família e em uma comunidade em que mulheres não casadas são estigmatizadas, tratadas como aquelas que falharam em conseguir um marido.

Deerwood e os Stirlings fazia tempo haviam relegado Valancy à irremediável condição de solteirona. Mas ela mesma nunca abandonara uma patética e vergonhosa esperança de que o romance cruzasse seu caminho – nunca, até aquela horrível e úmida manhã, quando finalmente aceitou o fato de que tinha vinte e nove e ninguém a queria.

Sim, eis o que lhe doía. Valancy não se importava muito em ser uma solteirona. Afinal, pensava ela, ser solteirona não era, de forma alguma, tão horrível quanto ser casada com alguém como o tio Wellington, o tio Benjamin ou mesmo o tio Herbert. O que lhe doía era o fato de nunca ter tido a chance de ser qualquer coisa além de uma solteirona. Nenhum homem jamais a desejara.

As lágrimas brotaram em seus olhos, enquanto ela jazia ali, sozinha, na escuridão vagamente acinzentada. Não se atreveu a chorar com a liberdade que queria por dois motivos. Primeiro porque tinha medo de que o choro provocasse de novo aquela dor no coração. Ela sentira uma pontada após se deitar – muito pior do que qualquer outra que já tivera. E, segundo, também temia que a mãe percebesse seus olhos vermelhos no desjejum e a incomodasse com suas triviais, persistentes e inoportunas perguntas.

"Imagine se eu lhe respondesse com a mais pura verdade: 'Estou chorando porque não posso me casar'", pensou Valancy, com um sorriso triste aflorando em seus lábios. "Certamente mamãe ficaria horrorizada, embora eu saiba que ela sente vergonha todos os dias de sua vida por ter uma filha velha e solteirona."

No entanto, é claro que as aparências tinham de ser mantidas. "Não é", Valancy conseguia ouvir a voz afetada e ditatorial da mãe afirmando: "Não é *apropriado* uma moça pensar em *homens*".

Pensar na expressão da mãe fez Valancy rir – ela possuía um excelente senso de humor, mas ninguém de sua família suspeitava disso. Aliás, havia muitas coisas sobre Valancy de que ninguém suspeitava. Sua risada foi bastante contida e subitamente ela viu-se ali, uma figura pequena, encolhida, inútil, escutando a chuva cair e observando, com triste desgosto, a luz fria e impiedosa que entrava em seu quarto feio e sórdido.

Ela conhecia de cor a feiura daquele quarto – conhecia e detestava. O piso pintado de amarelo, com um hediondo tapete ao lado da cama e seu grotesco cão "enganchado" nele, sempre lhe sorrindo quando ela acordava; o papel de parede vermelho-escuro, desbotado; o teto descorado por antigos vazamentos e cheio de rachaduras; o lavatório diminuto e estreito; o lambrequim de papel pardo com rosas roxas; o antiquado espelho manchado, partido ao meio, apoiado na inadequada penteadeira; o velho pote de *pot-pourri* feito pela mãe em sua mítica lua de mel; a caixa com tampa de conchas e um buraco no lado, que a prima Stickles havia feito em sua igualmente mítica infância; a almofada de alfinetes bordada com miçangas, sem metade das contas; a única cadeira do aposento, dura e amarela; o velho e desbotado lema "Morta, mas não esquecida" tecido em fios coloridos em volta do rosto velho e sombrio da bisavó Stirling; as fotografias antigas de parentes remotos, havia tempo banidas dos aposentos do andar de baixo. Havia apenas duas fotografias que não eram de parentes. Uma era a velha imagem cromada de um filhote de cachorro sentado na soleira de uma porta, em meio à chuva. Essa imagem sempre conseguia deixar Valancy infeliz. Aquele cachorrinho desamparado, encolhido na porta, naquela chuva torrencial! Por que *alguém* não abriu a porta para ele entrar? A outra imagem era uma opaca gravura recortada da rainha Louise descendo uma escadaria, que tia Wellington prodigamente lhe havia dado em seu décimo aniversário. Por dezenove anos ela contemplou com raiva a bela, convencida e vaidosa rainha Louise. Mas nunca ousou destruí-la ou removê-la dali. Sua mãe e a prima Stickles teriam ficado horrorizadas, ou, como Valancy irreverentemente se expressava, em seus pensamentos, teriam tido um faniquito.

Todos os cômodos da casa eram feios, é claro. Mas a aparência nos aposentos do andar inferior fora minimamente mantida. Não havia dinheiro para arrumar quartos que nunca alguém via. Valancy às vezes sentia que, se lhe tivessem permitido, poderia ter feito algo pelo seu quarto, mesmo sem dinheiro. Mas sua mãe negara todas as suas tímidas sugestões, e Valancy não insistira. Ela nunca insistia. Tinha medo. Sua mãe nunca aceitava objeções. Se contrariada, a senhora Stirling ficaria emburrada por dias, com ar de duquesa ofendida.

A única coisa de que Valancy gostava em seu quarto era a possibilidade de ficar lá à noite, sozinha, para chorar, se assim o desejasse.

Mas, afinal, qual era a importância de ter um quarto feito, se ele só é utilizado para dormir e se vestir? Nunca permitiam que Valancy ficasse sozinha em seu quarto por qualquer outro motivo. A senhora Frederick Stirling e a prima Stickles acreditavam que, se alguém desejasse ficar sozinho, era porque tinha algum propósito sinistro. Mas o quarto de Valancy no Castelo Azul era tudo o que um quarto deveria ser.

Valancy, tão acovardada, subjugada, anulada e desprezada na vida real, costumava deixar-se levar esplendidamente por seus devaneios. Ninguém da família Stirling, ou de suas ramificações, suspeitava disso, muito menos sua mãe e a prima Stickles. Elas nunca souberam que Valancy possuía duas casas, a feia e apertada casa de tijolos vermelhos na Elm Street e o Castelo Azul, na Espanha. Valancy vivia em espírito no Castelo Azul desde que podia se lembrar. Era uma criança muito pequena quando se viu em posse dele. Quando fechava os olhos, sempre conseguia vê-lo com clareza, com suas torres e seus estandartes no alto da montanha repleta de pinheiros, envolto em sua vaga graça azul, recortado contra o céu crepuscular de uma bela terra desconhecida. Tudo de maravilhoso e bonito havia naquele castelo: joias usadas por rainhas; vestes tecidas com luar e fogo; divãs bordados com rosas e ouro; longos lances de escadas com degraus de mármore, grandes urnas brancas e donzelas esguias subindo e descendo, em meio à névoa; pátios com colunas de mármore, onde fontes cintilavam e rouxinóis cantavam entre as murtas; salões com espelhos que refletiam apenas belos cavaleiros e encantadoras mulheres – ela era a mais encantadora de todas, e os homens estavam dispostos a morrer por um único olhar seu. Tudo que a fazia suportar o tédio de seus dias era a esperança de alegrar-se com seus sonhos à noite. A maior parte dos Stirlings, se não todos, teria morrido de horror se soubesse de metade das coisas que Valancy fazia em seu Castelo Azul.

Para começar, tinha muitos admiradores lá. Ah, apenas um de cada vez. Alguém que a cortejava com todo o ardor romântico da época da Cavalaria e a conquistava após longa devoção e muitos atos de bravura e depois se casava com ela com pompa e circunstância na grande capela do Castelo Azul.

Aos doze anos, esse admirador era um belo rapaz, com cachos dourados e olhos de um azul-celeste. Aos quinze, era alto, moreno e pálido, mas ainda necessariamente bonito. Aos vinte, era ascético, sonhador, espiritual. Aos vinte e cinco, tinha o queixo definido, que lhe dava uma aparência levemente taciturna, e o rosto forte e vigoroso, em vez de bonito. Valancy nunca tinha mais de vinte e cinco anos em seu Castelo Azul, mas recentemente, muito recentemente, seu herói ostentara cabelos castanho-avermelhados, um sorriso enviesado e um passado misterioso.

Não estou dizendo que Valancy matava deliberadamente esses admiradores quando se cansava deles. Um desaparecia quando o outro vinha. Tudo é muito conveniente nos Castelos Azuis.

Contudo, na manhã daquele dia fatídico, Valancy não conseguiu encontrar a chave do seu Castelo Azul. A realidade a oprimia demais, latindo em seus calcanhares como um cachorro irritante. Ela estava com vinte e nove anos e era solitária, indesejada, feia, a única garota sem graça em uma família de pessoas bonitas, sem passado e sem futuro. Até onde podia lembrar, a vida tinha sido monótona e incolor, sem um único ponto vermelho ou roxo em algum momento. Quando tentava imaginar o futuro, parecia óbvio que nada mudaria até que ela não passasse de uma folha solitária, um pouco seca, agarrada a um galho invernal. No momento em que uma mulher percebe que não tem nenhum motivo para viver – amor, dever, propósito ou esperança –, ela começa a acalentar a amargura da morte.

"E sou obrigada a continuar vivendo porque não consigo parar. Talvez eu tenha que viver oitenta anos", pensou Valancy, com uma espécie de pânico. "Todo mundo nesta família é terrivelmente longevo. Sinto-me mal só de pensar nisso."

Ela ficou feliz por estar chovendo – ou melhor, ficou terrivelmente satisfeita pela chuva. Não haveria piquenique naquele dia. Esse piquenique anual, no qual tia e tio Wellington – sempre se pensava neles nessa ordem – inevitavelmente comemoravam seu noivado, que ocorrera também em um piquenique, trinta anos antes, tinha sido, nos últimos anos, um verdadeiro pesadelo para Valancy. Por uma maquiavélica coincidência, era no mesmo dia de seu aniversário, e, depois que ela passara dos vinte e cinco anos, ninguém a deixava esquecer desse fato.

Por mais que ela odiasse ir ao piquenique, nunca teria lhe ocorrido se rebelar contra isso. Não parecia haver algo de revolucionário em sua natureza. E ela sabia exatamente o que cada um lhe diria no piquenique. Tio Wellington – que ela detestava e desprezava, mesmo tendo cumprido a mais alta aspiração dos Stirlings, que era "ser casado com o dinheiro" – lhe diria, em um sussurro suíno, "Ainda não está pensando em se casar, minha querida?" e daria, então, aquela gargalhada sonora com a qual invariavelmente concluía suas observações enfadonhas. Tia Wellington, de quem Valancy sentia um abjeto pavor, falaria sobre o novo vestido de chifon de Olive e a última carta devotada de Cecil. Valancy seria obrigada a parecer tão satisfeita e interessada como se o vestido e a carta fossem dela, caso contrário tia Wellington ficaria ofendida. E Valancy havia tempo decidira que preferia ofender Deus a magoar tia Wellington, porque Deus poderia perdoá-la, mas tia Wellington, não.

Tia Alberta, imensamente gorda, com o amável hábito de sempre se referir a seu marido como "ele", como se fosse o único homem do mundo, que jamais poderia esquecer que ela tinha sido uma grande beldade em sua juventude, expressaria seu pesar por Valancy ter uma pele tão amarelada.

"Não sei por que todas as moças de hoje são tão bronzeadas. Quando eu era jovem, minha pele era branca e rosada. Eu fui considerada a moça mais bonita do Canadá, minha querida."

Talvez tio Herbert não dissesse nada, ou talvez comentasse, jocosamente, "Você está ficando gorda, Doss!". E todo mundo então riria da imagem tão hilariante da pobre e esquelética Doss engordando.

O bonito e solene tio James, de quem Valancy não gostava, mas respeitava porque ele tinha a reputação de ser muito inteligente e, portanto, o oráculo da família – os cérebros não eram muito abundantes entre os Stirlings –, provavelmente faria a seguinte observação, com seu peculiar sarcasmo e o ar de coruja que granjeara sua reputação: "Suponho que ultimamente tenha estado ocupada com o preparo de seu enxoval".

E tio Benjamin, entre risinhos ofegantes, proporia uma de suas abomináveis charadas, cuja resposta ele mesmo daria.

"Qual é a diferença entre Doss e um camundongo?"

"O camundongo sonha com um queijo furado, e Doss sonha com o beijo do amado."

Valancy já tinha escutado essa charada cinquenta vezes e toda vez ela sentia vontade de atirar alguma coisa nele. Mas nunca fez isso. Em primeiro lugar, os Stirlings simplesmente não atiravam coisas; em segundo lugar, tio Benjamin era um viúvo velho e rico, sem filhos, e Valancy tinha sido educada para temer e reverenciar o seu dinheiro. Se o ofendesse, ele poderia cortá-la de seu testamento – supondo que ela estivesse nele. Valancy não queria ser cortada do testamento de tio Benjamin. Ela havia sido pobre a vida inteira e sabia quão irritante e amargo isso era. Então ela suportava as suas charadas e até lhe dava pequenos e agoniados sorrisos.

Tia Isabel, despachada e desagradável como o vento leste, iria criticá-la de alguma maneira. Valancy não conseguia prever exatamente o que seria, pois tia Isabel nunca repetia uma crítica. Toda vez, tia Isabel sempre encontrava algo novo para machucá-la. Tinha orgulho de dizer o que pensava, mas não gostava muito quando outras pessoas lhe diziam o que *elas* pensavam. Valancy nunca dizia o que *pensava*.

Prima Georgiana, nomeada em homenagem à sua trisavó, que por sua vez fora nomeada em homenagem ao rei George IV, narraria dolorosamente o nome de todos os parentes e amigos que haviam morrido desde o último piquenique e indagaria: "Quem de nós será o próximo?".

Opressivamente competente, tia Mildred falaria sem parar a respeito do seu marido e de seus odiosos bebês-prodígios, e Valancy seria a única disposta a aturá-la. Pela mesma razão, a prima Gladys – na verdade, Gladys era sua prima em primeiro grau, segundo a estrita forma pela qual os níveis de parentesco dos Stirlings eram tabelados –, uma senhora alta e magra que admitia sua disposição sensível, descreveria em detalhes as torturas de sua neurite. E Olive, a garota prodígio de todo o clã Stirling, que possuía tudo o que Valancy não tinha – beleza, popularidade, amor –, exibiria sua beleza, tomando a liberdade de demonstrar sua popularidade e ostentar sua insígnia de amor cravejada de diamantes perante os olhos ofuscados e invejosos de Valancy.

Hoje não haveria nada disso. E não seria necessário empacotar as colheres de chá. Esse trabalho sempre ficava a cargo de Valancy e da prima Stickles. Certa vez, seis anos antes, uma colher de chá de prata do conjunto de casamento de tia Wellington tinha sido perdida. Valancy nunca mais ouviu falar daquela colher de prata. Mas seu fantasma, como Banquo[1], passou a assombrar todos os banquetes familiares que vieram depois.

Ah, sim, Valancy sabia exatamente como seria aquele piquenique e abençoava a chuva que a salvara dele. Não haveria piquenique nesse ano. Se tia Wellington não pudesse comemorar naquele exato e sagrado dia, ela não faria nenhuma celebração. Valancy dava graças a todos os possíveis e imagináveis deuses por isso.

---

[1] Referência à obra *Macbeth*, de William Shakespeare. (N.R.)

Como não haveria piquenique, Valancy decidiu que, se a chuva diminuísse à tarde, iria até a biblioteca e pegaria emprestado outro livro de John Foster. Valancy nunca teve permissão de ler romances, mas os livros de John Foster não eram romances. Eram "livros sobre a natureza" – assim a bibliotecária os definiu à senhora Frederick Stirling –, "só falam de bosques, pássaros, insetos e coisas assim, sabe?". Então Valancy teve permissão de lê-los – sob protesto, pois estava mais do que evidente que ela os apreciava demais. Era permitido, e até louvável, ler para aprimorar a mente e sua religião, mas ler um livro agradável era perigoso. Valancy não sabia se sua mente estava sendo aprimorada ou não, mas sentia vagamente que, se ela tivesse lido os livros de John Foster anos atrás, a vida poderia ter sido diferente para ela. Eles pareciam revelar vislumbres de um mundo ao qual ela podia outrora ter pertencido, embora a porta agora houvesse se fechado para sempre para ela. A biblioteca de Deerwood recebera os livros de John Foster somente no ano anterior, embora a bibliotecária tenha dito a Valancy que ele era um escritor bastante famoso havia anos.

– Onde ele mora? – Valancy perguntou.

– Ninguém sabe. Pelos livros, ele deve ser canadense, mas não há mais informações. Seus editores não dizem uma palavra. Muito provavelmente John Foster seja um pseudônimo. Os livros são tão populares que não param nas prateleiras, embora eu não consiga ver o que há de tão bom neles.

– Acho que são maravilhosos – disse Valancy, com timidez.

– Ah, bem... – A senhorita Clarkson sorriu de maneira condescendente, relegando as opiniões de Valancy ao limbo. – Da minha parte, não posso dizer que gosto muito de insetos. Mas certamente Foster parece saber tudo o que há para saber sobre eles.

Valancy também não sabia se ela gostava muito de insetos. Não era o estranho conhecimento de John Foster a respeito de criaturas selvagens e da vida dos insetos que a fascinava. Ela dificilmente conseguiria dizer o que era: o irresistível chamariz de um mistério nunca revelado, a pista de um grande segredo logo adiante, um vago, indefinível eco de coisas adoráveis e esquecidas. A magia de John Foster era indefinível.

Sim, ela pegaria emprestado um novo livro de Foster. Fazia um mês que ela devolvera *Colheita de cardo*, então certamente a mãe não faria objeção. Valancy o lera quatro vezes – conhecia passagens inteiras de cor.

E ela chegou a pensar que deveria fazer uma consulta com o doutor Trent a respeito daquela dor esquisita no coração. Nos últimos tempos, isso vinha ocorrendo com frequência, e as palpitações começavam a incomodar, sem falar nas ocasionais vertigens e na estranha falta de ar que por vezes sentia. Mas poderia ir ao médico sem dizer nada a alguém? Era um pensamento bastante ousado. Nenhum dos Stirlings jamais consultou um médico sem antes convocar um conselho familiar e obter a aprovação do tio James. *Depois*, iam até o doutor Ambrose Marsh, de Port Lawrence, que se casara com a prima em segundo grau Adelaide Stirling.

Mas Valancy não gostava do doutor Ambrose Marsh. Além disso, não podia ir sozinha a Port Lawrence, a vinte e quatro quilômetros de distância. Ela não queria que alguém soubesse do seu coração. Haveria um grande estardalhaço, e cada membro da família viria discutir o assunto, aconselhá-la, alertá-la, adverti-la e contar horríveis histórias de tias-avós e primos muito distantes que tiveram sintomas "exatamente iguais e caíram mortos sem aviso prévio, minha querida".

Tia Isabel lembraria a todos que sempre havia dito que Doss parecia uma menina fadada a ter problemas cardíacos, "sempre tão magrinha e doente". Tio Wellington tomaria essa afirmação como um insulto pessoal, afinal "nenhum Stirling jamais tivera uma doença cardíaca". Georgiana, à parte, expressaria, em uma voz perfeitamente audível, seu pressentimento de que "a pobre e querida Doss não permanecerá por muito tempo neste mundo". A prima Gladys diria: "Ora, *meu* coração está assim há anos", em um tom que implicava que ninguém mais no mundo tinha um coração. E Olive simplesmente pareceria linda, superior e repugnantemente saudável, como se dissesse: "Por que vocês fazem esse enorme rebuliço por causa de uma pessoa dispensável e apagada como Doss quando têm a mim?".

Valancy sentiu que não poderia contar a ninguém, a menos que precisasse. Ela tinha certeza absoluta de que não havia algo de errado com seu coração e que nada compensaria toda a agitação que se seguiria caso mencionasse a alguém. Ela iria escapulir em silêncio e fazer uma consulta com o doutor Trent naquele mesmo dia. Quanto à conta a ser paga, ela tinha os duzentos dólares que seu pai havia depositado no banco para ela, no dia de seu nascimento, e sacaria, em segredo, apenas o suficiente para pagar o doutor. Ela nem sequer tinha permissão de usar os juros dessa soma.

O doutor Trent era um velhote rude, franco e distraído, mas uma reconhecida autoridade em doenças cardíacas, embora fosse considerado um médico comum no fim do mundo que era Deerwood. Ele tinha mais de setenta anos e havia rumores de que pretendia se aposentar em breve. Nenhum membro da família Stirling o tinha procurado desde que ele dissera à prima Gladys, dez anos antes, que sua neurite era completamente imaginária e que ela gostava de tê-la. Não se pode ser indulgente com um médico que insultou dessa maneira sua prima em primeiro grau – sem falar que ele era presbiteriano, e todos os Stirlings frequentavam a igreja anglicana. Mas Valancy, entre a cruz e a espada, a cruz da deslealdade ao clã e a espada da confusão, do estardalhaço e dos conselhos, achou melhor arriscar-se com a cruz.

CAPÍTULO 2

Quando a prima Stickles bateu à sua porta, Valancy soube que eram sete e meia e que deveria levantar-se. Desde que podia se lembrar, a prima Stickles batia à sua porta às sete e meia da manhã. A prima Stickles e a senhora Frederick Stirling estavam acordadas desde as sete, mas Valancy podia dormir meia hora a mais por causa da tradição familiar que decretou sua condição delicada. Valancy levantou-se, apesar de sentir que, nessa manhã específica, detestava mais do nunca ter de fazer isso. Para que se levantar? Outro dia melancólico, como todos os que o precederam, repleto de pequenas tarefas sem sentido, desagradáveis e insignificantes, que não beneficiariam ninguém. No entanto, se ela não se levantasse de imediato, não estaria pronta para o desjejum às oito horas. Refeições austeras e rápidas eram a regra na casa da senhora Stirling. Entrava ano, saía ano, era desjejum às oito, almoço à uma, jantar às seis. As desculpas em caso de atraso jamais eram toleradas. Valancy levantou-se, então, tremendo.

O quarto estava terrivelmente frio com o vento forte e penetrante da úmida manhã de maio. A casa ficaria gelada o dia inteiro. Uma das regras da senhora Frederick instituía que não era necessário acender as lareiras após o dia 24 de maio. As refeições eram preparadas no pequeno fogão a óleo da varanda dos fundos. E, embora o mês de maio fosse gélido, e o de outubro congelante, nenhum fogo era aceso até 21 de outubro, segundo o calendário. No dia 21 de outubro, a senhora Frederick passava a cozinhar no fogão da cozinha e acendia a lareira da sala de estar à noite. As pessoas sussurravam que o falecido Frederick Stirling pegara o resfriado que resultou em sua morte durante o primeiro ano de vida de Valancy porque a senhora Frederick não acendera a lareira no dia 20 de outubro. Ela a acendeu no dia seguinte – mas era tarde demais para Frederick Stirling.

Valancy despiu-se e pendurou no armário sua camisola de algodão cru, grosso, com gola alta e mangas compridas e justas. Ela vestiu roupas íntimas de natureza semelhante, um vestido de algodão marrom listrado, grosso, meias pretas e galochas de borracha com salto. Nos últimos anos, havia adquirido o hábito de arrumar os cabelos no espelho, com as venezianas da janela fechadas. Desse modo, as rugas em seu rosto não apareciam tanto. Mas, naquela manhã, ela ergueu as venezianas até o máximo e contemplou a si mesma no espelho morfético com fervorosa determinação de se ver como o mundo a via.

O resultado foi terrível. Até mesmo uma beldade teria achado penoso olhar-se no espelho com aquela luz inclemente, severa. Valancy viu cabelos negros lisos, curtos e finos, eternamente opacos, e, apesar de sempre escová-los com vigor por cem vezes, nem mais nem menos, todas as noites de sua vida, e de besuntar religiosamente as raízes com o tônico Vigor Capilar de Redfern, eles lhe pareceram mais opacos do que nunca naquela manhã impiedosa; sobrancelhas finas, retas e negras; um nariz que sempre lhe parecera pequeno demais, mesmo para seu pequeno e branco rosto triangular; uma boca diminuta, pálida, sempre entreaberta, exibindo dentes pequenos, brancos e pontudos; uma figura magra, de peito chato, muito mais baixa do que a altura mediana. Por algum motivo, ela não herdara as maçãs do rosto altas da família, e seus olhos castanho-escuros, suaves e indistintos demais para serem considerados negros, pareciam quase orientais. Tirando os olhos, ela não era nem bonita nem feia, apenas insignificante, concluiu com amargura. Como eram claras as rugas em volta dos olhos e da boca naquela luz cruel! E nunca seu rosto branco e apreensivo lhe parecera tão branco e tão apreensivo.

Ela arrumou o cabelo em estilo *pompadour*. Os cabelos *pompadour* fazia tempo haviam saído de moda, mas estavam em voga quando Valancy prendeu os cabelos desse modo pela primeira vez, e tia Wellington decidiu que ela sempre deveria usar o cabelo assim.

— É a única maneira de você se destacar. Seu rosto é tão pequeno que é *imprescindível* aumentá-lo de algum modo com um efeito *pompadour* — disse tia Wellington, que sempre dizia banalidades como se pronunciasse verdades profundas e importantes.

Valancy ansiava por pentear seus cabelos para baixo, formando uma nuvem acima das orelhas, como Olive costumava fazer. Mas a opinião de tia Wellington lhe causou uma impressão tão forte que ela jamais ousou mudar seu penteado. Também havia muitas outras coisas que Valancy nunca se atrevera a fazer.

Desde sempre ela sentira medo de algo, ela pensou com tristeza. No alvorecer da vida, sentia um verdadeiro pavor do grande urso preto que vivia no armário sob a escada, segundo relatos da prima Stickles.

"E eu sempre terei medo, estou certa disso. Não posso evitar. Não sei como seria não ter medo de algo."

Medo dos ataques de mau humor de sua mãe, medo de ofender tio Benjamin; medo de se tornar alvo do desprezo de tia Wellington; medo dos comentários mordazes de tia Isabel; medo da desaprovação de tio James; medo de contrariar as opiniões e os preconceitos de toda a família; medo de não conseguir manter as aparências; medo de dizer o que realmente pensava a respeito de qualquer coisa; medo de ser pobre na velhice. Medo, medo, medo, ela jamais poderia escapar dele. O medo a tinha envolvido e enredado como uma teia de aranha com fios de aço. Somente em seu Castelo Azul ela podia encontrar um alívio temporário. E, naquela manhã, Valancy não conseguia acreditar que possuía um castelo azul. Ela nunca seria capaz de encontrá-lo outra vez. Vinte e nove anos, solteira, indesejada... O que ela tinha de similar com a deslumbrante castelã do Castelo Azul? Ela iria extirpar essa bobagem infantil de sua vida para sempre e encarar a realidade sem vacilar.

Ela desviou o olhar do espelho hostil e foi até a janela. A feiura da paisagem sempre a atingia como um soco; a cerca irregular, a velha oficina de carruagens caindo aos pedaços no terreno ao lado, repleta de anúncios grosseiros, violentamente coloridos; a encardida estação ferroviária mais à frente, com os horríveis indigentes que estavam sempre vagando por lá, mesmo muito cedo, como agora. Sob aquela chuva torrencial, tudo parecia pior do que o habitual, em especial as bestiais propagandas: "Mantenha sua aparência de colegial". Valancy *havia* mantido sua aparência de colegial. Esse era o problema. Não havia um vislumbre de beleza em nenhuma parte dela, "exatamente como a minha vida", pensou Valancy, melancólica. Sua breve amargura havia passado. Ela aceitou os fatos com a mesma resignação de sempre. Era uma daquelas pessoas cuja vida apenas passava em branco. Não havia como alterar esse fato.

Nesse estado de espírito, Valancy desceu para o desjejum.

CAPÍTULO 3

O desjejum era sempre o mesmo. Mingau de aveia, que Valancy detestava, torradas, chá e uma colher de geleia. A senhora Frederick achava que duas colheres eram uma extravagância, mas isso não importava para Valancy, que também odiava geleia. A sombria e gélida saleta de jantar estava mais sombria e gélida do que o habitual; a chuva caía aos borbotões lá fora; e os falecidos Stirlings, em quadros atrozes com molduras douradas, maiores do que as fotos, olhavam furiosamente para baixo de suas paredes. Ainda assim, a prima Stickles desejou a Valancy um feliz aniversário!

– Sente-se direito, Doss – foi tudo o que a mãe disse.

Valancy se endireitou. Conversou com a mãe e a prima Stickles sobre as mesmas coisas de sempre. Ela nunca se perguntou o que aconteceria se tentasse falar de outra coisa. Ela sabia o que aconteceria. Portanto, nunca fez isso.

A senhora Frederick estava ofendida com a Providência por ter mandado um dia chuvoso quando ela queria ir a um piquenique, então comeu seu desjejum em um silêncio emburrado, pelo qual Valancy ficou bastante grata. Mas Christine Stickles lamentou-se sem parar, como de costume, reclamando de tudo: do clima, do vazamento na despensa, do preço da aveia e da manteiga (Valancy percebeu imediatamente que havia passado manteiga demais em sua torrada), da epidemia de caxumba em Deerwood.

– Doss com certeza vai pegar – ela vaticinou.

– Doss não deve ir a nenhum lugar onde tenha a possibilidade de pegar caxumba – disse a senhora Frederick, ríspida.

Valancy nunca contraíra caxumba, ou coqueluche, ou catapora, ou sarampo, ou qualquer coisa que já deveria ter tido, nada além de terríveis resfriados a cada inverno. Os resfriados de inverno de Doss eram uma espécie de tradição familiar. Aparentemente nada poderia impedi-la de pegá-los. A senhora Frederick e a prima Stickles fizeram o possível e o impossível para evitá-los. Em um inverno, elas mantiveram Valancy alojada, de novembro a maio, na quente sala de estar. Ela não teve sequer permissão de ir à igreja. E Valancy pegou resfriado após resfriado e acabou com uma bronquite em junho.

– Ninguém da *minha* família jamais foi assim – disse a senhora Frederick, insinuando que aquela devia ser uma predisposição dos Stirlings.

– Os Stirlings raramente pegam resfriados – disse a prima Stickles, ressentida. *Ela* tinha sido uma Stirling.

– Penso – disse a senhora Frederick – que, se uma pessoa decide *não* ter resfriados, ela *não terá* resfriados.

Então era esse o problema. Era tudo culpa de Valancy.

Contudo, naquela manhã em particular, o intolerável desgosto de Valancy era ser chamada de Doss. Ela havia suportado aquilo por vinte e nove anos e, de repente, sentiu que não aguentaria mais. Seu nome completo era Valancy Jane. Valancy Jane não era agradável, mas ela gostava de Valancy, com seu timbre peculiar, estrangeiro. Ela sempre estranhou o fato de os Stirlings terem permitido que ela fosse batizada com esse nome. Alguém lhe contou que seu avô materno, o velho Amos

Wansbarra, havia escolhido o seu nome. Seu pai acrescentou Jane, como uma forma de "civilizá-lo", e seus parentes superaram a dificuldade de lembrar seu nome apelidando-a de Doss. Ela nunca era chamada de Valancy, exceto por desconhecidos.

– Mãe – disse ela, timidamente –, você se importaria de me chamar de Valancy a partir de agora? Doss me parece tão... tão... Eu não gosto desse apelido.

A senhora Frederick olhou para a filha com espanto. Ela usava óculos com lentes enormemente grossas, que conferiam a seus olhos uma aparência particularmente desagradável.

– Qual é o problema com Doss?

– Parece... tão infantil – hesitou Valancy.

– Ah! – A senhora Frederick tinha sido uma Wansbarra, e sorrir não era o ponto forte dos Wansbarras. – Entendo. Bem, então o apelido *lhe* cai como uma luva. Você é uma criança em todos os aspectos, minha querida filha.

– Tenho vinte e nove anos – disse a querida filha, desesperada.

– Eu não diria isso em voz alta se eu fosse você, querida – disse a senhora Frederick. – Vinte e nove! Eu já estava casada fazia nove anos quando fiz vinte e nove.

– Eu me casei aos dezessete anos – disse a prima Stickles, com orgulho.

Valancy olhou furtivamente para elas. A senhora Frederick, apesar dos óculos horrorosos e do nariz adunco, que a deixava mais parecida com um papagaio do que um papagaio de verdade, não tinha má aparência. Aos vinte anos, devia ter sido muito bonita. Mas a prima Stickles era o oposto disso! No entanto, Christine Stickles outrora fora desejável aos olhos de um homem. Valancy sentiu que a prima Stickles, com seu rosto largo, murcho e enrugado, sua verruga bem na ponta do nariz achatado, seus pelos eriçados no queixo, seu pescoço amarelo e cheios de pregas, seus olhos pálidos e protuberantes e sua boca fina e franzida, ainda tinha essa vantagem sobre ela, esse direito de olhá-la com um ar de superioridade. Mesmo assim, a prima Stickles era necessária à senhora Frederick. Valancy se perguntou, com pesar, qual a sensação de ser desejada por alguém, ser necessária a alguém. Ninguém no mundo inteiro precisava dela ou sentiria sua falta se ela subitamente desaparecesse. Ela era uma decepção para sua mãe. Ninguém a amava. Ela nem sequer tivera algo semelhante a uma amiga.

"Nunca recebi a dádiva da amizade", certa vez ela admitiu para si, com tristeza.

– Doss, você não comeu seu pão – censurou a senhora Frederick.

Choveu a manhã inteira, sem cessar. Valancy remendou uma colcha. Ela detestava costurar colchas. E não havia necessidade disso. A casa tinha uma infinidade de colchas. Havia três baús grandes no sótão abarrotados de colchas. A senhora Frederick começou a armazenar colchas quando Valancy tinha dezessete anos e continuou acumulando-as, embora não parecesse muito provável que Valancy um dia precisasse delas. Mas Valancy devia costurar, e tecidos sofisticados eram muito caros. A ociosidade era um pecado capital no lar dos Stirlings. Quando Valancy era pequena, obrigaram-na a registrar todas as noites, em um pequeno e odioso caderno preto, os minutos que havia passado em ociosidade durante o dia. Aos domingos, sua mãe a fazia somá-los e orar, pedindo perdão por eles.

Na manhã daquele dia fatídico, Valancy passou apenas dez minutos em ociosidade. Pelo menos a senhora Frederick e a prima Stickles teriam chamado isso de ociosidade. Ela foi até seu quarto pegar um dedal melhor e, sentindo-se culpada, abriu *Colheita de cardo* em uma página aleatória.

"A floresta é tão humana", escreveu John Foster, "que, para conhecê-la, é preciso viver nela. Um ocasional passeio, seguindo os caminhos já trilhados, jamais nos permitirá acessar a sua intimidade. Se desejamos ser amigos, precisamos procurá-la e conquistá-la com visitas frequentes e respeitosas a todas as horas; de manhã, ao meio-dia e à noite; e em todas as estações, na primavera, no verão, no outono, no inverno. Caso contrário, jamais podemos conhecê-la de fato, e qualquer pretensão que tenhamos, no sentido contrário, jamais se concretizará. A floresta tem sua própria e eficaz maneira de manter estranhos a distância e fecha o seu coração para meros visitantes casuais. É inútil procurar a floresta por um motivo qualquer, que não por absoluto amor; ela vai nos ver de imediato e esconder de nós todos os seus doces segredos de velho mundo. No entanto, se ela souber que a visitamos porque a amamos, será muito gentil conosco e nos presenteará com imensos tesouros de beleza e deleite que não podem ser comprados ou vendidos em mercados, pois a floresta, quando concede algo, faz isso de maneira irrestrita, nada escondendo de seus verdadeiros adoradores. Devemos ir até ela com amor, humildade, paciência, cautela e saberemos quão comovente é a graça que espreita em lugares selvagens e intervalos silenciosos, sob o brilho das estrelas e o pôr do sol, como a cadência da música sobrenatural é tocada nos galhos de pinheiro ou cantada baixinho nas copas dos abetos, quais delicados odores exalam de musgos e samambaias em cantos ensolarados ou na beira de riachos úmidos, quais sonhos e lendas de tempos passados a assombram. Então, o imortal coração da floresta vai bater no mesmo compasso que o nosso, e sua vida sutil entrará em nossas veias, tornando-se nossa para sempre, de maneira que, não importa para onde vamos ou quanto nos afastemos, ainda seremos atraídos de volta à floresta para encontrar nossa mais duradoura amizade."

– Doss – chamou a mãe da sala abaixo –, o que você está fazendo sozinha nesse quarto?

Valancy largou imediatamente *Colheita de cardo* como se ele fosse um pedaço de carvão quente e desceu correndo as escadas, de volta a seus remendos; mas sentiu a estranha alegria de espírito que sempre lhe ocorria momentaneamente quando mergulhava em um dos livros de John Foster. Valancy não sabia muito sobre florestas, exceto pelos bosques assombrados de carvalhos e pinheiros que cercavam o seu Castelo

Azul, mas sempre ansiava secretamente por vê-las, e um livro de Foster sobre florestas era a coisa mais próxima e adequada da floresta que ela tinha.

Ao meio-dia, parou de chover, mas o sol só saiu às três horas. Valancy então disse com timidez que estava pensando em ir até a cidade.

– Para que quer ir até a cidade? – quis saber sua mãe.

– Quero pegar um livro da biblioteca.

– Você pegou um livro da biblioteca na semana passada.

– Não, já faz quatro semanas.

– Quatro semanas. Que bobagem!

– Já faz mesmo, mãe.

– Está enganada. Não pode ter passado mais de duas semanas. Não gosto de ser contrariada. E não sei para que você precisa de livros, de qualquer maneira. Você perde muito tempo lendo.

– E de que vale o meu tempo? – perguntou Valancy, com amargura.

– Doss! Não fale nesse tom comigo.

– Precisamos de mais chá – disse a prima Stickles. – Ela pode comprar para nós se deseja dar uma caminhada, embora esse clima úmido seja propício para resfriados.

Elas discutiram o assunto por mais dez minutos e, finalmente, a senhora Frederick permitiu, com muita relutância, que Valancy saísse.

CAPÍTULO 4

– Colocou suas galochas? – chamou a prima Stickles quando Valancy saiu de casa.

Christine Stickles nunca se esquecia de fazer essa pergunta quando Valancy saía em um dia úmido.

– Sim.

– Vestiu sua anágua de flanela? – perguntou a senhora Frederick.

– Não.

– Doss, eu realmente não entendo você. Quer ficar doente *de novo*? – Sua voz insinuava que Valancy já morrera várias vezes de resfriado. – Suba as escadas neste exato minuto e coloque as anáguas!

– Mãe, eu *não preciso* de uma saia de flanela. Minha saia de cetim é bastante quente.

– Doss, lembre-se de que você teve bronquite há dois anos. Vá e faça o que eu mandei!

Valancy foi vestir a anágua, embora ninguém jamais soubesse o quão perto ela esteve de sair correndo, passar pela árvore-da-borracha e ganhar a rua. Ela detestava aquela anágua cinza de flanela mais do que qualquer outra peça de roupa que possuía. Olive nunca precisou usar anáguas de flanela; usava seda com pregas, linho puro e babados rendados translúcidos. Mas o pai de Olive era "casado com o dinheiro", e ela nunca teve bronquite. Então ela podia vestir o que quisesse.

– Tem certeza de que não deixou o sabonete na água? – quis saber a senhora Frederick.

Mas Valancy já tinha ido embora. Na esquina, ela se virou e olhou para trás, contemplando a rua feia, afetada e respeitável onde morava. A casa dos Stirlings era a mais feia, mais semelhante a uma caixa de tijolos vermelha do que qualquer outra coisa. Também era alta demais para a sua largura e parecia ainda mais alta por causa da cúpula de vidro bulbosa no topo. Sobre ela pairava a desolada e árida paz de uma casa velha cuja vida era vivida.

Havia uma casa muito bonita virando a esquina, com batentes de chumbo e espigões dobrados, uma casa nova, daquelas casas que se ama no minuto em que as vê. Clayton Markley a tinha construído para sua noiva. Ele se casaria com Jennie Lloyd em junho. Diziam que a casinha fora completamente mobiliada, do sótão ao porão, e apenas esperava a chegada de sua dona.

"Não invejo Jennie por ter um homem", pensou Valancy sinceramente. Clayton Markley não era seu ideal masculino. "Mas eu *a* invejo pela casa. É uma casa tão bonita e nova... Ah, se eu pudesse ter minha própria casa, mesmo pequena e simples, pelo menos ela seria minha! Mas é inútil", acrescentou ela, com amargura. "Não adianta sonhar acordada quando se é pobre como um rato de igreja."

Na terra dos sonhos, a única coisa que agradava Valancy era um castelo cor de safira pálida. Na vida real, ela ficaria plenamente satisfeita com uma casinha só sua. Naquele dia, ela invejou Jennie Lloyd com mais ferocidade do que nunca. Jennie não era muito mais bonita do que ela e não muito mais jovem. No entanto, ela seria dona daquela casa encantadora. E das adoráveis xícaras de chá Wedgwood, as quais Valancy tinha visto; e também de uma grande lareira e de lençóis com monograma;

de toalhas de mesa bordadas e armários repletos de porcelana. Por que algumas garotas tinham *tudo*, e outras nada? Não era justo.

Enquanto caminhava, Valancy mais uma vez ruminou seus sentimentos rebeldes. Era uma figura pequena, empertigada, deselegante, com sua capa de chuva puída e seu chapéu de três anos atrás, e recebia ocasionais borrifos de lama dos automóveis que passavam estridentemente. Os automóveis ainda eram uma novidade em Deerwood, embora fossem comuns em Port Lawrence e a maior parte dos residentes de verão de Muskoka possuísse um. Em Deerwood, apenas parte do grupo dos inteligentes possuía automóvel. Até Deerwood era dividida em grupos. Havia o grupo dos inteligentes, o grupo dos intelectuais, o grupo das famílias tradicionais (do qual os Stirlings eram membros), o povo em geral e alguns párias. Ninguém do clã Stirling havia se rendido aos automóveis, embora Olive estivesse atormentando seu pai para comprar um. Valancy nunca entrara em um automóvel, mas não ansiava por isso. Na verdade, ela sentia um pouco de medo de carros, especialmente à noite. Eles se pareciam muito com grandes bestas estrondosas, que poderiam tombar e esmagar você ou dar um terrível salto selvagem em algum lugar. Nas íngremes trilhas montanhosas em volta do seu Castelo Azul, apenas corcéis vistosamente cobertos com selas de pano podiam trotar de forma orgulhosa; na vida real, Valancy teria ficado bastante contente em passear em uma carruagem puxada por um belo cavalo. Ela só conseguia um passeio de carruagem quando algum tio ou primo se lembrava de lhe dar "uma oportunidade", como um osso atirado a um cachorro.

CAPÍTULO 5

É claro que ela seria obrigada a comprar o chá na mercearia do tio Benjamin. Comprar em qualquer outro lugar seria impensável. No entanto, Valancy odiou ser obrigada a ir à loja do tio Benjamin no seu vigésimo nono aniversário. Não havia esperança alguma de que ele deixasse a data passar em branco.

– Por que – perguntou tio Benjamin, com malícia, enquanto amarrava o chá – as moças gostam de maus gramáticos?

Valancy, mentalizando o testamento do tio Benjamin, disse, com humildade:

– Não sei. Por quê?

– Porque – riu o tio Benjamin – elas não podem declinar o matrimônio.

Os dois atendentes, Joe Hammond e Claude Bertram, também riram, e Valancy detestou-os um pouco mais do que antes. No primeiro dia em que Claude Bertram a vira na loja, ela o ouviu sussurrar a Joe: "Quem é ela?". E Joe respondera: "Valancy Stirling, uma das solteironas de Derwood". "Curável ou incurável?", Claude perguntou, então, com uma risadinha sarcástica, evidentemente achando sua pergunta muito inteligente. Valancy sofreu de novo com o veneno daquela antiga lembrança.

– Vinte e nove anos – disse o tio Benjamin. – Minha nossa, Doss, você está chegando perigosamente ao segundo *round* e ainda não pensa em se casar. Vinte e nove. Parece algo impossível.

Então o tio Benjamin disse algo novo. Ele disse:

– Como o tempo voa!

– Eu acho que ele *rasteja* – disse Valancy, apaixonadamente. Ver Valancy agir com paixão era algo tão estranho na concepção do tio Benjamin que ele não soube o que dizer. Para encobrir sua confusão, perguntou outra charada, enquanto embalava seus feijões. A prima Stickles lembrou no último momento que elas precisavam de feijão. Feijão era barato e saciava.

– Quais são as duas coisas ilusórias? – perguntou tio Benjamin. Ele não esperou Valancy dizer que "desistia" e acrescentou: – A miragem e a maridagem.

– Essa rima é bastante pobre – disse Valancy, com rispidez, pegando seu chá e seus feijões. Naquele momento, ela não se importou se o tio Benjamin iria ou não excluí-la de seu testamento. Saiu da loja, enquanto tio Benjamin a encarava com a boca aberta. Então ele sacudiu a cabeça.

– A pobre Doss está dificultando as coisas – disse ele.

Valancy já estava arrependida quando chegou ao próximo cruzamento. Por que havia perdido a paciência daquele modo? Tio Benjamin ficaria irritado e provavelmente diria à mãe de Doss que esta havia sido impertinente, "e logo *comigo*!". E a mãe lhe passaria um sermão a semana inteira.

"Venho controlando minha língua há vinte anos", pensou Valancy. "Por que não a controlei mais uma vez?"

Sim, fazia exatos vinte anos, refletiu Valancy, desde que a provocaram pela primeira vez quanto à sua condição de solteirona. Lembrava-se perfeitamente daquele momento amargo. Ela tinha apenas nove anos e estava sozinha no parquinho da escola enquanto as outras meninas da classe jogavam um jogo em que cada uma tinha de ser escolhida como parceira por um garoto antes de poder brincar. Ninguém escolheu Valancy, a pequena e pálida Valancy, com seus cabelos negros, seu avental empolado de mangas compridas e seus estranhos olhos amendoados.

– Ah – disse a ela uma garotinha bonita –, sinto tanto por você. Você não tem um pretendente.

Valancy respondeu desafiadoramente, como continuou fazendo por vinte anos:

– Eu não *quero* um pretendente. – Mas, naquela tarde, Valancy parou, de uma vez por todas, de dizer aquilo.

"Vou ser honesta comigo mesma, haja o que houver", ela pensou com selvageria. "As charadas de tio Benjamin me magoam porque dizem a verdade. Eu *quero* me casar. Eu quero minha própria casa, quero meu próprio marido, quero meus próprios *filhos*, bebês adoráveis e gordinhos..." Subitamente Valancy parou, horrorizada com sua imprudência. Ela teve certeza de que o reverendo doutor Stalling, que passou por ela naquele momento, havia lido seus pensamentos e os desaprovara inteiramente. Valancy morria de medo do doutor Stalling desde aquele domingo, vinte e três anos antes, em que ele chegou a St. Albans. Valancy, que naquele dia estava extremamente atrasada para a escola dominical, entrou com timidez na igreja e sentou-se em seu banco. Ninguém mais estava na igreja, exceto o novo pároco, o doutor Stalling. Ele levantou-se, na frente da entrada do coro, acenou para ela e disse com severidade:

– Rapazinho, venha aqui.

Valancy olhou em volta. Não havia nenhum rapazinho ali, não havia ninguém em toda a imensa igreja, exceto ela. Aquele homem estranho, com óculos azuis, não podia estar se referindo a ela. Ela não era um menino.

– Rapazinho – repetiu o doutor Stalling, ainda mais severamente, sacudindo com ferocidade seu dedo indicador para ela. – Venha logo aqui!

Valancy levantou-se, como que hipnotizada, e caminhou pelo corredor. Estava aterrorizada demais para fazer qualquer outra coisa. Que coisa horrível aconteceria com ela? O que *havia* acontecido com ela? Realmente tinha se transformado em um menino? Ela parou na frente do doutor Stalling. Ele sacudiu seu indicador, um indicador tão comprido, ossudo, para ela e disse:

– Rapazinho, tire o chapéu.

Valancy tirou o chapéu. Havia uma trança muito fina descendo pelas suas costas, mas Stalling era míope e não a viu.

– Rapazinho, volte ao seu lugar e lembre-se *sempre* de tirar o chapéu na igreja. *Lembre-se* disso!

Valancy voltou ao seu lugar, carregando o chapéu como uma autômata. Logo depois, sua mãe entrou.

– Doss – disse a senhora Stirling –, por que tirou o chapéu? Coloque-o imediatamente!

Valancy colocou-o de imediato. Ela receou, petrificada de medo, que o doutor Stalling a chamasse de novo na frente da igreja. Seria obrigada a ir, é claro – nunca havia lhe ocorrido que alguém pudesse desobedecer ao pároco –, e a igreja agora estava cheia de gente. Ah, o que ela faria se aquele dedo horrível e pontudo fosse sacudido para ela de novo diante de todas aquelas pessoas? Valancy sentou-se, durante todo o culto, em terrível agonia e ficou doente por uma semana depois do ocorrido. Ninguém soube o porquê, e a senhora Frederick novamente queixou-se da saúde delicada da filha.

O doutor Stalling descobriu seu erro e riu de Valancy, que, por sua vez, não achou a situação engraçada. Ela nunca superou seu pavor do doutor Stalling. E agora era flagrada por ele, na esquina da rua, pensando nessas coisas!

Valancy pegou emprestado seu livro de John Foster, *A magia das asas*. "Seu livro mais recente, inteiramente dedicado aos pássaros", disse a senhorita Clarkson. Ela quase decidiu ir para casa em vez de ver o doutor Trend. Sua coragem vacilou. Ela ficou com medo de ofender o tio James, com medo de irritar a mãe, com medo de enfrentar o velho doutor Trent, tão áspero e carrancudo que provavelmente diria a ela, como dissera à prima Gladys, que seu problema era imaginário e que ela só o tinha porque gostava de tê-lo. Não, ela não iria; em vez disso, compraria uma garrafa das pílulas roxas de Redfern. As pílulas roxas de Redfern eram o remédio padrão da família Stirling. Elas não haviam curado a prima de segundo grau Geraldine quando cinco médicos a desenganaram? Valancy sempre foi muito cética quanto às virtudes das pílulas roxas, mas talvez houvesse *algo* nelas, e era mais fácil engoli-las do que enfrentar sozinha o doutor Trent. Ela folhearia as revistas na sala de leitura por alguns minutos e então voltaria para casa.

Valancy tentou ler um conto, mas desistiu, furiosa. Em todas as páginas havia uma imagem da heroína cercada por seus adoradores. E lá estava ela, Valancy Stirling, que não conseguia arranjar um único pretendente! Ela fechou a revista com violência e abriu *A magia das asas*. Seus olhos encontraram o parágrafo que mudou sua vida.

"O medo é o pecado original", escreveu John Foster. "Quase todo o mal do mundo se origina no fato de que alguém tem medo de alguma coisa. É uma serpente fria e pegajosa que se enrola em você. É terrível viver com medo; e, de todas as coisas, essa é a mais degradante."

Valancy fechou *A magia das asas* e se levantou. Ela iria ver o doutor Trent.

CAPÍTULO 6

A experiência não foi tão horrível, afinal de contas. O doutor Trent foi áspero e abrupto como sempre, mas não lhe disse que sua doença era imaginária. Depois de ouvi-la narrar os sintomas, de fazer algumas perguntas e de um rápido exame, ele ficou sentado por um momento, olhando-a com atenção. Valancy achou que ele parecia sentir pena dela. Ela prendeu a respiração por um momento. O problema era sério? Ah, com certeza não podia ser. Na verdade, nem a tinha incomodado muito; só ultimamente que havia piorado um pouco.

O doutor Trent abriu a boca, mas, antes que pudesse falar, o telefone perto de seu cotovelo de repente começou a tocar. Ele atendeu. Valancy, observando-o, viu o rosto dele mudar de repente, enquanto ele escutava:

– Veja bem... Sim... Sim... *O quê?* Sim... Sim... – E após um breve intervalo: – Meu Deus!

O doutor Trent soltou o telefone, saiu às pressas da sala e subiu as escadas sem nem sequer dirigir um olhar a Valancy. Ela o escutou correr pelas escadas como um louco, berrando algumas observações para alguém, provavelmente a governanta. Então desceu com velocidade as escadas com uma sacola na mão, pegou seu chapéu e seu casaco no mancebo, abriu a porta e disparou pela rua, em direção à estação.

Valancy ficou sozinha, sentada no pequeno escritório, sentindo-se uma completa idiota, mais do que jamais se sentira em toda a sua vida. Idiota... e humilhada. Então era isso que ganhara com sua heroica determinação de viver à altura de John Foster e deixar o medo de lado. Ela não apenas era um fracasso como parente e inexistente como namorada ou amiga mas também não tinha nenhuma importância como paciente. O doutor Trent, em sua excitação com a mensagem que recebera pelo telefone, simplesmente esquecera que ela estava lá. Ela não ganhara nada ignorando tio James e rompendo a tradição familiar.

Por um momento, achou que iria chorar. Tudo era tão ridículo... Então ouviu a governanta do doutor Trent descer as escadas. Valancy levantou-se e foi até a porta do escritório.

– O doutor se esqueceu de mim – disse ela, com um sorriso torto.

– Bem, é realmente uma pena – disse a senhora Patterson, com simpatia. – Mas era de esperar, pobre homem. Ele recebeu um telegrama de Port. O filho dele sofreu um acidente de carro em Montreal e está muito ferido. O doutor tinha apenas dez minutos para pegar o trem. Não sei o que ele fará se alguma coisa acontecer com Ned. Ele é muito ligado ao garoto. Terá de voltar, senhorita Stirling. Espero que não seja algo sério.

– Ah, não, nada sério – concordou Valancy. Ela se sentiu um pouco menos humilhada. Não era de admirar que o pobre doutor Trent a tivesse esquecido naquele momento. No entanto, ela se sentiu muito tola e desiludida ao descer a rua.

Valancy voltou para casa pelo atalho de Lover's Lane. Não costumava tomar esse caminho, mas estava perto da hora do jantar, e não seria bom se ela se atrasasse. A estradinha de Lover's Lane[2] contornava

---

2 Em tradução livre, "Alameda dos Amantes". (N.R.)

o vilarejo, sob grandes olmos e bordos, e merecia seu nome. Era difícil passar por lá, a qualquer momento, e não encontrar um casal trocando afagos ou moças, aos pares, de braços dados, confessando seus segredos. Valancy não sabia quem a deixava mais constrangida e desconfortável: os casais ou as moças.

Naquela tarde, encontrou ambos. Ela encontrou Connie Hale e Kate Bayley com seus novos vestidos de organdi cor-de-rosa e flores arranjadas coquetemente nos cabelos brilhantes e soltos. Valancy nunca usara um vestido cor-de-rosa ou colocara flores no cabelo. Depois, passou por um jovem e desconhecido casal, que passeava alheio a tudo, exceto a si mesmos. O braço do jovem enlaçava de maneira bastante desembaraçada a cintura da garota. Valancy nunca tivera o braço de um homem em volta dela. Achou que deveria se sentir chocada, mas não foi assim que se sentiu, embora eles devessem, no mínimo, deixar para fazer esse tipo de coisa após o anoitecer. Com outro lampejo da cruel e desesperada honestidade que passou a praticar consigo, ela percebeu que estava apenas com inveja. Quando passou por eles, teve certeza de que riam dela, sentiam pena dela. "Lá está aquela pequena e estranha solteirona, Valancy Stirling. Dizem que ela nunca teve um pretendente em toda a sua vida." Valancy disparou a correr, ansiosa por deixar Lover's Lane. Nunca se sentira tão apagada, magricela e insignificante.

Havia um automóvel velho estacionado exatamente onde terminava a Lover's Lane. Valancy conhecia bem aquele carro – pelo som, pelo menos –, assim como todos em Deerwood. Isso foi antes de o apelido "Tin Lizzie"[3] pegar em Deerwood, pelo menos; mas, apesar de ser conhecido assim, aquele carro era o menor dos Lizzies, embora não fosse um Ford, e sim um velho Gray Slosson. Não havia automóvel mais gasto e mal-afamado em toda a cidade.

---

3 Apelido do Ford Modelo T, que popularizou e revolucionou a indústria automobilística. Foi fabricado entre 1908 e 1927. (N.T.)

Era o carro de Barney Snaith, e o próprio Barney estava embaixo dele, lutando para sair, com seu macacão coberto de lama. Valancy deu-lhe um olhar rápido, furtivo, enquanto se apressava. Era a segunda vez que ela via o notório Barney Snaith, embora tivesse ouvido falar bastante dele, desde que ele se mudara para Muskoka, "lá em cima", havia cinco anos. A primeira vez fora quase um ano atrás, na estrada de Muskoka. Na ocasião, ele também estava debaixo do carro, tentando sair, e deu-lhe um amplo e alegre sorriso quando a viu passar, um sorriso esquisito, que o fez parecer um gnomo travesso. Não parecia má pessoa; ela não acreditava que ele fosse má pessoa, apesar das turbulentas histórias que sempre contavam sobre ele. É claro que ele passeava a toda velocidade com aquele terrível e velho Grey Slosson por toda Deerwood em horários inapropriados – em que as pessoas decentes estavam na cama –, com frequência acompanhado do velho Estrondoso Abel, que arruinava as noites com seus hediondos uivos – "os dois bêbados, minha querida". E todo mundo sabia que ele era um fugitivo condenado, um caixa de banco ladrão, um assassino escondido, um infiel, o filho ilegítimo do velho Estrondoso Abel, o pai do neto ilegítimo do Estrondoso Abel, um falsário, um apóstata e outras coisas terríveis. Mas Valancy ainda não acreditava que ele fosse mau. Ninguém com um sorriso como aquele podia ser mau, independentemente do que houvesse feito.

Foi naquela noite que o príncipe do Castelo Azul mudou de um homem de queixo inflexível e cabelo prematuramente grisalho para um indivíduo dissoluto, com cabelos compridos, castanho-avermelhados, olhos castanho-escuros e orelhas levemente salientes, apenas o bastante para lhe dar um olhar alerta, mas não o suficiente para serem consideradas orelhas de abano. Mas ainda havia algo de inflexível no seu queixo.

Barney Snaith parecia ainda mais infame do que o habitual. Era evidente que ele não fazia a barba havia dias, e suas mãos e braços, nus até os ombros, estavam pretos de graxa. Mas ele assobiava alegremente e parecia tão feliz que Valancy o invejou. Ela invejou sua alegria e irresponsabilidade, sua misteriosa cabana em uma ilha do lago Mistawis, até mesmo seu velho e mal-afamado Gray Slosson. Nem ele nem seu carro tinham de ser respeitáveis e viver de acordo com as tradições. Quando ele passou por ela, alguns minutos depois, com a cabeça descoberta, recostado em seu Lizzie em um ângulo indecente, com os cabelos compridos soprando ao vento e um velho e rústico cachimbo preto na boca, ela o invejou outra vez. Os homens eram mais felizes, sem dúvida. Esse marginal era feliz, independentemente do que ele fosse. Ela, Valancy Stirling, respeitável, bem-comportada até não poder mais, era infeliz e sempre fora infeliz. A vida era assim.

Valancy chegou bem a tempo do jantar. O sol estava encoberto, e uma chuva fina e desanimadora caía novamente. A prima Stickles estava com nevralgia. Valancy teve de fazer os remendos da família e não houve tempo para *Magia das asas*.

– Os remendos não podem esperar até amanhã? – ela implorou.

– Amanhã você terá outros deveres – disse a senhora Frederick, não se deixando persuadir.

Valancy cerziu a tarde inteira e escutou a senhora Frederick e a prima Stickles contar as eternas e mesquinhas fofocas da família, enquanto tricotavam sombriamente intermináveis meias pretas. Elas discutiram em detalhes a iminência do casamento da prima de segundo grau Lilian. No geral, elas o aprovavam. A prima de segundo grau Lilian estava indo bem.

– Embora não tenha se apressado, ela deve ter agora vinte e cinco anos – disse a prima Stickles.

– Não há, felizmente, muitas solteironas em nossa família – disse a senhora Frederick, amarga.

Valancy encolheu-se. Acabara de espetar o dedo na agulha de costura.

O primo de terceiro grau Aaron Gray tinha sido arranhado por um gato e desenvolvera septicemia no dedo.

– Gatos são animais muito perigosos – disse a senhora Frederick. – Eu jamais teria um gato em casa.

Ela olhou significativamente para Valancy, através dos seus terríveis óculos. Uma vez, cinco anos antes, Valancy perguntara se podia ter um gato. Ela nunca mais tinha mencionado esse desejo, mas a senhora Frederick ainda suspeitava de que ela abrigasse essa vontade ilícita em seu coração.

Certa vez, Valancy espirrou. Segundo o código Stirling, foi uma péssima forma de espirrar em público.

– É sempre possível reprimir um espirro pressionando o dedo no lábio superior – disse a senhora Frederick, com reprovação.

Às nove e meia da noite, como diria o senhor Pepys, era hora de dormir. Mas, antes, as costas nevrálgicas da prima Stickles precisavam ser esfregadas com o unguento de Redfern. Valancy fez isso. Sempre tinha de fazer isso. Ela detestava o cheiro do unguento de Redfern, detestava o rosto presunçoso, radiante e gordo do doutor Redfern na garrafa, com seus bigodes e óculos. Seus dedos ainda tinham o cheiro da horrível substância quando ela se deitou, apesar de tê-los esfregado vigorosamente.

O dia fatídico de Valancy começou e terminou. Ele terminou como havia começado: com lágrimas.

CAPÍTULO 7

Havia uma roseira no pequeno gramado das Stirlings crescendo ao lado do portão. Elas a chamavam de "roseira de Doss". A prima Georgiana a dera a Valancy fazia cinco anos, e esta plantou-a com alegria. Ela amava rosas. Mas, é claro, a roseira nunca floresceu. Não houve jeito. Valancy fez o possível e o imaginário e seguiu o conselho de todos da família, mas ainda assim a roseira não floresceu. Ela desenvolveu-se e cresceu exuberantemente, com grandes galhos frondosos, intocados, sem mangra ou teias de aranha; mas nem um único botão de rosa despontou. Valancy, ao observá-la, dois dias após seu aniversário, encheu-se de um repentino e esmagador ódio por ela. Aquilo não floresceria jamais. Muito bem, então ela a cortaria. Marchou até a sala de ferramentas no celeiro para buscar sua faca de jardim e atacou a roseira com crueldade. Poucos minutos depois, uma horrorizada senhora Frederick saiu para a varanda e viu a filha cortar de modo insano os ramos das roseiras. Metade deles já estava espalhada no chão. O arbusto parecia tristemente despido.

– Doss, o que pensa que está fazendo? Está louca?

– Não – respondeu Valancy. Ela quis responder de modo desafiador, mas o hábito foi mais forte. Sua resposta soou apenas depreciativa.

– Eu... eu só decidi derrubar a roseira. Não adianta. Ela nunca floresce, nunca florescerá.

– Não é motivo para destruí-la – disse a senhora Frederick, severa. – Era um arbusto lindo e bastante ornamental. Você a deixou com uma aparência lamentável.

– Roseiras devem *florescer* – disse Valancy, de maneira obstinada.

– Não discuta *comigo*, Doss. Limpe essa bagunça e deixe a roseira em paz. Não sei o que Georgiana dirá quando vir como você a destruiu. Realmente, estou surpresa com você. E fazer isso sem *me* consultar!

– A roseira é minha – murmurou Valancy.

– O que é isso? O que você disse, Doss?

– Eu apenas disse que a roseira era minha – repetiu Valancy, com humildade.

A senhora Frederick virou-se sem dizer uma palavra e marchou de volta para casa. O mal já estava feito. Valancy sabia que ofendera profundamente sua mãe e que esta não falaria com ela e a ignoraria completamente por dois ou três dias. A prima Stickles cuidaria da educação de Valancy, mas a senhora Frederick preservaria o inflexível silêncio da majestade ultrajada.

Valancy suspirou e guardou a faca de jardim, pendurando-a no seu respectivo prego na oficina. Jogou fora os vários galhos espalhados e varreu as folhas. Seus lábios se contraíram quando olhou para a roseira irregular. Ela trazia uma estranha semelhança com sua agitada e descarnada doadora, a pequena prima Georgiana.

"Eu com certeza a deixei com uma péssima aparência", pensou Valancy.

Ela, entretanto, não sentiu arrependimento; apenas lamentou ter ofendido a mãe. As coisas seriam muito desconfortáveis até que ela fosse perdoada. A senhora Frederick era daquelas mulheres que fazem sua raiva ecoar por toda a casa. Paredes e portas não poderiam protegê-la.

– É melhor você ir até o centro da cidade pegar a correspondência – disse a prima Stickles quando Valancy entrou. – *Eu* não posso ir. Estou sentindo uma grande variedade de fraquezas e pontadas nesta primavera. Quero que você passe na farmácia e compre para mim uma garrafa de xarope amargo de Redfern. Nada como um xarope de Redfern para fortalecer o corpo. O primo James diz que as pílulas roxas são melhores, mas eu sei o que estou dizendo. Meu pobre e querido marido tomou xarope de Redfern até o dia em que morreu. Não os deixe cobrar mais do que noventa centavos. Posso consegui-lo por esse valor em Port. E o que você disse à sua pobre mãe? Já parou para pensar, Doss, que você só tem uma mãe?

"Uma é o bastante para mim", pensou Valancy, desobediente, enquanto se dirigia até a cidade.

Ela comprou a garrafa para a prima Stickles, depois foi até o correio e perguntou se havia alguma correspondência para elas no Serviço de Entregas Geral. Sua mãe nada havia recebido. Elas recebiam pouquíssima correspondência para se importar com isso. Valancy não esperava receber nada, exceto o *Christian Times*, o único jornal que elas assinavam. Quase nunca recebiam cartas. Mas Valancy gostava bastante de ficar na agência de correios observando o senhor Carewe, o velho balconista de barba grisalha que parecia o Papai Noel, entregar cartas para as pessoas que tinham a sorte de recebê-las. Ele fazia isso com um ar muito desinteressado, impessoal e antiquado, como se não se importasse nem um pouco com as celestiais alegrias ou os devastadores horrores que pudessem estar à espreita das pessoas a quem as cartas haviam sido endereçadas. As cartas exercem verdadeiro fascínio em Valancy, talvez porque raramente as recebesse. Em seu Castelo Azul, epístolas emocionantes, amarradas com seda e seladas com cera carmim, estavam sempre sendo trazidas a ela por pajens em librés azuis e douradas, mas na vida real suas únicas cartas eram breves notas ocasionais de parentes ou alguma circular sobre promoção.

Por consequência, ela ficou imensamente surpresa quando o senhor Carewe, parecendo ainda mais velho do que o habitual, estendeu-lhe uma carta. Sim, claramente tinha sido endereçada a ela, com uma letra feroz, em tinta negra: "À senhorita Valancy Stirling, de Elm Street, Deerwood", e o carimbo postal era de Montreal. Valancy a pegou com a respiração levemente acelerada. Montreal! Devia ser do doutor Trent. Ele havia se lembrado dela, afinal.

Valancy viu o tio Benjamin entrar quando ela estava saindo e ficou feliz que a carta estivesse em segurança na sua bolsa.

– Você sabe qual é a diferença entre uma carta e um cavalo? – perguntou o tio Benjamin.

– Não sei. Qual é? – respondeu Valancy, obediente.

– A carta você sela para mandar, e o cavalo você manda para selar. Ah, ah!

Tio Benjamin passou por ela, rindo satisfeito consigo mesmo.

A prima Stickles apoderou-se do *Times* quando Valancy chegou em casa, mas não lhe ocorreu perguntar se havia alguma carta. A senhora Frederick teria perguntado, mas seus lábios, por ora, estavam selados. Valancy ficou feliz com isso. Se ela houvesse perguntado se havia alguma carta, Valancy teria de admitir que sim. Então teria de deixar as duas lerem a carta, e tudo seria descoberto.

Seu coração disparou estranhamente quando subiu as escadas e se sentou ao lado da janela por alguns minutos antes de abrir a carta. Sentiu-se muito culpada e desonesta. Nunca havia escondido uma carta da mãe. Todas as cartas que ela escrevera ou recebera tinham sido lidas pela senhora Frederick. Ela nunca se importara com isso. Valancy nunca teve algo a esconder. Mas isso *agora* importava. Ela não queria que alguém visse a carta. Mas seus dedos tremeram com a consciência de sua maldade e má conduta filial quando a abriu, e talvez ela também tenha tremido um pouco por apreensão. Ela estava certa de que nada havia de errado com seu coração, mas... nunca se sabe.

A carta do doutor Trent era como ele: franca, abrupta, concisa, sem desperdiçar palavras. Ele nunca fazia rodeios. "Cara senhorita Sterling", e em seguida a página preenchida com sua letra clara, em tinta negra. Valancy pareceu lê-la de imediato; deixou-a cair no colo, o rosto branco como um fantasma.

O doutor Trent disse que ela tinha uma forma muito perigosa e fatal de doença cardíaca, angina, evidentemente agravada por um aneurisma, seja lá o que isso fosse, e no último estágio. Disse, sem delongas, que nada poderia ser feito por ela. Se cuidasse muito bem de si, talvez vivesse um ano, mas também podia morrer a qualquer momento. O doutor Trent nunca se incomodou com eufemismos. Ela deveria evitar qualquer tipo de emoção e grandes esforços musculares. Deveria comer e beber com moderação, nunca correr, e subir e descer com bastante cuidado. Qualquer movimento ou choque repentino poderia ser fatal. Ela deveria comprar o remédio com a receita inclusa no envelope, carregá-lo sempre consigo e tomar uma dose quando sentisse as pontadas. Atenciosamente, H. B. Trent.

Valancy ficou sentada em frente à janela por um longo tempo. Lá fora, o mundo se afogava na luz de uma tarde de primavera, com o céu de um azul arrebatador, um vento perfumado e puro e uma adorável e suave névoa azul no fim de cada rua. Na estação ferroviária, um grupo de moças esperava o trem; ela escutou suas alegres risadas, enquanto elas conversavam e brincavam. O trem rugiu quando chegou e rugiu quando partiu. Mas nenhuma dessas coisas parecia real. Nada era real, exceto o fato de que ela tinha apenas mais um ano de vida.

Quando ficou cansada de sentar-se à janela, ela se deitou na cama, olhando para o teto rachado, desbotado. Foi tomada pelo curioso entorpecimento que se segue a um golpe surpreendente. Nada sentiu, exceto uma ilimitada incredulidade, atrás da qual estava a convicção de que o doutor Trent sabia do que estava falando e de que ela, Valancy Stirling, que nunca viveu, estava prestes a morrer.

Quando o gongo tocou para o jantar, Valancy levantou-se e desceu mecanicamente as escadas, pela força do hábito. Ela se espantou por ter sido deixada sozinha por tanto tempo. Mas é claro que sua mãe não prestaria atenção nela agora. Valancy ficou grata por isso. Pensou que a discussão sobre a roseira realmente tinha sido providencial, como a própria senhora Frederick diria. Ela não conseguiu comer, mas a senhora Frederick e a prima Stickles acharam que era porque ela se sentia merecidamente infeliz por causa da atitude de sua mãe, e sua falta de apetite não foi comentada. Valancy forçou-se a engolir uma xícara de chá e então sentou-se e observou-as comer com a estranha sensação de que haviam passado anos desde que se sentou com elas à mesa de jantar. Ela se flagrou sorrindo por dentro quando pensou na comoção que geraria se escolhesse contar a elas. Se simplesmente contasse o que dizia a carta do doutor Trent, haveria tanto barulho como se – Valancy pensou com amargura – elas realmente se importassem com ela.

– A governanta do doutor Trent recebeu notícias dele hoje – disse a prima Stickles, tão de repente que Valancy deu um pulo, sentindo-se culpada. Será que ela lera seus pensamentos? – A senhora Judd conversou com ela lá na cidade. Eles acham que o filho dele vai se recuperar, mas o doutor Trent escreveu que, se isso ocorrer, vai levá-lo para o exterior tão logo ele possa viajar, e não voltará em menos de um ano.

– Isso não importa muito para *nós* – disse a senhora Frederick, majestosamente. – Ele não é o *nosso* médico. Eu não – e então ela olhou, ou pareceu olhar de modo acusador para Valancy – confiaria *nele* nem para ele medicar um gato doente.

– Posso subir e me deitar? – perguntou Valancy, fracamente. – Eu... eu estou com dor de cabeça.

– O que lhe causou dor de cabeça? – perguntou a prima Stickles, já que a senhora Frederick não esboçou reação. A pergunta tinha de ser feita. Valancy não podia se permitir ter dores de cabeça sem interferência.

– Não é do seu feitio ter dores de cabeça. Espero que não tenha pegado caxumba. Aqui está, tente uma colher de vinagre.

– Pufff! – disse Valancy, áspera, levantando-se da mesa. Ela não se importou em parecer rude. Fora obrigada a ser educada a sua vida toda.

Se fosse possível a prima Stickles empalidecer, ela o teria feito. Como não era, ela ficou ainda mais amarela.

– Tem certeza de que não está com febre, Doss? Você parece febril. Suba e vá direto para a cama – disse a prima Stickles, completamente alarmada. – E eu subirei também para esfregar sua testa e nuca com unguento de Redfern.

Valancy tinha chegado até a porta, mas virou-se.

– Não quero que você me esfregue com unguento de Redfern! – disse ela.

A prima Stickles ficou atônita e ofegou.

– O que... O que quer dizer?

– Eu disse que não quero que esfregue unguento de Redfern em mim – repetiu Valancy. – É uma coisa horrível, pegajosa! E o cheiro é tão repugnante, mais do que qualquer unguento que eu já vi. Não serve para nada. Quero ficar sozinha, só isso.

Valancy saiu, deixando a prima Stickles horrorizada.

– Ela está com febre, *só pode* estar com febre! – exclamou a prima Stickles.

A senhora Frederick continuou comendo seu jantar, impassível. Não importava se Valancy estava ou não febril. Valancy tinha sido impertinente com *ela*.

CAPÍTULO 8

Valancy não dormiu naquela noite. Ficou acordada até tarde da noite, na escuridão, pensando, pensando, e fez uma descoberta surpreendente: ela, que tinha medo de quase tudo na vida, não tinha medo da morte, que não lhe parecia nem um pouco terrível. E ela não precisava mais ter medo de nada. Por que temer as coisas? Por causa da vida. Medo de tio Benjamin, por causa da ameaça de pobreza na velhice. Mas agora ela nunca mais seria velha, negligenciada, apenas tolerada. Nunca mais teria medo de ser uma velha solteirona a vida inteira. E agora ela não seria uma velha solteirona por muito tempo. Medo de ofender a mãe e a família porque ela tinha de viver com eles, entre eles, e não poderia viver em paz se não cedesse. Mas agora ela não precisava ceder. Valancy sentiu uma curiosa liberdade.

Mas ela ainda temia uma coisa: o estardalhaço que a família inteira faria quando ela contasse. Valancy estremeceu só de pensar nisso. Ela não poderia suportar. Ah, ela sabia muito bem como seria. Primeiro haveria indignação. Sim, indignação da parte de tio James porque ela tinha ido a um médico, qualquer médico, sem consultá-lo. Indignação da parte de sua mãe por ser tão dissimulada e desonesta "com sua própria mãe, Doss". Indignação da parte de todo o clã porque ela não fora ao consultório do doutor Marsh.

Então viria a solicitude. Ela seria levada ao doutor Marsh, e, quando ele confirmasse o diagnóstico do doutor Trent, ela seria levada a especialistas em Toronto e Montreal. Tio Benjamin pagaria a conta com um esplêndido gesto de generosidade, ajudando, assim, a viúva e a órfã, discorrendo eternamente sobre os escandalosos valores que os especialistas cobravam para parecerem sábios e dizendo que eles não puderam fazer nada. E, quando os especialistas dissessem que nada poderiam fazer por ela, seu tio James insistiria que ela tomasse as pílulas roxas – "Soube que efetuaram uma cura, quando *todos* os médicos já haviam desistido" –, sua mãe insistiria no xarope de Redfern, a prima Stickles em esfregar seu coração todas as noites com unguento de Redfern, argumentando que *poderia* fazer bem e não custava tentar, e o resto da família teria algum remédio especial para sugerir. Doutor Stalling a procuraria e diria solenemente "Você está muito doente. Está preparada para o que a espera?" quase como se ele fosse sacudir seu dedo indicador para ela, o indicador que não havia ficado mais curto ou menos nodoso com a idade. E ela seria vigiada e cuidada como um bebê e nunca a deixariam fazer alguma coisa ou ir a algum lugar sozinha. Talvez nem sequer permitissem que ela dormisse sozinha, para que ela não morresse enquanto dormisse. A prima Stickles ou a mãe insistiriam em dividir com ela o quarto e a cama. Sim, sem dúvida fariam isso.

Foi esse último pensamento que realmente fez Valancy se decidir. Ela não poderia tolerar isso e não iria. Quando o relógio na sala do andar de baixo bateu meia-noite, Valancy, súbita e definitivamente, resolveu que não contaria a ninguém. Sempre lhe disseram, desde muito pequena, que ela deveria esconder seus sentimentos. "Não é elegante ter sentimentos", a prima Stickles lhe havia dito certa vez, com reprovação. Bem, então ela os esconderia, como vingança.

Contudo, embora não temesse a morte, esta não lhe era indiferente. Ela descobriu que sentia *ressentimento* pela morte; não era justo que tivesse de morrer quando nunca havia vivido. Uma rebelião ardeu em sua alma enquanto a madrugada avançava – não porque ela não tinha futuro, mas porque ela não tinha um passado.

"Sou pobre, sou feia, sou um fracasso e estou quase morrendo", pensou. Ela podia ver seu próprio obituário do *Weekly Times* de Deerwood copiado no *Journal* de Port Lawrence. "Uma profunda tristeza foi lançada sobre Deerwood, etc., etc."; "Deixa um grande círculo de amigos para pranteá-la, etc., etc.". Mentira, tudo mentira. Ora, tristeza! Ninguém sentiria sua falta. Sua morte não faria diferença para ninguém. Nem mesmo sua mãe a amava – sua mãe, que ficara tão desapontada por ela não ser um menino ou, pelo menos, uma menina bonita.

Valancy reviu a sua vida inteira entre a meia-noite e o despontar daquela manhã de primavera. Era uma existência muito sem graça, mas aqui e ali surgia um incidente com um significado desproporcional à sua real importância. Todos os incidentes tinham sido desagradáveis, de um modo ou de outro. Nada de fato agradável havia acontecido com Valancy durante sua vida.

"Nunca tive uma hora inteiramente feliz na minha vida, nunca", pensou ela. "Tenho vivido como uma nulidade, uma mulher insípida. Lembro-me de ter lido em algum lugar, certa vez, que uma mulher pode apegar-se sempre a um determinado momento para ser feliz a vida inteira; basta encontrá-lo. Eu nunca encontrei o meu momento, nunca, nunca. E jamais encontrarei agora. Se pudesse ter tido esse momento, eu estaria disposta a morrer."

Aqueles incidentes significativos continuaram flutuando em sua mente como fantasmas não solicitados, sem nenhuma sequência de tempo ou espaço. Por exemplo, aquele momento em que, aos dezesseis anos, ela havia clareado todas as roupas do balde com anil. E a vez em que, aos oito anos, ela "roubou" um pouco de geleia de framboesa da despensa da tia Wellington. Valancy não se lembrava desta última transgressão. Em quase todas as reuniões de família, esses incidentes eram desenterrados e usados contra ela, em forma de piada. Tio Benjamin raramente perdia a chance de evocar a história da geleia de framboesa; havia sido ele quem a flagrara com o rosto todo sujo e manchado.

"Eu realmente fiz tão poucas coisas ruins que eles têm que continuar remoendo as velhas", pensou Valancy. "Ora, eu nunca briguei com ninguém. Não tenho inimigos. Que criatura fraca eu devo ser para não ter um inimigo sequer!"

Houve aquele incidente da pilha de terra na escola, quando ela tinha sete anos. Valancy sempre se lembrava dele quando o doutor Stalling citava o versículo "Pois a quem tem, mais se lhe dará, e terá em abundância; mas ao que quase não tem, até o que tem lhe será tirado". Outras pessoas podiam não entender esse trecho da Bíblia, mas Valancy sempre o compreendera. Sua relação com Olive, que iniciara no dia da pilha de terra, resumia-se a esse trecho.

Ela frequentava a escola havia um ano, mas Olive, que era um ano mais jovem, estava indo pela primeira vez; logo, ela tinha todo aquele *glamour* de "menina nova", e ainda por cima era extremamente bonita. Era a hora do recreio, e todas as meninas, grandes e pequenas, estavam na estrada em frente à escola fazendo pilhas de terra. O objetivo de cada uma delas era construir a maior pilha. Valancy era boa em construir pilhas de terra, havia toda uma arte em fazê-lo, e secretamente tinha esperanças de vencer. Mas Olive, trabalhando sozinha, viu-se de repente com a maior pilha de terra. Valancy não ficou com inveja. Sua pilha de terra era grande o bastante para satisfazê-la. Então uma das garotas mais velhas teve uma inspiração.

– Vamos colocar toda a nossa terra na pilha de Olive e fazer uma pilha enorme! – ela exclamou.

As meninas pareceram tomadas por um frenesi. Elas derrubaram suas pilhas de terra com baldes e pás, e em poucos segundos a pilha de

Olive era uma verdadeira pirâmide. Em vão, Valancy, com os pequenos e magros braços estendidos, tentou proteger sua pilha. Foi impiedosamente empurrada para o lado, e sua pilha de terra foi acrescentada à de Olive. Valancy virou-se resolutamente e começou a construir outra pilha de terra. Mais uma vez, uma garota maior saltou sobre ela. Valancy entrou na frente da sua pilha, corada, indignada, com os braços estendidos para protegê-la.

– Não a destrua –implorou ela. – Por favor, não a destrua.

– Mas *por quê*? – quis saber a menina mais velha. – Por que não quer ajudar a deixar a pilha de Olive ainda maior?

– Quero ter minha própria pilha de terra – disse Valancy, pateticamente.

Seu apelo foi ignorado. Enquanto ela argumentava com uma garota, outra destruiu sua pilha de terra. Valancy afastou-se, com o coração apertado e os olhos cheios de lágrimas.

– Invejosa, você está com inveja! – disseram as meninas, zombando.

– Você foi muito egoísta – disse a mãe, com frieza, quando, à noite, Valancy lhe contou o que acontecera. Essa foi a primeira e última vez que Valancy contou seus problemas à mãe.

Valancy não era invejosa nem egoísta. Só queria ter sua própria pilha de terra, pequena ou grande, não importava. Uma parelha de cavalos desceu a rua, a pilha de terra de Olive foi espalhada por toda a estrada, o sinal tocou, as meninas apressaram-se, todas juntas, para chegar à escola e esqueceram o caso todo antes de chegarem a seus assentos. Valancy nunca esqueceu. Até hoje, internamente, ela guardava mágoa. Mas aquilo não representava a sua vida?

"Nunca consegui ter minha própria pilha de terra", pensou Valancy.

Em uma noite de outono, em seu sexto aniversário, ela viu surgir bem no fim da rua uma enorme lua vermelha. Ela ficou paralisada com o horrível e estranho pavor que sentiu. Estava tão perto dela. Era tão grande. Correu para sua mãe, trêmula, e a mãe riu dela. Ela foi para a cama e entrou embaixo dos lençóis, aterrorizada, com medo de olhar para a janela e ver aquela lua horrível olhando para ela.

Quando ela tinha quinze anos, um rapaz tentou beijá-la em uma festa. Ela não permitiu, fugiu e correu. Ele foi o único garoto que tentou beijá-la. Agora, catorze anos depois, Valancy viu-se desejando tê-lo deixado beijá-la.

Certa vez a obrigaram a pedir desculpas a Olive por algo que não tinha feito. Olive dissera que Valancy a tinha empurrado em uma poça de lama e estragado seus sapatos novos *de propósito*. Valancy sabia que não fizera aquilo. Tinha sido um acidente, e, mesmo assim, não era sua culpa, mas ninguém acreditou nela. Ela teve de pedir desculpas e beijar Olive para "fazer as pazes". A injustiça sofrida queimava em sua alma naquela noite.

Em um verão Olive surgiu com o chapéu mais bonito que Valancy já viu, enfeitado com uma rede amarela, uma guirlanda de rosas vermelhas e pequenos laços de fita embaixo do queixo. Valancy havia desejado um chapéu assim mais do que jamais desejara qualquer coisa na vida. Ela pediu um e foi motivo de riso, e durante todo o verão foi obrigada a usar um horrível chapéu de palha marrom com um elástico que machucava suas orelhas.

Todo mundo a achou tão maltrapilha que nenhuma menina quis ser vista com ela, nenhuma exceto Olive. As pessoas acharam que Olive era muito gentil e altruísta.

"Eu fiz um excelente contraste com ela", pensou Valancy. "Mesmo naquela época ela sabia disso."

Valancy tentou ganhar um prêmio de comparecimento à escola dominical certa vez. Mas Olive ganhou. Houve muitos domingos em que Valancy precisou ficar em casa porque estava resfriada. Ela tentou uma vez "fazer um discurso" na escola, em uma sexta-feira à tarde, e havia falhado. Olive era uma boa recitadora e nunca travava.

Em uma noite, quando tinha dez anos, ela passou em Port Lawrence com tia Isabel. Byron Stirling estava lá; ele viera de Montreal, tinha doze anos e era vaidoso, inteligente. Certa manhã, durante as preces da família, Byron estendeu a mão por baixo da mesa e beliscou com tanta força o braço fino de Valancy que ela gritou de dor. Após as orações, ela foi chamada ao balcão de julgamento de tia Isabel. Mas quando disse que Byron a tinha beliscado, ele negou. Ele disse que ela gritou porque o gato a arranhou. Disse que ela tinha colocado o gato no colo e estava brincando com ele quando deveria estar ouvindo a oração de tio David. Acreditaram *nele*. No clã Stirling, sempre acreditavam primeiro nos meninos. Valancy foi mandada para casa em desgraça por causa de seu excessivo mau comportamento durante as orações familiares e não foi mais convidada para visitar a casa de tia Isabel por muitas luas.

Quando a prima Betty Stirling se casou, de algum modo Valancy ficou sabendo que Betty iria chamá-la para ser uma de suas damas de honra. Valancy ficou secretamente enlevada. Seria maravilhoso ser uma dama de honra. E é claro que ela teria de comprar um vestido novo para a ocasião, um lindo vestido novo, um vestido cor-de-rosa. Betty queria que suas damas de honra se vestissem de cor-de-rosa.

Mas Betty nunca a chamou, afinal de contas. Valancy não soube o porquê, mas, muito tempo após suas secretas lágrimas de decepção terem secado, Olive lhe contou o motivo. Betty, depois de muita consulta e reflexão, decidiu que Valancy era insignificante demais, ela "estragaria o efeito". Isso fora nove anos atrás. Mas, naquela noite, Valancy prendeu a respiração com aquela antiga ferida e o sofrimento que ela lhe causou na época.

No dia de seu décimo primeiro aniversário, sua mãe a atormentou para confessar algo que ela nunca havia feito. Valancy negou por bastante tempo, mas, em nome da paz, ela cedeu e se declarou culpada. A senhora Frederick estava sempre fazendo as pessoas mentir, colocando-as em situações em que elas eram *obrigadas* a mentir. Então sua mãe a fez se ajoelhar no chão da sala, entre ela e a prima Stickles, e dizer "Ó, Deus, por favor, perdoe-me por não falar a verdade". Valancy disse exatamente o que foi pedido, mas, quando se levantou, ela murmurou: "Mas, ó Deus, você sabe que eu falei a verdade". À época, Valancy nunca tinha ouvido falar de Galileu, mas seu destino foi similar ao dele. Ela foi punida com enorme severidade, como se não houvesse confessado e orado.

Houve um inverno em que ela foi para a escola de dança. Tio James havia decretado que ela deveria ir e pagou pelas aulas. Como havia ansiado por aquele momento! E como ela havia odiado! Seus parceiros nunca foram voluntários. Toda vez, o professor precisava mandar um menino dançar com ela, e geralmente ele ficava emburrado com isso. No entanto, Valancy era uma boa dançarina, leve como uma pluma. Olive, a quem jamais faltaram parceiros ávidos, tinha os pés pesados.

Quando ela tinha dez anos, houve o caso do colar de botão. Todas as meninas da escola tinham colares de botões. O de Olive era bastante comprido, com muitos botões bonitos. Valancy tinha um. A maior parte dos botões era absolutamente comum, mas havia seis botões belíssimos, que tinham pertencido ao vestido de noiva da avó Stirling - botões brilhantes de ouro e vidro, muito mais bonitos que os de Olive. A posse deles conferia certa distinção a Valancy. Ela sabia que todas as meninas da escola a invejavam pela posse exclusiva dos belos botões. Quando Olive viu o colar de botões, estreitou os olhos, mas não disse nada – por ora. No dia seguinte, tia Wellington foi até Elm Street e disse à senhora Frederick que achava que Olive deveria ter alguns daqueles botões; afinal de contas, a avó Stirling também era sua mãe. A senhora Frederick concordou afavelmente. Ela não podia se dar ao luxo de brigar com tia Wellington. Além disso, a questão não tinha a menor importância para ela. Tia Wellington levou quatro botões, deixando generosamente dois para Valancy. Valancy arrancou os botões do colar, atirou-os ao chão – ela ainda não tinha aprendido que não era feminino ter sentimentos – e foi mandada para a cama sem jantar por causa da cena.

CAPÍTULO 9

A comemoração das bodas de prata do tio Herbert e da tia Alberta passou a ser mencionada com delicadeza entre os Stirlings, nas semanas posteriores, como "a vez em que percebemos que a pobre Valancy era – um pouco – *você sabe*".

Por nada deste mundo um Stirling insinuaria ou diria em alto e bom som que Valancy havia ficado levemente louca ou mesmo que sua mente estava um pouco perturbada. Considerou-se que o tio Benjamin foi longe demais quando exclamou "Ela é maluca. Estou dizendo, ela é maluca", e ele só foi desculpado por causa do ultrajante comportamento de Valancy no mencionado jantar de bodas de prata.

Contudo, a senhora Frederick e a prima Stickles já haviam notado algumas coisas que as deixaram inquietas muito antes do jantar. Tudo começou com a roseira, é claro; e Valancy nunca mais voltou a ser "completamente normal". Ela não pareceu se importar com o fato de sua mãe não estar falando com ela. Qualquer um acharia que ela não reparara nisso. Ela havia se recusado categoricamente a tomar as pílulas roxas ou o xarope de Redfern. Anunciara friamente que não pretendia mais responder quando a chamassem de "Doss". Disse à prima Stickles que gostaria que ela parasse de usar aquele broche com o cabelo da prima Artemas Stickles. Movera sua cama de lugar e instalou-a no canto oposto. Lera *Magia das asas* no domingo à tarde. Quando a prima Stickles a repreendeu, Valancy dissera, com indiferença, "Ah, esqueci que era domingo" e continuou lendo.

A prima Stickles tinha visto uma coisa terrível: ela pegou Valancy escorregando pelo corrimão. A prima Stickles não contou à senhora Frederick, pois a pobre Amelia já estava preocupada o bastante. Mas foi o anúncio de Valancy, no sábado à noite, de que ela não iria mais à igreja anglicana que rompeu o silêncio de pedra da senhora Frederick.

– Não vai mais à igreja! Doss, você perdeu completamente a...

– Ah, mas eu vou continuar indo à igreja... – disse Valancy, alegremente – à igreja presbiteriana. À igreja anglicana eu nunca mais vou.

Isso foi ainda pior. A senhora Frederick recorreu às lágrimas, descobrindo que o recurso da majestade ultrajada deixara de ser eficaz.

– O que você tem contra a igreja anglicana? – soluçou ela.

– Nada. Apenas o fato de que você sempre me obrigou a frequentá-la. Se tivesse me obrigado a ir à igreja presbiteriana, eu iria querer frequentar a anglicana.

– Isso é coisa que se diga à sua mãe? Ah, quão verdadeiro é o que dizem: ter um filho ingrato é mais doloroso que a mordida de uma serpente.

– Isso é coisa que se diga a uma filha? – perguntou Valancy, impenitente.

Portanto, o comportamento de Valancy nas bodas de prata não foi tanto uma surpresa para a senhora Frederick e para Christine Stickles quanto foi para o resto da família. Elas ficaram em dúvida sobre se seria sensato levá-la, mas concluíram que causaria "falatório" se não o fizessem. Talvez ela se comportasse, e até então ninguém de fora havia suspeitado de que havia algo estranho com ela. Por uma especial graça da Providência, choveu torrencialmente no domingo de manhã, de maneira que Valancy não executou sua terrível ameaça de ir à igreja presbiteriana.

Valancy não teria se importado se elas a deixassem em casa. Essas celebrações familiares eram todas irremediavelmente maçantes. Mas os Stirlings sempre comemoravam tudo. Era um costume estabelecido havia muito tempo. Até a senhora Frederick deu um jantar em seu aniversário de casamento, e a prima Stickles recebeu amigos para jantar em seu aniversário. Valancy detestava esses entretenimentos porque, para pagá-los, elas eram obrigadas a apertar os cintos, economizar e dar um jeito de sobreviver por semanas após as festividades. Mas ela queria ir às bodas de prata. Tio Herbert ficaria magoado se ela não fosse, e ela gostava do tio Herbert. Além disso, ela queria examinar todos os seus parentes sob seu novo ângulo. Seria um excelente local para tornar pública sua declaração de independência se a ocasião surgisse.

– Coloque seu vestido de seda marrom – disse a senhora Stirling.

Como se houvesse outra coisa para vestir! Valancy tinha apenas um vestido festivo, de seda marrom-escura, que tia Isabel havia lhe dado. Tia Isabel havia decretado que Valancy jamais deveria usar cores. Ninguém a contradisse. Quando ela era jovem, permitiram que vestisse branco, mas essa concessão foi tacitamente abandonada anos depois. Valancy pôs o vestido de seda marrom. Ele tinha um colarinho alto e mangas compridas. Ela nunca usara um vestido com decote e mangas até o cotovelo, apesar de a moda ter vigorado, mesmo em Deerwood, por mais de um ano. Mas ela não arrumou o cabelo em estilo *pompadour*. Ela o amarrou no pescoço e puxou-o sobre as orelhas. Achou que lhe caiu bem; só o laço nó lhe pareceu absurdamente pequeno. A senhora Frederick não gostou dos cabelos dela, mas decidiu que era mais sensato não dizer nada na noite da festa. Era muito importante que Valancy permanecesse de bom humor, se possível, até tudo terminar. A senhora Frederick não reparou que era a primeira vez em sua vida que ela achava necessário considerar os humores de Valancy. Mas é que Valancy nunca tinha agido de modo "estranho" antes.

A caminho da casa do tio Herbert, com a senhora Frederick e a prima Stickles andando na frente, e Valancy seguindo humildemente atrás, o Estrondoso Abel passou por elas em sua carroça. Estava bêbado, como de costume, mas não no estágio de rugir. Apenas bêbado o bastante para ser excessivamente polido. Ele ergueu seu velho e surrado boné xadrez com o ar de um monarca saudando seus súditos e fez uma grande reverência. A senhora Frederick e a prima Stickles não se atreveram a ignorar completamente o Estrondoso Abel. Ele era a única pessoa em Deerwood capaz de fazer trabalhos ocasionais de carpintaria e reparo quando eles precisavam ser feitos, então não seria bom ofendê-lo. Mas responderam apenas com uma leve e rígida inclinação de cabeça. Estrondoso Abel devia ser colocado em seu lugar.

Valancy, por trás delas, fez algo que, felizmente, elas foram poupadas de ver. Ela sorriu com alegria e acenou com a mão para Estrondoso Abel. Por que não? Ela sempre gostara do velho pecador. Ele era um depravado muito alegre, pitoresco e desavergonhado e destacava-se contra a monótona respeitabilidade de Deerwood e seus costumes como uma bandeira vermelha de revolta e protesto. Poucas noites atrás, Abel vagara por Deerwood de madrugada, rugindo, com toda a potência de sua voz retumbante, imprecações que podiam ser ouvidas a quilômetros, e fustigando furiosamente seu cavalo enquanto avançava a galope pela decorosa e recatada Elm Street.

– Rugiu e blasfemou como um demônio – estremeceu a prima Stickles à mesa de desjejum.

– Não consigo entender como a mão julgadora do Senhor ainda não caiu sobre esse homem tempos atrás – disse a senhora Frederick, petulantemente, como se achasse que a Providência era muito demorada e precisava de um gentil lembrete.

– Alguém ainda vai encontrá-lo morto em uma manhã. Cairá sob os cascos do cavalo e será pisoteado até a morte – disse a prima Stickles, de modo tranquilizador.

Valancy não disse nada, é claro; mas perguntou-se se as periódicas farras de Estrondoso Abel não eram seu fútil protesto contra a pobreza, a labuta e a monotonia de sua existência. *Ela* tinha suas farras de sonhos no Castelo Azul. Estrondoso Abel, não tendo imaginação, não podia fazer isso. As fugas dele à realidade tinham de ser concretas. Então ela acenou para ele, com um súbito sentimento de companheirismo, e Estrondoso Abel, que não estava bêbado demais para se surpreender, quase caiu de seu assento, de tanto espanto.

A essa altura, elas haviam chegado à Maple Avenue e à casa do tio Herbert, uma grande e pretensiosa estrutura, salpicada com descabidas janelas de sacada e varandas excrescentes. Uma casa que sempre lhe parecera um estúpido, próspero e convencido homem com verrugas no rosto.

– Uma casa como essa – disse Valancy com solenidade – é uma blasfêmia.

A senhora Frederick ficou absolutamente chocada. O que Valancy havia dito? Era algo profano? Ou apenas estranho? A senhora Frederick tirou seu chapéu com mãos trêmulas no quarto de hóspedes de tia Alberta. Ela fez mais uma débil tentativa de evitar o desastre. Reteve Valancy no patamar, enquanto prima Stickles descia as escadas.

– Vai tentar se lembrar de que é uma dama? – ela implorou.

– Ah, se houvesse alguma esperança de poder esquecê-lo! – disse Valancy, cansada.

A senhora Frederick sentiu que não merecia isso da Providência.

CAPÍTULO 10

– Abençoe este alimento para o nosso uso e consagre nossa vida ao Teu serviço – disse tio Herbert, rapidamente.

Tia Wellington franziu a testa. Ela sempre considerou as graças de Herbert muito curtas e "irreverentes". Uma graça, aos olhos da tia Wellington, tinha de ter pelo menos três minutos e devia ser proferida em um tom sobrenatural, algo entre um gemido e um cântico. Como protesto, ela manteve-se de olhos baixos por um tempo perceptível, após todos terem erguido a cabeça. Quando se permitiu sentar direito, ela encontrou Valancy olhando para ela. Mais tarde, tia Wellington passou a afirmar com frequência que soube naquele momento que havia algo errado com Valancy. Naqueles seus olhos amendoados, estranhos – "nós deveríamos ter percebido que ela não era completamente *normal*, com olhos como aqueles" –, havia um brilho de zombaria e diversão, como se Valancy estivesse rindo *dela*. Uma coisa dessas era impensável, é claro. Tia Wellington parou imediatamente de pensar nisso.

Valancy estava se divertindo. Ela nunca havia se divertido antes em uma "reunião familiar". Nas funções sociais, assim como nos jogos infantis, ela tinha apenas uma função: "fazer número". Seu clã sempre a considerou muito enfadonha. Ela não tinha traquejos sociais. E tinha o hábito de fugir do tédio das festas familiares refugiando-se em seu Castelo Azul, o que resultou em um alheamento que aumentou sua reputação de apatia e inaptidão.

— Ela não tem nenhuma presença social — havia decretado tia Wellington, de uma vez por todas. Ninguém imaginou que Valancy ficasse muda quando os encontrava simplesmente porque tinha medo deles. Mas agora ela não tinha mais. Os grilhões haviam sido arrancados de sua alma. Ela estava mais do que preparada para conversar, se a ocasião se apresentasse. Enquanto isso, permitiu-se pensar livremente, como jamais ousara fazer antes. Ela soltou-se com um selvagem júbilo interior, enquanto tio Herbert cortava o peru. Tio Herbert endereçou a Valancy um segundo olhar naquele dia. Sendo homem, ele não sabia o que ela havia feito com o cabelo, mas pensou, surpreso, que Doss não era uma garota tão sem graça, afinal de contas; e colocou um pedaço extra de carne branca no prato dela.

— Por que a beleza das jovens é como uma fruta seca? — propôs tio Benjamin, puxando papo "para descontrair um pouco", como ele dizia.

Valancy, cujo dever era dizer "O quê?", não disse nada. Ninguém mais disse nada, então tio Benjamin, depois de uma pausa de expectativa, teve de responder "Porque passa" e sentiu que sua charada havia falhado. Ele olhou ressentido para Valancy, que nunca havia falhado com ele antes, mas ela não o pareceu notar. Ela estava olhando em volta da mesa, examinando implacavelmente cada um dos presentes naquela deprimente assembleia de pessoas sensatas e observando suas pequenas vergonhas com um sorriso descontraído, divertido.

Então essas eram as pessoas que ela sempre olhara com reverência e medo. Ela pareceu vê-las com outros olhos.

A grande, capaz, condescendente e volúvel tia Mildred, que se considerava a mulher mais inteligente da família, para quem o marido era só um pouco inferior aos anjos e cujos filhos eram maravilhosos. Seu filho Howard não estava com dentição completa aos onze meses? E ela não podia lhe dizer a melhor maneira de fazer tudo, desde cozinhar cogumelos até matar uma cobra? Que pessoa tediosa! Que verrugas feias ela tinha no rosto!

A prima Gladys, que estava sempre elogiando o filho que morrera jovem e brigando com o que estava vivo. Ela tinha neurite, ou o que ela chamava de neurite. A doença passava de uma parte do corpo para outra. Era bastante conveniente. Se alguém quisesse que ela fosse a algum lugar ao qual ela não queria ir, ela tinha neurite nas pernas. E, sempre que algum esforço mental era exigido, ela tinha neurite na cabeça. Não se pode *pensar* com uma neurite na cabeça, minha querida.

"Que velha farsante você é!", pensou Valancy, impiedosa.

A tia Isabel. Valancy contou seus queixos. Tia Isabel era a crítica da família. Ela sempre gostou de humilhar as pessoas. Além de Valancy, mais membros da família tinham medo dela. Admitia-se que ela tinha uma língua afiada.

"Eu me pergunto o que aconteceria com seu rosto se você sorrisse", especulou Valancy, descaradamente.

A prima em segundo grau Sarah Taylor, com seus grandes, pálidos e inexpressivos olhos, que era notada pela variedade de suas receitas de picles e nada mais. Ela tinha tanto medo de dizer algo indiscreto que nunca disse algo que valesse a pena. Tão correta que corou quando viu a imagem de um espartilho no anúncio e colocou um vestido em sua estatueta de Vênus de Milo para deixá-la "decente".

A pequena prima Georgiana. Não era uma alma tão ruim. Mas era melancólica, muito melancólica. Sempre parecia ter sido recentemente passada e engomada. Sempre estava com medo de se soltar. A única coisa de que ela realmente gostava era de um funeral. Não havia surpresas com um cadáver por perto. Nada mais podia acontecer com *ele*. Mas, enquanto havia vida, havia medo.

Tio James. Bonito, moreno, com sua boca sarcástica, cheia de armadilhas, e suas costeletas cinzentas, cuja diversão favorita era escrever cartas controversas ao *Christian Times*, atacando o modernismo. Valancy sempre se perguntava se ele parecia tão solene quando dormia como quando estava acordado. Não era de admirar que sua esposa houvesse morrido jovem. Valancy lembrava-se dela. Uma mulher bonita, sensível. Tio James havia negado tudo o que ela queria e despejado nela tudo o que ela não queria. Ele a matou... legalmente. Ela fora sufocada e privada.

Tio Benjamin, ofegante, sempre de boca aberta. Com grandes bolsas sob os olhos que nada tinham de reverentes.

Tio Wellington. Rosto comprido e pálido, cabelo fino e amarelo-claro, "um dos mais belos Stirlings", corpo magro e curvado, testa abominavelmente alta, com vincos tão feios, e "olhos inteligentes como os de um peixe", pensou Valancy. "Parece uma caricatura de si mesmo."

Tia Wellington. Seu nome era Mary, mas era chamada pelo nome do marido para distingui-la da tia-avó Mary. Uma maciça, digna e permanente senhora. Cabelos grisalhos esplendidamente penteados. Um rico e elegante vestido bordado com contas. As verrugas dela tinham sido removidas por eletrólise, o que tia Mildred considerava uma perversa evasão dos propósitos de Deus.

Tio Herbert, com seus cabelos grisalhos espetados. Tia Alberta, que torcia sua boca de modo tão desagradável ao falar e tinha grande reputação de altruísmo porque estava sempre doando um monte de coisas que não queria mais. Valancy não foi tão severa em seu julgamento porque gostava deles, mesmo sabendo que eles eram, como diria Milton, com sua expressiva frase, "estupidamente bons". Mas ela se perguntou por que motivo inescrutável tia Alberta achou adequado amarrar uma fita de veludo negra acima do cotovelo, em volta de cada um de seus braços roliços.

Então ela olhou para Olive, do outro lado da mesa. Olive, que sempre lhe fora apontada como um modelo de beleza, comportamento e êxito, desde que se podia lembrar. "Por que não pode se comportar como Olive, Doss? Por que não pode se sentar corretamente como

Olive, Doss? Por que não pode falar lindamente como Olive, Doss? Por que não pode se esforçar, Doss?"

Os olhos de elfo de Valancy perderam seu brilho zombeteiro e tornaram-se pensativos e tristes. Não se podia ignorar Olive ou desdenhar dela. Era quase impossível negar que ela era bonita, eficaz e, às vezes, até um pouco inteligente. Sua boca talvez fosse um pouco carnuda demais. Ela podia mostrar seus belos, brancos e perfeitos dentes muito prodigamente quando sorria. Mas, no fim das contas, Olive justificava o resumo de tio Benjamin: "uma garota deslumbrante". Sim, Valancy concordou de todo coração. Olive era de fato deslumbrante.

Sedosos cabelos castanho-dourados, elegantemente vestida, com um *bandeau* brilhante mantendo os macios e lustrosos cabelos no lugar; grandes e brilhantes olhos azuis e cílios grossos e espessos; rosto rosado e um pescoço marmóreo surgindo acima do vestido; grandes gotas de pérolas nas orelhas; o cintilar de um diamante azul-claro no comprido, macio e céreo dedo, com uma unha pontiaguda cor-de-rosa; braços de mármore brilhando através do chiffon verde e da renda escura. Valancy sentiu-se subitamente grata por seus próprios braços magros estarem decentemente envoltos em seda marrom. Então ela retomou sua tabulação dos encantos de Olive.

Alta. Majestosa. Confiante. Tudo o que Valancy não era. Também tinha covinhas nas bochechas e no queixo. "Uma mulher com covinhas sempre consegue o que quer", pensou Valancy, em um recorrente acesso de amargura com o destino que lhe havia negado até uma covinha.

Olive era apenas um ano mais nova que Valancy, embora um estranho pudesse achar que havia pelo menos dez anos entre elas. Mas ninguém temia que ela ficasse solteirona. Olive sempre fora cercada por uma multidão de pretendentes ansiosos desde a tenra adolescência, e seu espelho estava sempre cercado de cartões, fotografias, programas e convites. Aos dezoito, quando se formou na Havergal College, Olive ficou noiva de Will Desmond, um jovem advogado. Will Desmond morreu, e Olive cumpriu adequadamente o luto por dois anos. Quando tinha vinte e três anos, teve um movimentado namoro com Donald Jackson. Mas a tia e o tio Wellington não aprovaram o rapaz e, no fim, Olive rompeu com ele, obedientemente. Ninguém do clã Stirling, independentemente do que os de fora pudessem dizer, deu a entender que ela fez isso porque o próprio Donald havia "esfriado" com relação a ela. Fosse como fosse, a terceira aventura de Olive contou com a aprovação de todos. Cecil Price era inteligente, bonito e "um dos melhores partidos de Port Lawrence". Olive estava noiva dele havia três anos. Ele acabara de se formar em engenharia civil e iriam se casar tão logo ele firmasse um contrato. O enxoval de Olive estava abarrotado de coisas primorosas, e ela já havia confidenciado a Valancy como seria o seu vestido de noiva: seda marfim enfeitada com rendas e cauda de cetim branco, forrado com *georgette* verde-clara e véu de renda de Bruxelas, uma relíquia de família. Valancy também sabia, embora Olive não houvesse lhe contado, que as damas de honra tinham sido escolhidas e que ela não estava entre elas.

Valancy sempre foi, de certo modo, confidente de Olive, talvez por ser a única garota que Olive conhecia que não a incomodaria com suas próprias confidências. Olive sempre contou a Valancy todos os detalhes de seus casos amorosos, desde o dia em que os meninos da escola começaram a "persegui-la" com cartas de amor. Valancy não podia se consolar pensando que esses casos eram inventados. Olive realmente vivera aquilo. Muitos homens ficaram loucos por ela, além dos três afortunados.

"Não sei o que os pobres idiotas veem em mim, o que os leva a fazer papel de idiota", costumava dizer Olive. Valancy teria gostado de dizer "eu também não", mas a verdade e a diplomacia a impediam. Ela *sabia* por quê, sabia perfeitamente bem. Olive Stirling era uma das moças pelas quais os homens perdem a cabeça, tão indubitavelmente quanto ela, Valancy, era uma das moças para quem os homens jamais olhavam duas vezes.

"E ainda assim", pensou Valancy, resumindo-a com uma nova e implacável conclusão, "ela é como uma manhã sem orvalho. Falta *algo* nela."

CAPÍTULO 11

Enquanto isso, o jantar, ainda na fase inicial, arrastava-se com lentidão, fiel à tradição dos Stirlings. A sala estava fria, apesar da época, e tia Alberta havia acendido as lareiras a gás. Todos na família invejavam aquelas lareiras a gás, exceto Valancy. Gloriosas lareiras ardiam em todos os aposentos de seu Castelo Azul quando as noites de outono eram frias, mas ela preferia congelar até a morte antes de cometer o sacrilégio de instalar uma lareira a gás. Tio Herbert fez sua eterna e audaciosa piada ao passar a carne à tia Wellington: "Mary, você quer um carneirinho?". Tia Mildred contou a mesma velha história de quando encontrou um anel perdido no papo de um peru. Tio Benjamin contou *sua* história prosaica favorita de como havia perseguido e punido por roubar maçãs um homem agora famoso. A prima de segundo grau Jane descreveu em detalhes o seu sofrimento com um dente ulcerado. Tia Wellington admirou o padrão das colheres de chá de prata de tia Alberta e lamentou o fato de uma das suas estar perdida.

– Estragou o conjunto. Nunca consegui encontrá-la. E tinha sido presente de casamento da querida tia Matilda.

Tia Isabel disse que achava que as estações estavam mudando e não conseguia imaginar o que havia acontecido com nossas boas e velhas primaveras. Prima Georgiana, como de costume, discorreu sobre o último funeral a que comparecera e perguntou-se, audivelmente, "qual dentre nós será o próximo a falecer?". Prima Georgiana jamais poderia dizer uma palavra honesta como "morrer". Valancy pensou em lhe dizer, mas não o fez. A prima Gladys, como sempre, tinha uma queixa. Os sobrinhos que a visitaram tinham arrancado todos os brotos de suas plantas domésticas e perseguido os pintinhos de suas belas galinhas – "espremeram alguns até a morte, minha querida".

– Coisa de meninos – lembrou o tio Herbert, com tolerância.

– Mas eles não precisam agir como animais furiosos, violentos – replicou a prima Gladys, olhando em volta da mesa para apreciar a repercussão do seu sagaz comentário. Todo mundo sorriu, exceto Valancy. A prima Gladys percebeu. Alguns minutos mais tarde, quando discutiam sobre Ellen Hamilton, a prima Gladys referiu-se a ela como "uma daquelas garotas tímidas e simplórias que não conseguem arrumar marido" e olhou significativamente para Valancy.

Tio James achou que o nível da conversa estava recaindo em um plano bastante baixo, de fofocas pessoais. Ele tentou elevá-lo, iniciando uma discussão abstrata sobre "a maior felicidade". Todos foram convidados a declarar sua ideia de "maior felicidade".

Tia Mildred declarou que a maior felicidade, para uma mulher, era ser "uma amorosa e amada esposa e mãe". Tia Wellington considerou viajar pela Europa. Olive afirmou que era ser uma excelente cantora, como Tetrazzini. Prima Gladys observou pesarosamente que sua maior felicidade seria estar livre, absolutamente livre, da neurite. A maior felicidade para a prima Georgiana seria "ter de volta seu querido irmão Richard, que havia falecido".

Tia Alberta comentou vagamente que a maior felicidade devia ser encontrada na "poesia da vida" e rapidamente deu algumas instruções à sua empregada, a fim de impedir que alguém lhe perguntasse o que ela queria dizer com isso. A senhora Frederick disse que a maior felicidade era viver a vida servindo com amor os outros, e a prima Stickles e tia

Isabel concordaram com ela – tia Isabel com um ar ressentido, como se pensasse que a senhora Frederick havia roubado a sua ideia. "Somos todos muito suscetíveis", continuou a senhora Frederick, determinada a não perder uma oportunidade tão boa, "a viver de modo egoísta, mundano e pecaminoso." Todas as outras mulheres sentiram-se censuradas por seus ideais baixos, e tio James ficou convencido de que a conversa tinha sido elevada por vingança.

– A maior felicidade – disse Valancy repentina e distintamente – é espirrar quando der vontade.

Todo mundo olhou para ela. Ninguém achou seguro dizer algo. Valancy estava tentando ser engraçada? Era incrível. A senhora Frederick, que estivera respirando aliviada desde que o jantar avançara sem nenhum outro surto da parte de Valancy, começou a tremer novamente. Mas achou prudente não dizer nada. Tio Benjamin não foi tão prudente. Ele precipitadamente trilhou o caminho que a senhora Frederick temia pisar.

– Doss – riu ele –, qual é a diferença entre uma jovem e uma solteirona?

– Uma dança até raiar o dia e a outra fica para titia – disse Valancy. – Você propôs essa charada pelo menos umas cinquenta vezes, pelo que me lembro, tio Ben. Por que não inventa charadas novas se realmente *precisa* dizê-las? É um erro fatal tentar ser engraçado quando não consegue.

Tio Benjamin olhou de modo estúpido para ela. Nunca, em toda a sua vida, ele, Benjamin Stirling, dos Stirlings e Frosts, tinha sido tratado desse modo. E por Valancy, ainda por cima! Ele olhou debilmente em volta da mesa para ver o que os outros pensavam daquilo. Todo mundo estava completamente aturdido. A pobre senhora Frederick havia fechado os olhos. E seus lábios trêmulos começaram a se mover, como se ela estivesse rezando. Talvez ela estivesse mesmo. A situação era tão sem precedentes que ninguém soube como enfrentá-la. Valancy continuou comendo calmamente a sua salada, como se nada fora do normal houvesse acontecido.

Tia Alberta, para salvar seu jantar, mencionou que um cachorro a tinha mordido fazia pouco tempo. Tio James, para apoiá-la, perguntou onde o cachorro a mordera.

– Um pouco depois da igreja católica – disse tia Alberta.

Nesse momento, Valancy riu. Ninguém mais riu. Afinal, o que havia para rir?

– Era uma parte vital? – perguntou Valancy.

– O que quer dizer? – perguntou tia Alberta, desconcertada, e a senhora Frederick foi quase levada a acreditar que ela havia servido a Deus durante toda a sua vida por nada.

Tia Isabel concluiu que cabia a ela reprimir Valancy.

– Doss, você está horrivelmente magra – disse ela. – Está que é *puro* osso. Já *tentou* engordar um pouco?

– Não. – Valancy não estava disposta a pedir ou conceder clemência. – Mas eu posso lhe indicar um salão de beleza em Port Lawrence onde eles podem reduzir o número dos seus queixos.

– *Val-an-cy!* – O protesto havia partido da senhora Frederick. Ela quis dizê-lo em um tom imponente e majestoso, como sempre, mas ele soou mais como um ganido suplicante. E ela não a chamou de "Doss".

– Ela está febril – disse a prima Stickles ao tio Benjamin, em um sussurro agoniado. – Achamos que ela parecia febril alguns dias atrás.

– Ela ficou maluca, na minha opinião – rosnou tio Benjamin. – Se não, devia levar uma surra. Sim, uma surra.

– Você não pode bater nela. – A prima Stickles estava muito agitada. – Ela tem vinte e nove anos.

– Há, então, pelo menos essa vantagem de ter vinte e nove anos – disse Valancy, cujos ouvidos haviam captado essa observação.

– Doss – disse tio Benjamin –, quando eu estiver morto, você pode dizer o que quiser. Enquanto eu viver, exijo ser tratado com respeito.

– Ah, mas você sabe que estamos todos mortos – disse Valancy. – Toda a família Stirling. Alguns de nós foram enterrados, e outros não... ainda. Esta é a única diferença.

– Doss – disse tio Benjamin, achando que podia intimidar Valancy –, você se lembra da vez em que roubou a geleia de framboesa?

Valancy ficou vermelha – com risadas reprimidas, e não de vergonha. Ela tinha certeza de que tio Benjamin de algum modo traria a geleia para a discussão.

– Claro que sim – disse ela. – Era uma boa geleia. Sempre lamento não ter tido tempo de comer mais antes de você me encontrar. Ah, veja o perfil da tia Isabel na parede. Já viu algo tão engraçado?

Todo mundo olhou, inclusive a própria tia Isabel, que, é claro, o arruinou. Mas tio Herbert disse bondosamente:

– Eu... eu não comeria mais se fosse você, Doss. Não é por nada, mas não acha que seria melhor para você? Seu... seu estômago parece um pouco desarranjado.

– Não se preocupe com o meu estômago, meu velho – disse Valancy. – Está tudo bem. Vou continuar comendo. É tão raro eu ter a chance de fazer uma refeição satisfatória.

Foi a primeira vez que alguém foi chamado de "meu velho" em Deerwood. Os Stirlings pensaram que Valancy havia inventado a frase e passaram a temê-la desde então. Havia algo tão estranho em tal expressão... Mas, na opinião da pobre senhora Frederick, a referência a uma refeição satisfatória foi a pior coisa que Valancy já havia dito. Valancy sempre tinha sido uma decepção para ela. Agora era uma desgraça. Ela achou que teria de se levantar da mesa e ir embora. No entanto, não ousou deixar Valancy lá.

A criada de tia Alberta entrou para retirar os pratos de salada e trazer a sobremesa. Foi uma diversão bem-vinda. Todos se animaram, determinados a ignorar Valancy e falar como se ela não estivesse lá. Tio Wellington mencionou Barney Snaith. Eventualmente alguém mencionava Barney Snaith em todas as solenidades dos Stirlings, Valancy refletiu. Fosse o que fosse, ele era um indivíduo que não podia ser ignorado. Ela resignou-se a escutar. Para ela, havia um sutil fascínio no assunto, embora ainda não houvesse aceitado esse fato. Ela podia sentir seu coração bater na ponta dos dedos.

Claro que eles foram depreciativos com ele. Nunca alguém tinha algo bom a dizer sobre Barney Snaith. Todas as velhas e loucas histórias foram reunidas – a do caixa inadimplente, a do falsário, a do infiel, a do assassino escondido – e discutidas a fundo. Tio Wellington estava muito indignado com o fato de ainda permitirem que uma criatura assim existisse em Deerwood. Ele não sabia o que a polícia de Port Lawrence estava pensando. Todos seriam assassinados em suas camas alguma noite. Era uma pena que ele estivesse livre depois de tudo o que havia feito.

– O que ele *fez*? – perguntou Valancy, de repente.

Tio Wellington olhou para ela, esquecendo que ela deveria ser ignorada.

– Ora, o que ele fez! O que ele fez! Ele fez de *tudo*.

– Mas *o que* ele fez? – repetiu Valancy, implacavelmente. – Você *sabe* o que ele fez? Você sempre o menospreza. E o que já foi provado contra ele?

– Não discuto com mulheres – disse tio Wellington. – E não preciso de provas. Quando um homem se esconde em uma ilha em Muskoka, entra ano, sai ano, e ninguém pode descobrir de onde ele veio, como ele vive ou o que faz lá, *isso* já é prova suficiente. Encontre um mistério e encontrará um crime.

– A própria ideia de um homem chamado Snaith! – disse Sarah, a prima de segundo grau. – Ora, basta o próprio nome para condená-lo!

– Eu não gostaria de encontrá-lo em uma rua escura – estremeceu a prima Georgiana.

– O que acha que ele faria com você? – perguntou Valancy.

– Ele me assassinaria – disse a prima Georgiana, solenemente.

– Só por diversão? – sugeriu Valancy.

– Exatamente – disse a prima Georgiana, sem suspeitar. – Onde há tanta fumaça deve haver algum fogo. Eu temi que ele fosse um criminoso na primeira vez em que o vi. Eu *senti* que ele tinha algo a esconder. Geralmente eu não me engano nas minhas intuições.

– Criminoso! É claro que ele é um criminoso – disse tio Wellington. – Ninguém duvida disso. – E olhou irritado para Valancy. – Ora, dizem que ele cumpriu pena na penitenciária por peculato. Eu não duvido. E dizem que ele anda com aquela quadrilha que está cometendo todos aqueles assaltos a bancos em todo o país.

– *Quem* disse? – perguntou Valancy.

Tio Wellington franziu sua testa feia para ela. O que deu nessa maldita garota, afinal? Ele ignorou a pergunta.

– Ele parece mesmo um presidiário – retrucou tio Benjamin. – Notei isso na primeira vez em que o vi.

– "Um sujeito marcado pela mão da natureza, indicado e escolhido para um feito vergonhoso" – declamou tio James. Ele pareceu enormemente satisfeito por conseguir enfim citar essa frase. Esteve esperando por esse momento a sua vida inteira.

– Uma das sobrancelhas dele é um arco, e a outra é um triângulo – disse Valancy. – É por *isso* que você o acha tão malvado?

Tio James ergueu as suas sobrancelhas. Geralmente, quando tio James erguia as sobrancelhas, era um sinal de que o mundo estava prestes a acabar. Dessa vez, ele continuou existindo.

– Como *você* conhece as sobrancelhas dele tão bem, Doss? – perguntou Olive, um pouco maliciosa. Tal observação teria deixado Valancy completamente confusa duas semanas atrás, e Olive sabia disso.

– Sim, como? – quis saber tia Wellington.

– Eu o vi duas vezes e olhei para ele de perto – disse Valancy, com calma. – Achei que o rosto dele era o mais interessante que eu já vi.

– Não há dúvida de que há algo suspeito na vida pregressa dessa criatura – disse Olive, que começou a achar que decididamente estava fora da conversa que, de modo surpreendente, havia girado em torno de Valancy. – Mas é difícil ele ser culpado por *tudo* de que o acusam, vocês sabem.

Valancy ficou irritada com Olive. Por que *ela* deveria se pronunciar até em defesa de Barney Snaith? O que ela tinha a ver com ele? E, nesse sentido, o que Valancy tinha a ver com ele? Mas Valancy não se fez essa pergunta.

– Dizem que ele mantém dezenas de gatos naquela cabana em Mistawis – disse a prima em segundo grau Sarah Taylor, para não parecer totalmente ignorante quanto ao tema da conversa.

Gatos. No plural. A ideia pareceu bastante sedutora a Valancy. Ela imaginou uma ilha em Muskoka repleta de bichanos.

– Isso só mostra que há algo errado com ele – decretou tia Isabel.

– Pessoas que não gostam de gatos – disse Valancy, atacando sua sobremesa com satisfação – sempre parecem pensar que há alguma virtude peculiar em não gostar deles.

– O homem não tem um amigo, exceto o Estrondoso Abel – disse tio Wellington. – E, se o Estrondoso Abel tivesse se afastado dele, como todo mundo fez, teria sido melhor para... para alguns membros de sua própria família.

A conclusão bastante fraca do tio Wellington deveu-se a um olhar marital de tia Wellington, lembrando-o do que ele quase esquecera: que havia mulheres à mesa.

– Se está querendo dizer – disse Valancy, apaixonadamente – que Barney Snaith é o pai do filho de Cecily Gay, saiba que ele *não* é. Isso é uma mentira perversa.

Apesar de sua indignação, Valancy divertia-se imensamente com a expressão dos rostos em volta daquela mesa festiva. Ela não via algo semelhante desde aquele dia, dezessete anos atrás, quando, na festa de dedal da prima Gladys, descobriram que ela havia pegado "alguma coisa" na escola. Havia *piolhos* na cabeça dela! Valancy estava farta de eufemismos.

A pobre senhora Frederick estava quase em estado de colapso. Ela acreditava, ou fingira acreditar, que Valancy ainda supunha que as crianças eram encontradas em camas de salsa.

– Quieta! Quieta! – implorou a prima Stickles.

– Eu não pretendo ficar quieta – disse Valancy, perversamente. – Fiquei quieta durante toda a minha vida. Eu vou gritar se quiser. Não me façam querer. E parem de falar bobagens sobre Barney Snaith.

Valancy não entendia muito bem sua própria indignação. Por que os crimes e as contravenções imputados a Snaith eram importantes para ela? E por que, dentre todos eles, parecia mais intolerável que ele tivesse sido o pobre, lamentável e desleal amante da pequena Cecily Gay? Pois isso lhe *parecia* intolerável. Ela não se importava quando o chamavam de ladrão, falsificador e presidiário; mas ela não suportava pensar que ele amara e arruinara Cecily Gay. Ela lembrou-se do rosto dele nas duas ocasiões de seus encontros casuais: seu sorriso torto, enigmático, envolvente, seu olhos brilhantes, seus lábios finos, sensíveis, quase ascéticos, seu ar vago, de franca ousadia. Um homem com tal sorriso e tais lábios poderia ter assassinado ou roubado, mas não traído. Ela subitamente passou a odiar qualquer um que dissesse ou acreditasse naquelas histórias.

– Quando *eu* era jovem, nunca pensei ou falei sobre esses assuntos, Doss – disse tia Wellington, de modo esmagador.

– Mas eu não sou jovem – retrucou Valancy, sem se deixar esmagar. – Vocês não estão sempre esfregando isso na minha cara? Todos vocês são fofoqueiros irracionais, mal-intencionados. Não podem deixar a pobre Cissy Gay em paz? Ela está morrendo. Independentemente do que ela tenha feito, Deus ou o Diabo já a puniram o bastante. Vocês não precisam ajudar a empurrá-la para o abismo. Quanto a Barney Snaith, o único crime que ele cometeu foi viver sozinho e cuidar da própria vida. Aparentemente, ele pode sobreviver sem vocês. O que é um pecado imperdoável, é claro, nessa sua pequena esnobecracia – Valancy cunhou a palavra de repente e sentiu que ela era uma inspiração. Era exatamente o que eles eram, e nenhum deles estava apto a julgar o outro.

– Valancy, seu pobre pai iria se revirar no túmulo se pudesse escutar o que você diz – disse a senhora Frederick.

– Ouso dizer que ele gostaria disso, para variar – disse Valancy descaradamente.

— Doss — disse tio James, gravemente —, os Dez Mandamentos ainda estão bastante atualizados, especialmente o quinto. Você já se esqueceu deles?

— Não — disse Valancy. — Mas achei que você os tivesse esquecido, especialmente o nono. Já pensou, tio James, como a vida seria monótona sem os Dez Mandamentos? Somente quando as coisas são proibidas é que elas se tornam fascinantes.

No entanto, sua excitação tinha sido demais para ela. Ela soube, por certos sinais inconfundíveis, que um de seus acessos de dor estava prestes a ocorrer. Não deveria estar lá quando ele ocorresse. Ela se levantou da cadeira.

— Estou indo para casa agora. Só vim pelo jantar. Estava muito bom, tia Alberta, embora seu molho para salada estivesse meio sem sal e uma pitada de pimenta-caiena pudesse melhorá-lo.

Nenhum dos atônitos convidados do jantar de bodas de prata conseguiu pensar em algo para dizer até o portão do gramado bater atrás de Valancy, no crepúsculo. Então...

— Ela está febril. Eu disse que ela estava febril — gemeu a prima Stickles.

O tio Benjamin castigou com ferocidade sua rechonchuda mão esquerda com sua igualmente rechonchuda mão direita.

— Ela é maluca. Estou dizendo: ela está maluca — bufou ele, com raiva. — E isso é tudo. Ficou completamente maluca.

— Ah, Benjamin — disse a prima Georgiana, de modo suave —, não a condene tão duramente. *Devemos* lembrar o que o bom e velho Shakespeare diz: a caridade não pensa o mal.

— Caridade! Besteira! — bufou tio Benjamin. — Nunca, em toda a minha vida, eu ouvi uma moça falar dessas coisas como ela fez. Coisas que ela deveria ter vergonha de pensar e ainda mais de mencionar. Blasfemando! Insultando-*nos*! O que ela quer é uma boa surra, e eu gostaria de poder administrá-la. H-uh-h-h-h! — tio Benjamin engoliu metade de uma xícara de café escaldante.

— Será que a caxumba pode provocar isso em uma pessoa? — lamentou-se a prima Stickles.

— Abri um guarda-chuva em casa ontem — fungou a prima Georgiana. — Eu *sabia* que isso representava algum infortúnio.

— Já tentaram medir a temperatura dela? — perguntou a prima Mildred.

— Ela não deixou Amelia colocar o termômetro embaixo da língua dela — choramingou a prima Stickles.

A senhora Frederick estava chorando abertamente. Todas as suas defesas haviam caído por terra.

— Devo dizer a vocês — soluçou ela — que Valancy vem agindo de modo muito estranho há mais de duas semanas. Ela não parece estar em seu juízo perfeito, como Christine pode atestar. Eu tive esperanças de que fosse apenas um de seus resfriados chegando. Mas é... deve ser... algo pior.

— Isso está atacando de novo a minha neurite — disse a prima Gladys, levando a mão à cabeça.

— Não chore, Amelia — disse Herbert, com bondade, puxando nervosamente seu cabelo grisalho espetado. Ele detestava "brigas de família". Foi muito descortês da parte de Doss começar uma na comemoração das bodas de prata *dele*. Quem poderia imaginar que ela era daquele jeito? — Você terá de levá-la a um médico. Isso pode ser apenas um... um... lapso mental. Hoje em dia as pessoas vivem tendo lapsos mentais, não é mesmo?

— Eu... eu sugeri levá-la ao médico ontem — gemeu a senhora Frederick. — E ela disse que não iria ao médico de modo algum. Ah, certamente eu já sofri o bastante!

— E ela diz que *não* irá tomar o xarope de Redfern — disse a prima Stickles.

— Diz que não vai tomar *nada* — disse a senhora Frederick.

— E ela está determinada a ir à igreja presbiteriana — disse a prima Stickles, reprimindo, no entanto, de maneira admirável, a história do corrimão.

— Isso prova que ela está maluca — rosnou tio Benjamin. — Notei algo estranho nela no minuto em que ela entrou hoje. Na verdade, eu notei isso *antes* de hoje — tio Benjamin estava pensando na charada da miragem. — Tudo o que ela disse hoje demonstrou uma mente desequilibrada. E aquela pergunta "Foi uma parte vital?"... Há algum sentido nesse comentário? Nenhum! Nenhum Stirling já fez algo semelhante. Ela deve ter puxado dos Wansbarras.

A pobre senhora Frederick estava muito arrasada para ficar indignada com a situação.

— Eu nunca ouvi falar de algo semelhante com os Wansbarras — ela soluçou.

— Seu pai era bastante esquisito — disse tio Benjamin.

— O pobre papai era... peculiar — admitiu a senhora Frederick, chorosa. — Mas a mente dele nunca foi afetada.

— Ele falou a vida inteira exatamente como Valancy fez hoje — replicou tio Benjamin. — E ele acreditava que era seu próprio trisavô renascido. Eu o ouvi dizer isso. Não *me* diga que um homem que acreditava em uma coisa *dessas* estava em seu juízo perfeito. Vamos, vamos, Amelia, pare de fungar. É claro que Doss fez uma terrível cena hoje, mas ela não pode ser responsabilizada por isso. Velhas solteironas costumam perder as estribeiras desse modo. Se ela tivesse se casado quando deveria, não teria ficado assim.

— Ninguém quis se casar com ela — disse a senhora Frederick, que sentiu que, de alguma forma, tio Benjamin a estava culpando.

— Bem, felizmente, não há nenhum estranho aqui — retrucou tio Benjamin, de modo áspero. — Ainda podemos manter isso em família. Vou levá-la amanhã para ver o doutor Marsh. *Eu* sei como lidar com gente teimosa. Não seria o melhor a fazer, James?

— Com certeza precisamos de orientação médica — concordou o tio James.

— Bem, então está resolvido. Enquanto isso, Amelia, aja como se nada tivesse acontecido e fique de olho nela. Não a deixe sozinha. E, acima de tudo, não a deixe dormir sozinha.

Novos gemidos vieram da senhora Frederick.

– Eu não consigo. Na noite passada, sugeri que seria melhor se Christine dormisse com ela. Ela positivamente se recusou... *e trancou a porta*. Ah, vocês não sabem como ela mudou. Ela não costura mais. Pelo menos, diz que não vai costurar. Ela faz suas costumeiras tarefas domésticas, é claro. Mas não quis varrer a sala ontem de manhã, embora nós *sempre* a varramos às quintas-feiras. Ela disse que esperaria até que a sala estivesse suja. "Você prefere varrer uma sala suja a varrer uma limpa?", eu perguntei a ela. E ela disse: "É claro. Eu veria alguma utilidade no meu trabalho". Imagine só!

Tio Benjamin imaginou.

– O pote de *pot-pourri* – a prima Stickles pronunciou a palavra como ela era escrita – desapareceu do quarto dela. Encontrei os cacos no terreno vizinho. Ela não quis nos contar o que aconteceu.

– Eu nunca pensaria isso de Doss – disse tio Herbert. – Ela sempre me pareceu uma garota tão quieta, sensata... um pouco acanhada, mas sensata.

– A única coisa da qual se pode ter certeza neste mundo é a tabuada – disse tio James, sentindo-se mais esperto do que nunca.

– Bem, vamos nos animar – sugeriu tio Benjamin. – Por que as coristas gostam de fazendeiros?

– Por quê? – perguntou a prima Stickles, já que alguém tinha de perguntar, e Valancy não estava lá para fazer isso.

– Porque gostam de exibir a batata da perna – riu tio Benjamin.

A prima Stickles achou que o tio Benjamin tinha sido um pouco indelicado. Na frente de Olive, ainda por cima. Mas ele era homem, afinal de contas.

Tio Herbert estava pensando que as coisas estavam muito mais chatas desde que Doss fora embora.

CAPÍTULO 12

Valancy correu para casa em meio ao fraco crepúsculo azul - talvez rápido demais. O acesso que ela teve quando felizmente alcançou o abrigo do seu quarto foi, de longe, o pior. Foi de fato muito forte. Ela poderia morrer sentindo uma dessas dores. Seria terrível morrer com tanta dor. Talvez... talvez isso fosse a morte. Valancy sentiu-se pateticamente sozinha. Quando conseguiu raciocinar de novo, perguntou-se como seria ter alguém que se compadecesse dela, alguém que se importasse de verdade, pelo menos para apertar com força a sua mão. Alguém para dizer "Sim, eu sei. É horrível. Seja corajosa. Logo você se sentirá melhor"; alguém que não ficasse agitado e alarmado. Não sua mãe ou a prima Stickles. Por que a imagem de Barney Snaith surgiu em sua mente? Por que ela de repente sentiu, no meio dessa horrível e solitária dor, que *ele* a compreenderia, que ele lamentaria por qualquer um que estivesse sofrendo? Por que ele lhe parecia um velho e conhecido amigo? Será porque ela o tinha defendido, enfrentado sua família por ele?

No começo, ela ficou tão mal que nem conseguiu tomar uma dose do remédio do doutor Trent. Mas, por fim, ela conseguiu, e logo depois o alívio veio. A dor a deixou, e ela deitou-se na cama, esgotada, exausta, suando frio. Ah, tinha sido horrível! Ela não suportaria mais ataques como esse. Não se importaria de morrer se a morte fosse instantânea e sem dor. Mas sofrer tanto para morrer!

De repente, ela se viu gargalhando. Aquele jantar *fora* divertido. E foi tudo tão simples. Ela apenas disse as coisas que sempre *pensou*. O rosto deles! O de tio Benjamin, o pobre, boquiaberto tio Benjamin! Valancy teve certeza de que ele faria um novo testamento naquela mesma noite. Olive ficaria com a parte de Valancy daquele gordo montante. Olive sempre conseguia a parte de Valancy em tudo. Como a pilha de terra.

Rir da sua família como ela sempre quis rir era toda a satisfação que ela podia extrair da vida agora. Mas ela pensou que era bastante deplorável que assim fosse. Será que ela não teria um pouco de pena de si mesma, já que ninguém mais tinha?

Valancy levantou-se e foi até a janela. O vento belo e úmido soprava através dos bosques de árvores selvagens, com suas folhas jovens, e tocava seu rosto como a carícia de um sábio, terno, velho amigo. As lombardias no gramado da casa da senhora Tredgold, à esquerda - Valancy podia vê-las entre o estábulo e a velha loja de carruagens -, com suas silhuetas escuras, purpúreas, destacavam-se contra o céu claro, e havia uma estrela pulsante branca como o leite bem em cima de uma delas, como uma pérola viva em um lago verde prateado. Muito além da estação havia a floresta escura, com seu capuz púrpura, que circundava o lago Mistawis. Uma névoa branca e tênue pairava sobre ela, e logo acima dela havia uma jovem e fraca lua crescente. Valancy olhou para ela por sobre seu magro ombro esquerdo.

– Eu desejo – disse ela, por impulso – ter uma pequena pilha de terra antes de morrer.

CAPÍTULO 13

Tio Benjamin descobriu que havia se precipitado quando prometeu tão prontamente levar Valancy ao médico. Ela disse que não iria. E riu na cara dele.

– Por que raios eu deveria ir ao doutor Marsh? Não há nada de errado com minha mente, embora todos vocês pensem que eu subitamente enlouqueci. Bem, eu não enlouqueci. Apenas me cansei de viver para agradar os outros e decidi agradar a mim mesma. Isso lhe dará algo para falar além do roubo à geleia de framboesa. E pronto.

– Doss – disse tio Benjamin, solene e impotentemente –, você não... não parece você mesma.

– Quem eu pareço, então? – perguntou Valancy.

Tio Benjamin ficou muito desconcertado.

– Seu avô Wansbarra – respondeu ele, em desespero.

– Obrigada – Valancy parecia satisfeita. – Esse é um verdadeiro elogio. Eu me lembro do avô Wansbarra. Ele foi um dos poucos seres humanos que eu *conheci*... praticamente o único. Agora não adianta repreender, suplicar ou ordenar, tio Benjamin, ou trocar olhares angustiados com minha mãe e a prima Stickles. Eu não vou a nenhum médico. E, se trouxer algum médico aqui, eu não o verei. Então, o que você vai fazer a respeito?

De fato, não parecia fácil – ou mesmo parecia possível – arrastar Valancy até a casa do doutor à força. E, aparentemente, de nenhuma outra maneira isso poderia ser feito. As lágrimas e os pedidos suplicantes de sua mãe de nada adiantaram.

– Não se preocupe, mãe – disse Valancy, gentilmente, mas com respeito. – Não é provável que eu vá fazer algo tão terrível. Mas pretendo me divertir um pouco.

– Divertir! – a senhora Frederick pronunciou a palavra como se Valancy tivesse dito que pretendia contrair um pouco de tuberculose.

Olive, enviada por sua mãe para ver se *ela* tinha alguma influência sobre Valancy, voltou com bochechas coradas e olhos furiosos. Disse à mãe que nada poderia ser feito com Valancy. Depois que *ela*, Olive, conversou com Valancy como uma irmã, com ternura e sabedoria, tudo o que esta disse, estreitando aqueles olhos engraçados até se tornarem uma linha fina, foi: "*Eu* não mostro minhas gengivas quando dou risada".

– Foi quase como se ela estivesse falando sozinha, em vez de comigo. De fato, mãe, durante todo o tempo em que falei com ela, ela me deu a impressão de não estar ouvindo. E isso não foi tudo. Quando eu finalmente concluí que não estava exercendo nenhuma influência sobre ela com o que eu estava dizendo, implorei que pelo menos ela não dissesse nada de estranho diante de Cecil quando ele chegasse na próxima semana. Mãe, e o que você acha que ela me respondeu?

– Estou certa de que eu não consigo imaginar – suspirou tia Wellington, preparada para qualquer coisa.

– Ela disse: "Prefiro escandalizar Cecil. A boca dele é vermelha demais para um homem". Mãe, nunca mais vou conseguir sentir o mesmo por Valancy.

– A mente dela foi afetada, Olive – disse tia Wellington, solenemente. – Você não deve responsabilizá-la pelo que ela diz.

O Castelo Azul

Quando tia Wellington contou à senhora Frederick o que Valancy havia dito para Olive, a senhora Frederick quis que Valancy se desculpasse.

– Quinze anos atrás, você me obrigou a pedir desculpas a Olive por algo que eu não fiz – disse Valancy. – Esse velho pedido de desculpas vai servir, por enquanto.

Outro solene conclave familiar foi realizado. Todos compareceram, exceto a prima Gladys, que passou a sofrer com a tortura da neurite em sua cabeça "desde que a pobre Doss ficou louca" e, portanto, não podia assumir nenhuma responsabilidade. Eles decidiram – isto é, eles aceitaram o fato que foi esfregado em seus rostos – que o mais sensato era deixar Valancy em paz por um tempo. "Dê liberdade a ela", como tio Benjamin expressou. "Fiquem de olho nela, mas deixem-na essencialmente sozinha." A expressão "vigília atenta" ainda não havia sido inventada nessa época, mas foi praticamente essa política que os preocupados parentes de Valancy decidiram seguir.

– Devemos ser guiados pelo progresso – disse tio Benjamin. – É mais fácil – acrescentou, com ar solene – aceitar o que não pode ser mudado. É claro que, se ela agir de forma violenta...

Tio James consultou o doutor Ambrose Marsh. Este aprovou a decisão deles. Ele mostrou para um irado tio James – que teria gostado de prender Valancy imediatamente em algum lugar – que ela ainda não havia dito ou feito nenhuma coisa que pudesse ser usada como prova de loucura... e sem provas não se podia prender as pessoas naquela degenerada época. Nada do que o tio James havia relatado parecia muito alarmante para o doutor Marsh, que pôs a mão na boca várias vezes, para esconder um sorriso. Mas ele não era um Stirling, afinal de contas. E sabia muito pouco sobre a velha Valancy. Tio James saiu pomposamente, a passos largos, e dirigiu de volta a Deerwood, pensando que Ambrose Marsh não era um médico muito bom, afinal, e que Adelaide Stirling poderia ter conseguido algo melhor.

CAPÍTULO 14

A vida não pode parar quando uma tragédia se apresenta. As refeições devem estar prontas, mesmo se um filho morre, e as varandas devem ser consertadas, mesmo se sua única filha está enlouquecendo. A senhora Frederick, do seu jeito sistemático, fazia tempo marcara a segunda semana de junho para o reparo da varanda da frente, cujo teto estava perigosamente desabando. Estrondoso Abel tinha se comprometido em fazê-lo muitas luas antes, e ele surgiu prontamente na manhã do primeiro dia da segunda semana e pôs-se a trabalhar. É claro que ele estava bêbado. Estrondoso Abel estava sempre bêbado. Mas ele estava apenas na primeira fase de embriaguez, o que o deixava tagarela e gentil. O fedor de uísque no seu hálito quase enlouqueceu a senhora Frederick e a prima Stickles no almoço. Até Valancy, com toda a sua emancipação, não gostou. Mas ela gostava de Abel e gostava da sua conversa vívida e eloquente. Então, após lavar os pratos do jantar, ela saiu e sentou-se nos degraus para conversar com ele.

A senhora Frederick e a prima Stickles consideraram terrível a atitude dela, mas o que elas podiam fazer? Valancy apenas sorriu zombeteiramente quando elas a chamaram e não saiu dali. Era tão fácil desafiar as pessoas uma vez que se começava... O primeiro passo era o único que realmente contava. Ambas não disseram mais nada, com medo de que ela fizesse uma cena diante de Estrondoso Abel, que espalharia a história para o país inteiro com seus característicos comentários e exageros. Era um dia bastante frio, apesar do sol de junho, e a senhora Frederick sentou-se à janela da sala de jantar para ouvir o que eles diziam. Ela teve de fechar a janela, e Valancy e Estrondoso Abel conseguiram ter um pouco de privacidade. Mas, se a senhora Frederick soubesse o resultado dessa conversa, teria impedido que ela ocorresse, e a varanda jamais seria consertada.

 Valancy sentou-se nos degraus, desafiando a brisa fria do gélido mês de junho que fez tia Isabel assegurar que as estações estavam mudando. Ela não se importou se pegaria um resfriado ou não. Era uma delícia ficar sentada naquele mundo frio, lindo e perfumado e sentir-se livre. Ela encheu os pulmões com o ar puro e aprazível e estendeu os braços para ele, deixando-o bagunçar seus cabelos enquanto escutava Estrondoso Abel, que lhe contou seus problemas entre intervalos, sincronizando alegremente suas marteladas com canções escocesas. Valancy gostou de escutá-lo. Cada golpe de seu martelo era fiel à nota.

 O velho Abel Gay, apesar dos seus setenta anos, ainda era bonito, de um jeito imponente, patriarcal. Sua tremenda barba, caindo sobre a camisa de flanela azul, ainda era de um vermelho flamejante, intato, embora, de maneira contrastante, seus cabelos fossem brancos como a neve, e seus olhos de um jovial e faiscante azul. Suas enormes sobrancelhas branco-avermelhadas mais pareciam bigodes do que sobrancelhas. Talvez por isso ele sempre mantivesse os pelos acima do lábio superior escrupulosamente raspados. Suas bochechas eram vermelhas, e seu nariz também devia ser, mas não era. Seu nariz era fino, honesto e aquilino, o tipo de nariz que faria a alegria do mais nobre romano. Abel tinha um metro e oitenta e dois de altura, ombros largos e quadris estreitos. Na sua juventude, ele tinha sido um famoso sedutor, achando todas as mulheres encantadoras demais para se ligar a apenas uma. Seus anos tinham sido um selvagem e colorido panorama de loucuras e peripécias, galanteios, venturas e desventuras. Ele havia se casado aos quarenta e cinco anos com uma pequena e linda jovem a quem sua má conduta matou em poucos anos. Abel ficou piedosamente bêbado no funeral dela e insistiu em repetir o quinquagésimo quinto capítulo de Isaías – Abel conhecia a maior parte da Bíblia e todos os Salmos de cor – enquanto o pastor, de quem ele não gostava, orava ou tentava orar. Dali por diante, sua casa passou a ser gerida por uma descuidada e velha prima, que cozinhava as refeições dele e manteve as coisas funcionando, de certo modo. Nesse ambiente pouco promissor, a pequena Cecilia Gay havia crescido.

Valancy conhecera "Cissy Gay" muito bem na democracia da escola pública, embora Cissy fosse três anos mais nova do que ela. Depois que elas deixaram a escola, seus caminhos divergiram, e ela nunca mais a viu. O velho Abel era um presbiteriano, ou seja, ele arranjou um pastor presbiteriano para casá-lo, batizar sua filha e enterrar sua esposa; e ele sabia mais sobre a teologia presbiteriana do que a maioria dos ministros, o que fazia com todos ficassem aterrorizados em discutir com ele. Mas Estrondoso Abel nunca foi à igreja. Todo pastor presbiteriano que passara por Deerwood havia tentado, alguma vez, emendar o Estrondoso Abel. Mas ele não tinha sido incomodado ultimamente. O reverendo senhor Bently esteve em Deerwood por oito anos, mas só procurou Abel nos primeiros três meses do seu ministério. Ele havia visitado o Estrondoso Abel na época e encontrou-o na fase teológica de embriaguez, que sempre vinha em seguida ao sentimental e piegas e precedia o estrondoso, blasfemo. A fase de eloquente oração, na qual ele percebia, permanente e intensamente, que era um pecador nas mãos de um Deus irado, era a última. Abel nunca foi além disso. Ele geralmente adormecia de joelhos e acordava sóbrio, mas nunca, em toda a sua vida, ficou "bêbado de cair". Ele disse ao senhor Bently que era um bom presbiteriano e que estava certo de sua escolha. Ele não tinha pecados – ao menos que ele conhecesse – dos quais se arrepender.

– Você nunca fez algo do qual se arrepende na vida? – perguntou o senhor Bently.

Estrondoso Abel coçou sua cabeça branca e espessa e fingiu refletir.

– Bem, sim – disse ele, finalmente. – Houve algumas mulheres que eu poderia ter beijado e não beijei. Eu sempre me arrependi *disso*.

O senhor Bently saiu e foi embora.

Abel fez com que Cissy tivesse um batizado adequado, ao qual ele compareceu jovialmente bêbado. Ele a fez ir com regularidade à igreja e à escola dominical. O pessoal da igreja a acolheu, e ela, por sua vez, foi membro da Banda Missão, da Associação das Moças e da Sociedade Missionária das Moças. Ela era uma pequena voluntária leal, discreta e sincera. Todo mundo gostava de Cissy Gay e sentia pena dela. Ela era modesta, sensível e bonita, com aquela beleza delicada, indefinível, que fenece com muita rapidez se a vida não a alimentar com amor e ternura. Mas a simpatia e a piedade não os impediram de trucidá-la como gatos famintos quando a tragédia ocorreu. Quatro anos antes, Cissy Gay tinha ido trabalhar em um hotel em Muskoka como copeira de verão. E quando voltou, no outono, era outra criatura. Ela se escondeu e não foi mais a lugar algum. O motivo logo foi revelado, e o escândalo se espalhou. Naquele inverno, o bebê de Cissy nasceu. Ninguém jamais soube quem era o pai. Cecily manteve seus pobres lábios pálidos firmemente fechados quanto a seu lamentável segredo. Ninguém se atreveu a fazer alguma pergunta ao Estrondoso Abel. Rumores e suposições fizeram com que a culpa recaísse em Barney Snaith, pois o diligente inquérito feito entre as outras criadas do hotel revelou o fato de que ninguém lá tinha visto Cissy Gay "com um rapaz". Ela "estava sempre sozinha", elas disseram, com ressentimento. "Era boa demais para sair e dançar *conosco*. E agora veja só ela!"

O bebê viveu por um ano. Após a morte dele, Cissy começou a definhar. Dois anos antes, o doutor Marsh havia lhe dado apenas seis meses de vida – seus pulmões estavam irremediavelmente comprometidos. Mas ela ainda estava viva. Ninguém a visitava. As mulheres não iam à casa do Estrondoso Abel. O senhor Bently tinha ido uma vez, quando soube que Abel estava fora, mas a velha e pavorosa criatura que esfregava o chão da cozinha lhe disse que Cissy não queria ver ninguém. A velha prima morreu, e Estrondoso Abel teve duas ou três mal-afamadas governantas, o único tipo que podia ser persuadido a trabalhar em uma casa onde havia uma menina agonizante. Mas a última fora embora e agora o Estrondoso Abel não tinha ninguém para cuidar de Cissy e dele. Aquele era o seu fardo a carregar, ele lamentou-se para Valancy, condenando os "hipócritas" de Deerwood e das comunidades vizinhas com copiosas e substanciais pragas que acabaram por chegar aos ouvidos da prima Stickles quando ela passou pelo corredor e quase fizeram desmaiar a pobre senhora. Valancy estava ouvindo *aquilo*?

Valancy mal notou a profanação. Sua atenção estava concentrada no horrível pensamento da pobre, infeliz e desonrada Cissy Gay, doente e desamparada naquela casa velha e lastimável, na estrada Mistawis, sem uma alma para ajudá-la ou confortá-la. E isso em uma comunidade nominalmente cristã, no ano da graça de mil novecentos e alguns quebrados!

– Quer dizer que Cissy está completamente sozinha lá, agora mesmo, sem ninguém para ajudá-la? *Ninguém*?

– Ah, ela pode se mexer um pouco, comer alguma coisa ou jantar quando tem vontade. Mas não consegue trabalhar. É difícil para um homem trabalhar duro o dia inteiro e ir para casa à noite, cansado e com fome, e ter de preparar suas próprias refeições. Às vezes eu me arrependo de ter expulsado a velha Rachel Edwards – e Abel descreveu Rachel de modo pitoresco.

– Seu rosto parecia o rosto de cem cadáveres. E ela vivia se lamuriando. Falam de gênio! Mas uma geniosa nem se compara a uma lamurienta. Ela era lenta demais para pegar minhocas e suja, muito suja! Era uma insensatez. Eu sei que um homem deve engolir alguns sapos antes de morrer, mas ela excedia todos os limites. Sabe o que eu vi aquela senhora fazer? Ela tinha feito um pouco de geleia de abóbora e a colocara sobre a mesa, em jarras de vidros sem tampas. O cachorro subiu na mesa e enfiou a pata em um deles. O que ela fez? Tirou a geleia da pata dele e a colocou de volta na jarra! Depois rosqueou a tampa e guardou-a na despensa. Eu abri a porta e disse: "Vá embora!". A mulher foi, e eu joguei os vidros de geleia de abóbora nela, dois de cada vez. Achei que morreria de rir ao ver a velha Rachel correr, com aqueles vidros de geleia de abóbora voando atrás dela. Ela disse por toda a parte que eu sou louco, então ninguém mais quer trabalhar em casa, por amor ou dinheiro.

– Mas Cissy *precisa* de alguém cuidando dela – insistiu Valancy, cuja mente estava centrada nesse aspecto do caso. Ela não se importava se Estrondoso Abel tinha ou não alguém cozinhando para ele. Seu coração estava apertado por Cecilia Gay.

– Ah, ela consegue se ajeitar. Barney Snaith sempre aparece quando está por perto e faz tudo que ela pede. Traz laranjas, flores e outras coisas. É um verdadeiro cristão. Contudo, uma parcela hipócrita e piegas dos fiéis de St. Andrew não quer ser vista na mesma calçada que ele. Os cães de Barney têm mais direito ao céu do que eles e o pastor deles, com aquele cabelo ensebado, como se a vaca o tivesse lambido!

– Há muitas pessoas boas, tanto em St. Andrew quanto em St. George, que seriam amáveis com Cissy se você se comportasse – disse Valancy severamente. – Elas têm medo de chegar perto da sua casa.

– Porque eu sou um cachorro velho e triste? Mas eu não mordo, nunca mordi ninguém na minha vida. Umas fofocas aqui e acolá não machucam ninguém. E não estou pedindo que as pessoas venham. Não as quero metendo o nariz onde não são chamadas e bisbilhotando por aí. O que eu quero é uma governanta. Se eu me barbeasse todo domingo e fosse à igreja, teria todas as governantas que eu quisesse. Eu seria respeitável, então. Mas qual é a utilidade de ir à igreja quando tudo é resolvido por predestinação? Diga-me, senhorita.

– É mesmo? – perguntou Valancy.

– Sim. Não se pode evitar isso, de jeito nenhum. Gostaria de poder. Eu não quero como companheiro nem o céu nem o inferno. Pudera um homem tê-los misturados em iguais proporções.

– Mas não é assim que as coisas são neste mundo? – Valancy perguntou, pensativa, mas como se seu pensamento estivesse em outra questão que não a teologia.

– Não, não é – rugiu Abel, dando uma tremenda martelada em um prego teimoso. – Há inferno demais aqui. Este mundo é um completo inferno. É por isso que eu fico bêbado com tanta frequência. Isso o liberta por um tempo, faz você fugir de si mesmo... sim, por Deus, fugir da predestinação. Já experimentou?

– Não, eu tenho outra maneira de me libertar – disse Valancy, distraidamente. – Mas voltando a Cissy: ela *precisa* de alguém para cuidar dela...

– Por que está batendo de novo nessa tecla? Tenho a impressão de que você nunca se preocupou com ela até agora. Nunca foi visitá-la. E ela gostava tanto de você...

– Eu deveria ter ido – disse Valancy. – Mas não importa. Você não entenderia. O ponto é: você *precisa* de uma governanta.

– E onde vou arrumar uma? Posso pagar um salário decente se conseguir uma mulher decente. Mas você acha que eu gosto dessas bruxas velhas?

– Serve eu? – perguntou Valancy.

CAPÍTULO 15

– Devemos nos acalmar – disse tio Benjamin. – Devemos ficar perfeitamente calmos.

– Calmos! – a senhora Frederick torceu as mãos. – Como posso ficar calma? Como alguém poderia ficar calmo com uma desgraça dessas?

– Por que raios você a deixou ir? – perguntou tio James.

– *Deixá-la* ir! Como eu poderia impedi-la, James? Parece que ela pediu para o Estrondoso Abel levar sua mala grande, quando ele foi embora depois do almoço, enquanto Christine e eu estávamos na cozinha. Então a própria Doss desceu com seu vestido de sarja verde e sua bolsinha. Eu tive uma horrível premonição. Não posso dizer como foi, mas parecia que eu *sabia* que Doss ia fazer algo terrível.

– É uma pena que sua premonição não tenha ocorrido um pouco antes – disse Tio Benjamin, secamente.

– Eu disse "Doss, *aonde você está indo*?", e *ela* disse "Vou procurar o meu Castelo Azul".

– Não acha que *isso* convenceria Marsh de que sua mente foi afetada? – interrompeu tio James.

– E *eu* perguntei "Valancy, o que *quer dizer* com isso?". E *ela* respondeu "Vou manter a casa para o Estrondoso Abel e cuidar de Cissy.

Ele vai me pagar trinta dólares por mês". Não sei como não caí morta lá mesmo.

— Você não deveria tê-la deixado ir, não deveria ter deixado ela sair de casa — disse o tio James. — Deveria ter trancado a porta ou feito algo semelhante.

— Ela estava entre mim e a porta da frente. E não sabe quão determinada ela parecia. Estava firme como uma rocha. Isso é o mais estranho de tudo. Ela costumava ser tão boa e obediente, e agora não é nem uma coisa nem outra. Mas eu disse *tudo* o que poderia dizer para fazê-la recuperar o juízo. Perguntei se ela não se preocupava com a reputação dela. Eu disse solenemente "Doss, uma vez que a reputação de uma mulher é manchada, nada mais pode ser feito para recuperá-la. Seu caráter será conspurcado se você for para a casa do Estrondoso Abel cuidar de uma garota má como Cissy Gay. E ela disse: "Não acho que Cissy tenha sido uma garota má, mas, se foi, não me importa". Foram estas as palavras dela: "Se foi, não me importa".

— Ela perdeu todo o senso de decência — explodiu o tio Benjamin.

— "Cissy Gay está morrendo", disse ela, "e é uma vergonha e desgraça que ela esteja morrendo em uma comunidade cristã sem que ninguém faça algo por ela. O que quer que ela tenha sido ou feito, ela é um ser humano."

— Bem, sabe, se pararmos para pensar, suponho que seja mesmo — disse tio James com o ar de alguém fazendo uma esplêndida concessão.

— Perguntei a Doss se ela não tinha nenhum apreço pelas aparências. Ela disse: "Eu mantive as aparências minha vida inteira. Agora aprecio realidades. Não dou a mínima para as aparências! *Não dou a mínima!*".

— Que ultrajante! — disse o tio Benjamin, com violência. — Verdadeiramente ultrajante!

Isso aliviou seus sentimentos, mas não ajudou ninguém.

A senhora Frederick começou a chorar. A prima Stickles aproveitou o ensejo e juntou-se a ela com gemidos de desespero.

— Eu disse a ela, *nós duas* dissemos a ela, que o Estrondoso Abel certamente havia matado sua esposa em um dos seus acessos bêbados de fúria e que a mataria também. Ela riu e disse: "Não tenho medo do Estrondoso Abel. Ele não vai *me* matar e é velho demais para eu temer os galanteios dele". O que ela quis dizer? O que *são* "galanteios"?

A senhora Frederick percebeu que deveria parar de chorar se quisesse recuperar o controle da conversa.

— *Eu* disse a ela: "Valancy, se você não tem nenhuma consideração por sua própria reputação e pelo *status* de sua família, pelo menos tem alguma consideração pelos *meus* sentimentos?". Ela disse: "Nenhuma". Simplesmente isto: "Nenhuma"!

— Pessoas loucas *nunca* têm consideração pelos sentimentos dos outros — disse tio Benjamin. — É um dos sintomas.

— Então eu comecei a chorar, e ela disse: "Vamos, mãe, veja o lado bom da coisa. Eu vou fazer um ato de caridade cristã, e, quanto aos danos que isso causará à minha reputação, ora, você sabe que eu não tenho nenhuma perspectiva matrimonial de qualquer forma, então o que isso importa?". E, com isso, ela se virou e saiu.

— As últimas palavras que eu disse para ela — acrescentou a prima Stickles, pateticamente — foram: "E agora, quem vai esfregar minhas costas à noite?". E ela respondeu... ela respondeu... Não, eu não posso repetir o que ela disse.

— Bobagem — disse tio Benjamin. — Pare com isso. Não é hora de melindres.

— Ela disse — a voz da prima Stickles era pouco mais que um sussurro — ela disse... "Oh, droga!".

— E pensar que eu vivi para ver minha filha praguejar! — soluçou a senhora Frederick.

— Foi... foi apenas uma leve imprecação — hesitou a prima Stickles, desejando suavizar as coisas, agora que o pior já havia passado. Mas ela *nunca* mencionou o corrimão.

– Mas está a um passo de uma genuína obscenidade – disse tio James com severidade.

– O pior de tudo isso – a senhora Frederick procurou um espaço seco em seu lenço – é que agora todos saberão que ela está louca. Não podemos mais guardar segredo. Ah, eu não aguento mais!

– Você deveria ter sido mais rigorosa com ela quando ela era jovem – disse o tio Benjamin.

– Não vejo como poderia ter sido mais rigorosa – disse a senhora Frederick, com sinceridade.

– O pior de tudo, nesse caso, é que aquele patife do Snaith vive sempre na casa do Estrondoso Abel – disse o tio James. – Ficarei muito grato se desse capricho maluco não vier algo pior do que algumas semanas na casa do Estrondoso Abel. Cissy Gay *não pode* viver muito tempo.

– E ela nem levou a saia de flanela! – lamentou a prima Stickles.

– Vou falar novamente com Ambrose Marsh a respeito dessa questão – disse o tio Benjamin, referindo-se a Valancy, e não à saia de flanela.

– Vou falar com Ferguson, o advogado – disse o tio James.

– Enquanto isso – acrescentou tio Benjamin –, vamos nos acalmar.

CAPÍTULO 16

Valancy caminhou pela estrada Mistawis, em direção à casa do Estrondoso Abel, sob um céu púrpura e âmbar, com uma estranha alegria e expectativa no coração. Lá atrás, atrás dela, a mãe e a prima Stickles choravam – por si mesmas, não por ela. Mas ali o vento batia em seu rosto, suave, úmido de orvalho, fresco, soprando pelas ruas gramadas. Ah, ela amava o vento! Os tordos assobiavam, sonolentos, nos abetos ao longo do caminho, e o ar úmido estava perfumado com o cheiro do bálsamo. Carros grandes passaram rugindo no crepúsculo violeta – o fluxo de turistas de verão em Muskoka já havia começado –, mas Valancy não invejou nenhum de seus ocupantes. Os chalés em Muskoka podiam ser encantadores, mas além, nos céus crepusculares, entre os pináculos de abetos, o seu Castelo Azul se erguia. Ela jogou fora, como folhas mortas, os velhos anos, hábitos e inibições que carregava. Ela não deixaria que eles a atrapalhassem.

A velha, labiríntica e dilapidada casa de Estrondoso Abel situava-se a cerca de cinco quilômetros do vilarejo, no topo das "terras altas", como eram chamados vernaculamente os esparsamente habitados, montanhosos e arborizados campos em volta da estrada Mistawis. Não parecia nem um pouco, ela precisava confessar, um Castelo Azul.

Outrora aquele tinha sido um lugar bastante confortável, no tempo em que Abel Gay era jovem e próspero, e a bonita e recém-pintada placa arqueada sobre o portão – "A. Gay, Carpinteiro" – ostentava um trocadilho[4]. Agora era um lugar triste e desbotado, com o teto remendado, caindo aos pedaços, e as persianas soltas. Abel nunca parecia fazer trabalhos de carpintaria em sua própria casa. Ela tinha um ar apático, como se estivesse cansada da vida. Atrás dela havia um decadente bosque de abetos, irregulares, semelhantes a anciãs encarquilhadas. O jardim, que Cissy costumava manter bonito e arrumado, fora tomado pelos arbustos. Nos dois lados da casa havia campos repletos de verbasco e nada mais. Atrás da casa havia um longo terreno baldio, cheio de pinheiros e abetos, com algumas cerejeiras-bravas aqui e ali que seguiam até o cinturão de troncos às margens do lago Mistawis, a três quilômetros de distância. Um caminho grosseiro, pedregoso e com rochas esparsas o atravessava, seguindo até a floresta – uma faixa branca com belas e pestilentas margaridas.

Estrondoso Abel encontrou Valancy na porta.

– Você veio mesmo – ele disse, incrédulo. – Achei que aquelas Stirlings jamais a deixariam vir.

Valancy mostrou todos os seus dentes pontudos em um sorriso.

– Elas não puderam me impedir.

– Não achei que você tivesse coragem – disse o Estrondoso Abel, admirado. – E veja só que belos tornozelos ela tem – acrescentou ele, enquanto se afastava para deixá-la entrar.

Se a prima Stickles tivesse ouvido isso, teria certeza de que a ruína de Valancy, terrena e celeste, fora selada. Mas o galanteio arcaico de Abel não incomodou Valancy. Além disso, era o primeiro elogio que ela recebera na vida e viu-se gostando daquilo. Por vezes, ela suspeitava de que tinha belos tornozelos, mas nunca alguém mencionou isso. No clã Stirling, tornozelos estavam entre as partes do corpo não mencionáveis.

---

4 No original "A. Gay, Carpenter", em tradução livre: "Um alegre carpinteiro" (N.T.).

Estrondoso Abel a levou para a cozinha, onde Cissy Gay estava deitada no sofá, respirando rapidamente, com pequenas manchas vermelhas nas bochechas encovadas. Valancy não via Cecilia Gay fazia anos. No passado ela tinha sido uma criatura tão bonita, uma garota pequena como um botão de flor, com cabelos macios e dourados, traços bem definidos, quase céreos, e grandes e lindos olhos azuis. Ela ficou chocada com a mudança que se operara nela. Essa era a meiga Cissy, essa coisinha patética, que parecia uma flor exausta, quebrada? Ela havia chorado toda a sua beleza pelos olhos; eles pareciam grandes demais, enormes, no rosto debilitado. Na última vez que Valancy vira Cecilia Gay, aqueles olhos desbotados e tristes eram límpidos, duas piscinas azul-escuras brilhando de alegria. O contraste era tão terrível que os olhos de Valancy encheram-se de lágrimas. Ela ajoelhou-se ao lado de Cissy e pôs seus braços em volta dela.

– Cissy, querida, eu vim cuidar de você. Vou ficar com você até... até... quando você quiser.

– Ah! – Cissy enlaçou com seus braços finos o pescoço de Valancy – Ah... você *vai*? Tem sido tão solitário... Eu posso cuidar de mim mesma, mas tem sido tão *solitário*. Seria... seria... um sonho ter alguém aqui como você. Você sempre foi tão querida para mim antigamente...

Valancy abraçou Cissy. Ela sentiu-se subitamente feliz. Eis alguém que precisava dela, alguém que ela podia ajudar. Ela não era mais supérflua. O passado ficara para trás; tudo agora era novo.

– Quase tudo que acontece é predestinado, mas algumas coisas não passam de pura boa sorte – disse o Estrondoso Abel, fumando complacentemente seu cachimbo no canto.

CAPÍTULO 17

Quando Valancy vivia por uma semana na casa do Estrondoso Abel, já se sentia como se anos a separassem de sua antiga vida e de todas as pessoas que ela conhecera. Elas começavam a parecer remotas, como sonhos distantes, e, conforme os dias foram passando, pareceram ainda mais, até que se tornaram completamente irrelevantes.

Ela estava feliz. Ninguém a incomodava com charadas ou insistia em lhe dar pílulas roxas. Ninguém a chamava de Doss ou a atormentava para não pegar resfriados. Não havia colchas a remendar, abomináveis plantas da borracha para regar ou gélidas pirraças maternas a suportar. Ela podia ficar sozinha quanto quisesse, ir para a cama quando quisesse, espirrar quando quisesse. Nos longos e maravilhosos crepúsculos do norte, quando Cissy dormia e Estrondoso Abel estava fora de casa, ela podia sentar-se por horas nos degraus oscilantes da varanda de trás, olhando por cima do terreno baldio para as colinas além, cobertas com sua bela exuberância roxa, escutando o vento amigável cantar melodias selvagens e doces para os pequenos abetos e sorvendo o aroma da relva banhada de sol, até a escuridão escorrer pela paisagem como uma refrescante e bem-vinda onda.

O Castelo Azul

Às vezes, de tarde, quando Cissy se sentia forte o bastante, as duas moças iam até o terreno baldio e olhavam as flores da madeira. Mas não as colhiam. Valancy lera para Cissy o evangelho das flores da madeira, segundo John Foster: "É uma pena colher flores da madeira. Elas perdem metade do seu encanto longe da folhagem e do pica-pau. A melhor maneira de apreciar flores da madeira é localizar seus refúgios secretos, regozijar-se com elas e depois deixá-las com olhares tímidos, levando apenas a lembrança sedutora da sua graça e fragrância".

Valancy estava em um turbilhão de realidade, após uma vida inteira de irrealidades. E estava ocupada, muito ocupada. A casa precisava ser limpa. Ainda bem que Valancy fora criada com a mania de organização e limpeza dos Stirlings. Se ela encontrava satisfação em limpar cômodos sujos, teve sua cota disso. Estrondoso Abel achava uma tolice se incomodar em fazer muito mais do que lhe pediam, mas não interferia. Estava muito satisfeito com o seu acordo. Valancy era uma boa cozinheira. Abel disse que ela dava sabor às coisas. Sua única crítica era que ela não cantava enquanto trabalhava.

– As pessoas devem sempre cantar enquanto trabalham – ele insistiu. – Passa uma ideia de animação.

– Nem sempre – replicou Valancy. – Imagine um açougueiro cantando no serviço. Ou um agente funerário.

Abel soltou uma sonora gargalhada.

– Não há como levar a melhor sobre você. Você tem resposta para tudo. Creio que os Stirlings ficaram felizes de se livrar de você. *Eles* não gostam quando alguém é impertinente com eles.

Durante o dia, Abel geralmente ficava fora de casa – se não trabalhando, estava caçando ou pescando com Barney Snaith. Ele geralmente voltava para casa à noite – sempre muito tarde e frequentemente muito bêbado. Na primeira noite em que ele chegou rugindo no pátio, Cissy disse a Valancy para não ter medo.

– Papai nunca é perigoso. Só faz barulho.

Valancy, deitada no sofá do quarto de Cissy, onde ela decidiu dormir para o caso de Cissy precisar de atenção durante a noite – Cissy nunca a teria chamado –, não ficou nem um pouco assustada e disse isso a ela. Quando finalmente Abel conseguiu guardar seus cavalos, a fase dos rugidos passou, e ele foi para o quarto no fim do corredor chorar e orar. Valancy ainda pôde escutar os tristes gemidos dele quando pegou calmamente no sono. Na maior parte das vezes, Abel era uma criatura bem-humorada, mas ocasionalmente ele tinha um acesso de fúria. Uma vez Valancy lhe perguntou friamente:

– Qual é a vantagem em ficar furioso?
– É um alívio danado de grande – disse Abel.
Os dois gargalharam ao mesmo tempo.
– Você é uma camaradinha excelente – disse Abel, admirado. – Não ligue para o meu comportamento. Não é por mal. É só a força do hábito. Ouça, eu gosto de uma mulher que não tem medo de falar comigo. Cissy sempre foi tímida... tímida demais. Foi por isso que ela ficou sem rumo. Eu gosto de você.
– Mesmo assim – disse Valancy, com determinação –, não há sentido em mandar tudo ao inferno, como você está sempre fazendo. E eu *não* quero que você traga lama para dentro de casa, no chão que acabei de esfregar. Você *deve* limpar os pés no capacho, goste dele ou não.

Cissy adorava ordem e limpeza. Ela também mantivera a casa assim até suas forças falharem. Ela ficou pateticamente feliz por ter Valancy consigo. Haviam sido terríveis os longos e solitários dias e noites sem nenhuma companhia, exceto daquelas velhas horrorosas que lá iam trabalhar. Cissy as detestava e temia. Ela agarrou-se a Valancy como uma criança.

Não havia dúvida de que Cissy estava morrendo. Contudo, em nenhum momento ela pareceu alarmantemente doente. Ela não tossia com frequência. Na maior parte dos dias, ela conseguia se levantar e se vestir; às vezes até trabalhava no jardim ou no terreno baldio por uma ou duas horas. Por algumas semanas, após a chegada de Valancy, ela pareceu tão melhor que Valancy começou a ter esperanças de que ela pudesse ficar boa. Mas Cissy balançou a cabeça.

– Não, eu não vou melhorar. Meus pulmões estão quase arruinados. E eu... eu não quero melhorar. Estou tão cansada, Valancy. Só a morte vai me trazer descanso. Mas é maravilhoso ter você aqui. Você não sabe quanto isso significa para mim. Mas, Valancy, você trabalha demais. Não há necessidade disso. Papai só quer que você cozinhe para ele. E não acho que sua saúde esteja boa. Você fica tão pálida às vezes... E essas gotas que você costuma tomar? Você está bem, querida?

– Eu estou bem – disse Valancy, alegremente. Ela não queria que Cissy ficasse preocupada. – E eu não estou trabalhando demais. Fico feliz em ter algum trabalho a fazer, algo que realmente precise ser feito.

– Então – e Cissy segurou nostalgicamente a mão de Valancy –, não falemos mais da minha doença. Vamos esquecer isso. Vamos fingir que eu sou uma garotinha de novo e que você veio aqui para brincar comigo. Eu costumava desejar isso, tempos atrás: que você viesse me ver. Eu sabia que você não podia, é claro. Mas como eu desejei isso! Você sempre me pareceu tão diferente das outras garotas, tão amável e doce, como se tivesse algo guardado dentro de você, algo que ninguém sabia, um segredo adorável, bonito. Você *tinha*, Valancy?

– Eu tive o meu Castelo Azul – disse Valancy, com um leve sorriso. Ela ficou feliz de saber que Cissy pensara nela desse modo. Ela nunca suspeitou de que alguém a admirasse, gostasse dela ou pensasse nela. Ela contou a Cissy tudo sobre seu Castelo Azul. Ela nunca havia contado a ninguém.

– Todo mundo tem um Castelo Azul, creio eu – disse Cissy, suavemente. – Só que cada um tem um nome diferente para ele. *Eu* tive o meu uma vez.

Ela pôs suas duas mãozinhas magras sobre o rosto. Não contou a Valancy quem havia destruído o seu Castelo Azul. Mas Valancy soube que, independentemente de quem fosse, não tinha sido Barney Snaith.

CAPÍTULO 18

Valancy já estava familiarizada com Barney a essa altura – muito familiarizada, aparentemente, embora houvesse falado com ele apenas algumas vezes. Mas, de todo modo, ela já sentira que o conhecia na primeira vez em que se encontraram. Ela estava no jardim, ao anoitecer, à procura de alguns narcisos brancos para colocar no quarto de Cissy quando ouviu aquele terrível e velho Grey Slosson descer pelos bosques de Mistawis. Era possível ouvi-lo a quilômetros de distância. Valancy não ergueu os olhos quando sentiu que ele se aproximava, triturando as pedras daquela pista louca. Ela nunca olhava para cima, embora todas as noites Barney passasse por ela com estardalhaço, desde que ela fora morar na casa do Estrondoso Abel. Dessa vez ele não passou por ela. O velho Grey Slosson parou com barulhos ainda mais terríveis do que os usuais. Valancy estava consciente de que Barney saltara dele e se debruçava sobre o portão em ruínas. De repente, ela levantou a cabeça e o fitou. Seus olhos se encontraram. Valancy sentiu uma deliciosa fraqueza. Um de seus acessos estava ocorrendo? Mas esse sintoma era novo.

Os olhos dele, que ela sempre pensou que fossem castanhos, agora vistos de perto eram profundamente violeta, translúcidos e intensos. As sobrancelhas eram diferentes. Ele era magro... magro demais. Ela desejou poder alimentá-lo um pouco; ela desejou poder pregar os botões do seu casaco e fazê-lo cortar o cabelo e a barba todos os dias. Havia *algo* em seu rosto. Era difícil saber o quê. Cansaço? Tristeza? Desilusão? Ele tinha covinhas nas bochechas magras quando sorria. Todos esses pensamentos passaram pela mente de Valancy naquele momento, enquanto seus olhos fitavam os dela.

– Boa noite, senhorita Stirling.

Nada poderia ser mais lugar-comum e convencional. Qualquer um poderia ter dito isso. Mas Barney Snaith tinha um jeito comovente de dizer as coisas. Quando ele dizia boa noite, você sentia que *era mesmo* uma boa noite e que, em parte, era por causa dele que a noite era boa. Além disso, você sentia que também tinha algum mérito nessa questão. Valancy sentiu tudo isso vagamente, mas não soube por que tremia da cabeça aos pés – *devia* ser o seu coração. Se apenas ele não percebesse!

– Estou indo para Port – Barney estava dizendo. – Posso ter a honra de trazer alguma coisa para você ou Cissy?

– Você poderia pegar um pouco de bacalhau salgado para nós? – perguntou Valancy. Foi a única coisa em que ela pôde pensar. Naquele dia, Estrondoso Abel havia expressado o desejo de jantar bacalhau salgado cozido. Quando seus cavaleiros vinham cavalgando até o Castelo Azul, Valancy os enviava em muitas missões, mas jamais pediu para um deles pegar bacalhau salgado.

– Certamente. Tem certeza de que não há mais nada? Há bastante espaço em Lady Jane Gray Slosson. E ela sempre volta, não é, Lady Jane?

– Acho que não há mais nada – disse Valancy. Ela sabia que ele traria laranjas para Cissy de qualquer maneira. Ele sempre trazia.

Barney não se virou imediatamente. Ele ficou em silêncio por algum tempo. Então ele disse, lenta e peculiarmente:

– Senhorita Stirling, você tem um bom coração! Você é uma pessoa formidável. Vir aqui e cuidar de Cissy nessas circunstâncias.

– Não há nada de tão formidável nisso – disse Valancy. – Eu não tinha mais nada a fazer. E eu gosto daqui. Não creio que esteja fazendo algo especialmente meritório. O senhor Gay está me pagando um salário justo. Nunca ganhei salário antes, e eu gosto disso. – De algum modo, parecia tão fácil conversar com Barney Snaith, o terrível Barney Snaith das histórias horripilantes e do passado misterioso. Era tão fácil e natural como falar consigo mesmo.

– Todo o dinheiro do mundo não paga o que você está fazendo por Cissy Gay – disse Barney. – É esplêndido e bondoso da sua parte. E, se houver algo que eu possa fazer para ajudá-la de alguma forma, basta me avisar. Se o Estrondoso Abel alguma vez tentar incomodá-la...

– Ele não me incomoda. Ele é amável comigo. Eu gosto do Estrondoso Abel – disse Valancy, com franqueza.

– Eu também. Mas há uma fase de sua embriaguez, talvez você não o tenha presenciado ainda, na qual ele canta músicas vulgares...

– Ah, sim. Ontem à noite ele voltou para casa assim. Cissy e eu simplesmente fomos para o quarto e fechamos a porta para não escutá-lo. Ele pediu desculpas nesta manhã. Não tenho medo de nenhuma fase do Estrondoso Abel.

– Bem, estou certo de que ele agirá decentemente com você, com exceção dos rugidos bêbados – disse Barney. – E eu lhe disse que ele precisava parar de amaldiçoar as coisas quando você estivesse por perto.

– Por quê? – perguntou Valancy maliciosamente, com um de seus estranhos olhares oblíquos e um repentino rubor em cada bochecha, nascido do pensamento de que Barney Snaith havia realmente feito tanto por *ela*. – Muitas vezes eu mesma sinto vontade de amaldiçoar as coisas.

Barney a encarou por um momento. Essa menina elfa era a mesma solteirona baixinha que estivera ali fazia dois minutos? Certamente havia alguma magia e diabrura acontecendo naquele velho jardim desleixado, cheio de ervas-daninhas.

Então ele riu.

– Será um alívio que alguém faça isso por você, então. Não quer mais nada mesmo, além de bacalhau salgado?

– Hoje não. Mas ouso dizer que frequentemente terei alguma incumbência para você, quando for a Port Lawrence. Não posso confiar no senhor Gay para lembrar de trazer todas as coisas que eu quero.

Barney foi embora, então, em sua Lady Jane, e Valancy ficou no jardim por um longo tempo.

Desde então, ele apareceu várias vezes, caminhando pelos campos estéreis, assobiando. Como aquele assobio ecoava através dos abetos vermelhos, naqueles crepúsculos de junho! Valancy viu-se esperando aquele assobio todas as noites. Repreendeu-se, mas depois relaxou. Por que não deveria esperá-lo?

Ele sempre trazia frutas e flores para Cissy. Certa vez, trouxe uma caixa de chocolates para Valancy – a primeira caixa de chocolates que ela ganhou. Parecia um sacrilégio comê-los.

Ela se viu pensando nele o tempo inteiro. Queria saber se alguma vez ele pensava nela quando ela não estava diante de seus olhos e, se sim, o que ele pensava. Ela queria ver aquela casa misteriosa na ilha de Mistawis. Cissy nunca tinha visto. Cissy, embora falasse livremente sobre Barney e o conhecesse havia cinco anos, na verdade sabia pouco mais que a própria Valancy.

– Mas ele não é má pessoa – disse Cissy. – Ninguém precisa me dizer isso. Ele não fez nada do que se envergonhar, disso tenho certeza.

– Então por que ele vive desse modo? – perguntou Valancy para ouvir alguém defendê-lo.

– Eu não sei. Ele é um mistério. É claro que há algo por trás disso, mas eu *sei* que não é algo vergonhoso. Barney Snaith simplesmente não é capaz de fazer algo vergonhoso, Valancy.

Valancy não tinha tanta certeza. Barney devia ter feito *alguma coisa* em algum momento. Ele era um homem educado e inteligente. Ela logo percebeu isso ao escutar suas conversas e discussões com o Estrondoso Abel – que era surpreendentemente instruído e podia discutir qualquer assunto quando sóbrio. Um homem assim não se enterraria por cinco anos em Muskoka, vivendo como um vagabundo, sem que houvesse um motivo muito bom - ou ruim - para isso. Mas não importava. Tudo o que importava era que agora ela tinha certeza de que ele jamais fora amante de Cissy Gay. Não havia nada *do tipo* entre eles. Embora ele gostasse muito de Cissy, e ela, dele, como qualquer um poderia ver. Era uma espécie de carinho que não incomodava Valancy.

– Você não sabe o que Barney tem sido para mim nos últimos dois anos – Cissy havia dito simplesmente. – *Tudo* seria insuportável sem ele.

– Cissy Gay é a garota mais doce que eu já conheci, e há um homem, em algum lugar, em quem eu adoraria atirar se pudesse encontrá-lo – disse Barney ferozmente.

A conversa de Barney era interessante, e ele tinha um jeito especial de falar muito de suas aventuras e nada de si. Houve um glorioso dia chuvoso em que Barney e Abel trocaram histórias a tarde inteira, enquanto Valancy remendava toalhas de mesa e escutava. Barney fez estranhos relatos sobre suas aventuras em vagões de trens, enquanto perambulava pelo continente. Valancy pensou que acharia suas "caronas" clandestinas uma coisa horrível, mas não foi o que aconteceu. A história de como ele viajou para a Inglaterra em um navio de gado lhe pareceu mais legítima. E suas histórias do Yukon a fascinaram – especialmente a da noite em que ele se perdeu na divisa entre a Corrida do Ouro e o Vale do Enxofre. Ele passara dois anos lá. Onde, em todas essas aventuras, houvera espaço para a prisão e as outras coisas que falavam dele?

Isso se ele estivesse dizendo a verdade. Mas Valancy sabia que ele estava.

– Não encontrei ouro – disse ele. – Voltei mais pobre do que cheguei. Mas que lugar para viver! O silêncio nos confins do vento norte me pegou. Eu nunca mais fui o mesmo desde então.

No entanto, ele era um grande contador de histórias. Dizia muito em poucas e bem escolhidas palavras – quão bem escolhidas Valancy nunca soube. E ele tinha um jeito peculiar de dizer as coisas sem abrir a boca.

"Gosto de um homem cujos olhos dizem mais do que seus lábios", pensou Valancy.

Mas ela gostava de tudo nele: os cabelos castanho-claros, os seus sorrisos excêntricos, os pequenos lampejos de diversão em seus olhos, a sua leal afeição pela indescritível Lady Jane, o hábito de sentar com as mãos nos bolsos e o queixo encostado no peito, erguendo os olhos por baixo das sobrancelhas desiguais. Ela gostava de sua voz agradável, que soava como se pudesse tornar-se carinhosa ou sedutora à menor provocação. Por vezes, ela chegava a ter medo de se permitir pensar nessas coisas. Esses pensamentos eram tão vívidos que ela sentia como se os outros *soubessem* o que ela estava pensando.

– Observei um pica-pau o dia inteiro – disse ele, certa noite, na velha e decrépita varanda dos fundos. Seu relato dos feitos do pica-pau foi gratificante. Quase sempre ele tinha alguma anedota engraçada ou inteligente para contar sobre os habitantes da floresta. E, por vezes, ele e o Estrondoso Abel fumavam sem parar a tarde toda, em silêncio, enquanto Cissy, deitada na rede, balançava-se entre as traves da varanda e Valancy sentava-se ociosamente nos degraus, com as mãos cruzadas sobre os joelhos, perguntando-se, sonhadoramente, se ela era mesmo Valancy Stirling e se haviam-se passado apenas três semanas desde que ela deixara a feia e velha casa na Elm Street.

Sob o esplendor da lua branca, diante dela se estendia o terreno baldio, onde dezenas de coelhinhos saltitavam. Barney, quando queria, podia sentar-se no limite do terreno e atrair esses coelhos diretamente para ele, por meio de algum poder misterioso que ele tinha. Valancy já vira um esquilo pular de um pinheiro para o seu ombro e ficar sentado lá, papeando com ele. Isso a lembrou de John Foster.

Um dos prazeres da nova vida de Valancy era poder ler os livros de John Foster sempre que quisesse e por quanto tempo quisesse. Ela leu todos para Cissy, que passou a amá-los também. Ela tentou lê-los para Abel e Barney, que não gostaram deles. Abel ficou entediado, e Barney polidamente recusou-se a ouvir.

– Bobagem – disse Barney.

CAPÍTULO 19

É claro que os Stirlings não deixaram a pobre maníaca em paz nesse tempo todo ou abstiveram-se de heroicos esforços para resgatar a alma e a reputação que pereciam. Tio James, cujo advogado o ajudara tão pouco quanto seu médico, esteve lá um dia e, encontrando Valancy sozinha na cozinha, como ele supunha, deu-lhe um terrível sermão. Disse que ela estava partindo o coração da mãe dela e desgraçando a família.

– Mas *por quê*? – perguntou Valancy, sem deixar de esfregar apropriadamente a panela de mingau. – Estou fazendo um trabalho honesto por um salário honesto. O que há de vergonhoso nisso?

– Não discuta, Valancy – disse tio James, solenemente. – Este não é um lugar adequado para você, e sabe disso. Ora, disseram-me que aquele delinquente, Snaith, vem aqui todas as noites.

– Não *toda* noite – disse Valancy, pensativa. – Não, não toda noite.

– É... é intolerável! – disse tio James, violentamente. – Valancy, você *precisa* voltar para casa. Não a julgaremos com severidade. Garanto-lhe que não. Vamos esquecer tudo isso.

– Obrigada – disse Valancy.

– Você não tem vergonha? – insistiu tio James.

– Ah, sim. Mas as coisas das quais sinto vergonha não são as mesmas que as *suas* – Valancy pôs-se a enxaguar meticulosamente o pano de prato.

Tio James ainda tentou ser paciente. Ele agarrou as laterais da sua cadeira e cerrou os dentes.

– Sabemos que sua mente não está muito boa. Faremos concessões. Mas você *precisa* voltar para casa. Você não deve ficar aqui com aquele velho patife bêbado e blasfemo.

– Por acaso está se referindo a mim, senhor Stirling? – quis saber o Estrondoso Abel, aparecendo de repente na porta da varanda dos fundos, onde fumava tranquilamente seu cachimbo e escutava o discurso do "velho Jim Stirling" com enorme prazer. Sua barba ruiva estava arrepiada de indignação, e suas enormes sobrancelhas tremiam. Mas a covardia não estava entre os defeitos de James Stirling.

– Sim, estou. E também quero lhe dizer que desempenhou um papel iníquo ao atrair essa frágil e desafortunada garota para longe de sua casa e de seus amigos, e farei com que você seja punido por isso.

James Stirling não conseguiu ir além. Estrondoso Abel atravessou a cozinha em um salto, agarrou-o pelo colarinho e pelas calças e o atirou pela porta e pela cerca do jardim aparentemente com o mesmo esforço que dedicaria a tirar um gato impertinente do seu caminho.

– Da próxima vez que vier aqui – ele berrou –, vou atirá-lo pela janela, e espero que ela esteja fechada! Ora, quem você acha que é vindo até aqui e querendo mandar em todo mundo?

Valancy, franca e descaradamente, admitiu para si mesma que vira poucas coisas mais satisfatórias do que as costas do casaco de tio James voando até o canteiro de aspargos. Antigamente ela temera o julgamento desse homem. Agora ela via claramente que ele não passava de um provinciano estúpido e arrogante.

Estrondoso Abel virou-se com sua sonora gargalhada.

– Ele vai pensar nisso por muito tempo quando acordar de noite. O Todo-Poderoso cometeu um erro ao criar tantos Stirlings. Mas, já que eles existem, temos que lidar com eles. São tantos que é impossível matá-los. Mas, se vierem aqui incomodar você, vou expulsá-los antes que um gato lamba a própria orelha.

Na vez seguinte, eles enviaram o doutor Stalling. Certamente o Estrondoso Abel não o atiraria no canteiro de aspargos. O doutor Stalling não tinha tanta certeza disso e não gostou muito da tarefa. Ele não acreditava que Valancy Stirling tivesse perdido a razão. Ela sempre tinha sido esquisita. Ele, doutor Stalling, nunca fora capaz de entendê-la. Portanto, sem dúvida, ela era uma garota esquisita. Agora ela só estava um pouco mais esquisita do que o habitual. E o doutor Stalling tinha suas próprias razões para não gostar do Estrondoso Abel. Quando chegou a Deerwood, o doutor Stalling gostava de fazer longas caminhadas nas cercanias de Mistawis e Muskoka. Em uma dessas ocasiões, ele se perdeu e, após muito andar, deparou-se com o Estrondoso Abel com sua arma no ombro.

O doutor Stalling pediu informações da maneira mais idiota possível. Ele perguntou:

— Pode me dizer para onde estou indo?

— Como diabos eu vou saber para onde você está indo, gansinho? — retrucou Abel, com desprezo.

O doutor Stalling ficou tão furioso que não conseguiu falar por algum tempo, e nesse intervalo o Estrondoso Abel desapareceu na floresta. O doutor Stalling acabou encontrando o caminho de casa, mas desejou nunca mais encontrar Abel Gay novamente.

No entanto, ele vinha agora cumprir seu dever. Valancy cumprimentou-o com o coração pesado. Precisava admitir para si mesma que ainda morria de medo do doutor Stalling. Ela tinha a triste convicção de que, se ele sacudisse seu dedo comprido e ossudo e a mandasse ir para casa, ela não se atreveria a desobedecer.

— Senhor Gay — disse o doutor Stalling educada e condescendentemente —, posso falar com a senhorita Stirling a sós por alguns minutos?

Estrondoso Abel estava um pouco bêbado... bêbado o bastante para ser excessivamente polido e muito astuto. Ele estava quase indo embora quando o doutor Stalling chegou, mas então resolveu sentar-se em um canto da sala e cruzou os braços.

– Não, não, senhor – disse ele solenemente. – Não posso fazer isso. Não posso fazer isso de forma alguma. Tenho que zelar pela reputação da minha casa. Eu tenho que supervisionar essa jovem. Não posso deixar nenhum namorico ocorrer pelas minhas costas.

Indignado, o doutor Stalling pareceu tão terrível que Valancy se perguntou como Abel podia suportar seu aspecto. Mas Abel não estava nem um pouco preocupado.

– Você sabe alguma coisa sobre isso, afinal? – perguntou ele cordialmente.

– Sobre *o quê*?

– Namoricos – disse Abel, friamente.

O pobre doutor Stalling, que nunca havia se casado, por acreditar em celibato clerical, não notou essa observação vulgar. Ele virou as costas para Abel e dirigiu-se a Valancy.

– Senhorita Stirling, estou aqui em resposta aos desejos de sua mãe. Ela implorou que eu viesse. Trouxe algumas mensagens dela. Você... – Ele sacudiu o dedo indicador. – Você as ouvirá?

– Sim – disse Valancy fracamente, fitando o dedo indicador. Ele tinha um efeito hipnótico sobre ela.

– A primeira é a seguinte. Se você deixar esta... esta...

– Casa – interrompeu o Estrondoso Abel. – C-a-s-a. Está com dificuldades em continuar seu discurso, não é, senhor?

– Este *lugar* e voltar à sua casa, o senhor James Stirling em pessoa pagará para uma boa enfermeira vir aqui cuidar da senhorita Gay.

Apesar do seu terror, Valancy sorriu em segredo. Tio James realmente devia considerar a questão como desesperadora para abrir a carteira daquele modo. Em todo caso, sua família não mais a desprezava ou ignorava. Ela tinha se tornado importante para eles.

— Isso é da *minha* conta, senhor — disse Abel. — A senhorita Stirling pode ir embora, se quiser, ou ficar, se quiser. Fiz um acordo justo com ela, e ela é livre para encerrá-lo quando quiser. Ela me dá refeições que matam a minha fome. Ela não esquece de colocar sal no mingau. Ela nunca bate portas e, quando não tem nada a dizer, não fala. Isso é incomum em uma mulher, como bem sabe, senhor. Estou satisfeito. Mas, se ela não estiver, é livre para ir embora. Mas nenhuma mulher vem aqui na conta de Jim Stirling. E, se vier — e a voz de Abel ficou estranhamente branda e educada —, eu vou espalhar o cérebro dela na estrada. Diga isso a ele, com os cumprimentos de A. Gay.

— Doutor Stalling, não é de uma enfermeira que Cissy precisa — disse Valancy, com sinceridade. — Ela ainda não está tão doente assim. O que ela quer é companhia, alguém que ela conheça e de quem goste, apenas para morar aqui com ela. Eu tenho certeza de que você consegue entender isso.

— Eu sei que seu motivo é bastante... hum... louvável. — O doutor Stalling sentiu que tinha de fato uma mente muito aberta. Especialmente porque, na verdade, ele não acreditava que o motivo de Valancy *fosse* louvável. Ele não fazia a menor ideia do que ela estava tramando, mas tinha certeza de que o motivo dela não era louvável. Quando não conseguia compreender uma coisa, ele imediatamente a condenava. Era a simplicidade em pessoa! — Mas, em primeiro lugar, seu dever é com sua mãe. *Ela* precisa de você. Ela está suplicando que você volte para casa. Ela perdoará tudo se você voltar para casa.

— Que belo pensamento — comentou Abel, meditativo, enquanto colocava um pouco de tabaco na mão.

O doutor Stalling o ignorou.

— Ela suplica, mas eu, senhorita Stirling — o doutor Stalling lembrou-se de que ele era um embaixador de Jeová —, eu *ordeno*. Como seu pastor e guia espiritual, eu ordeno que você volte para casa comigo hoje mesmo. Pegue seu chapéu e casaco e venha comigo *agora*.

Doutor Stalling sacudiu seu dedo para Valancy. Diante daquele dedo impiedoso, ela esmoreceu e murchou visivelmente.

"Ela está desistindo", pensou Estrondoso Abel. "Ela irá com ele. Maldito seja o poder que esses pregadores têm sobre as mulheres."

Valancy *estava* a ponto de obedecer o doutor Stalling. Ela deveria ir para casa com ele – e desistir. Ela voltaria novamente a se chamar Doss Stirling e, pelos poucos dias ou semanas que lhe restariam, ser a criatura covarde e assustada que sempre fora. Era o seu destino, representado por aquele implacável indicador erguido. Ela não podia mais escapar, assim como o Estrondoso Abel não podia escapar de sua predestinação. Ela o fitou como um pássaro fascinado fita a cobra. Mais um pouco...

"*O medo é o pecado original*", disse subitamente uma voz calma e baixa no fundo, no fundo, bem no fundo da consciência de Valancy. "*Quase todo o mal do mundo tem sua origem no fato de que alguém tem medo de alguma coisa.*"

Valancy levantou-se. Ela ainda estava nas garras do medo, mas voltara a ter domínio de sua alma. Ela não trairia essa voz interior.

– Doutor Stalling –disse ela lentamente –, no momento, eu não tenho *nenhum* dever a cumprir para com minha mãe. Ela está muito bem; ela tem toda a assistência e companhia de que necessita; ela não precisa de mim para nada. Eu *sou* necessária aqui. Vou ficar aqui.

– Isso é que é fibra – disse o Estrondoso Abel com admiração.

O doutor Stalling deixou cair seu indicador. Não se podia continuar sacudindo um dedo para sempre.

– Senhorita Stirling, não há *nada* que possa fazê-la mudar de ideia? Você se lembra do seu tempo de infância?

– Perfeitamente bem. E eu odeio aquela época.

– Você sabe o que as pessoas vão dizer? O que elas *estão* dizendo?

– Eu posso imaginar – disse Valancy, encolhendo os ombros. Ela estava subitamente livre do medo de novo. – Não ouvi as fofocas dos salões de chá e círculos de costura de Deerwood durante vinte anos por nada. Mas, doutor Stalling, não me importo nem um pouco com o que eles dizem. Nem um pouco.

O doutor Stalling foi embora, então. Uma moça que não se importava com a opinião pública! A quem os sagrados laços familiares não tiveram uma influência restritiva! Que detestava suas memórias de infância!

Depois veio a prima Georgiana – por sua própria iniciativa, pois ninguém achou que valia a pena enviá-la. Ela encontrou Valancy sozinha, capinando a pequena horta que havia plantado, e ela fez todo tipo de apelo trivial em que conseguiu pensar. Valancy ouviu-a pacientemente. A prima Georgiana não era uma velha alma tão ruim. Então Valancy disse:

– E agora que você já desabafou, prima Georgiana, poderia me dizer como preparar um bacalhau cremoso que não seja grosso como mingau e salgado como o Mar Morto?

– Teremos que *esperar* – disse tio Benjamin. – Afinal, Cissy Gay não vai viver muito mais. O doutor Marsh me disse que ela pode morrer a qualquer momento.

A senhora Frederick chorou. Realmente seria muito mais fácil de suportar se Valancy houvesse morrido. Ela poderia vestir luto, então.

CAPÍTULO 20

Quando Abel Gay pagou a Valancy o salário de seu primeiro mês – o que fez prontamente, com notas cheirando a tabaco e uísque –, Valancy foi a Deerwood e gastou cada centavo dele. Ela comprou um belo vestido de crepe verde com um cinto de contas vermelhas, uma pechincha, um par de meias de seda, para combinar, e um chapeuzinho verde franzido, com uma rosa carmesim. Ela até comprou uma ridícula camisola com babados e rendas.

Ela passou duas vezes pela casa na Elm Street – Valancy nunca havia pensado nela como "casa" –, mas não viu ninguém. Sem dúvida sua mãe estava sentada no quarto, naquela adorável tarde de junho, jogando paciência – e trapaceando. Valancy sabia que a senhora Frederick sempre trapaceava. Ela nunca havia perdido um jogo. A maioria das pessoas que Valancy encontrou a olharam seriamente e passaram por ela com um frio aceno de cabeça. Ninguém parou para falar com ela.

Valancy pôs seu vestido verde quando chegou em casa. Então ela o tirou de imediato. Sentiu-se tão despida com seu decote e suas mangas curtas. E aquele cinto carmesim baixo em volta dos quadris lhe pareceu positivamente indecente. Ela o pendurou no armário, sentindo-se tola por ter desperdiçado seu dinheiro. Ela nunca teria coragem de usar aquele vestido. A citação de John Foster sobre o medo não teve poder de fortalecê-la contra isso. Nesse caso, o hábito e o costume ainda eram onipotentes. Ainda assim, ela suspirou quando desceu para encontrar Barney Snaith com seu velho traje de seda marrom. Aquele vestido verde era muito elegante, mas muito revelador, como ela pôde constatar com um único olhar envergonhado. Com ele, seus olhos pareciam duas exóticas joias marrons, e o cinto havia dado à sua figura magra uma aparência completamente diferente. Ela desejou não tê-lo tirado. Mas havia algumas coisas que John Foster não sabia.

Todo domingo à noite, Valancy ia à pequena Igreja Metodista Livre, situada em um vale no limite com as terras "lá de cima". Era um pequeno prédio cinza sem pináculo, no meio dos pinheiros, com túmulos afundados e lápides cobertas de musgo no pequeno pátio de grama alta, cercado por estacas. Ela gostou do pastor que pregava lá. Ele era simples e sincero, um velho que morava em Port Lawrence e atravessava o lago em um pequeno e caquético barco a hélice para prestar um serviço gratuito às pessoas das pequenas e pedregosas fazendas atrás da colina, que, de outro modo, jamais teriam ouvido uma palavra do evangelho. Ela gostava da cerimônia simples e do canto fervoroso. Gostava de sentar perto da janela aberta e olhar para o bosque de pinheiros. A congregação era sempre pequena. Os metodistas livres eram poucos em número, pobres e geralmente analfabetos. Mas Valancy adorava aquelas noites de domingo. Pela primeira vez na vida, ela gostava de ir à igreja. O boato de que ela havia "se transformado em metodista livre" chegou em Deerwood e mandou a senhora Frederick para a cama por um dia. Mas Valancy não tinha se transformado em nada. Ela ia àquela igreja porque gostava dela e porque, de maneira inexplicável, isso lhe fazia bem. O velho senhor Towers acreditava piamente no que pregava, e de alguma forma isso fazia uma tremenda diferença.

Curiosamente, Estrondoso Abel desaprovou suas idas à igreja da colina com tanta veemência quanto a própria senhora Frederick. Ele não via "nenhuma utilidade nos Metodistas Livres. Ele era um presbiteriano". Mas Valancy continuou indo lá, apesar dele.

– Em breve saberemos de algo pior do que isso – previu sombriamente tio Benjamin.

E foi o que aconteceu.

Valancy não sabia explicar muito bem, nem para si mesma, exatamente por que ela queria ir a essa festa. Era um baile "lá atrás", em Chidley Corners; e os bailes em Chidley Corners não eram, geralmente, o tipo de reunião onde se podia encontrar moças bem-criadas. Valancy sabia que daria tudo certo, pois o Estrondoso Abel tinha sido contratado como um dos violinistas.

Mas a ideia de ir nunca havia lhe ocorrido até o próprio Estrondoso Abel abordar o assunto no jantar.

– Você vai comigo ao baile – ordenou ele. – Vai lhe fazer bem colocar um pouco de cor nesse rosto. Você parece doente. Precisa de algo para animá-la.

Valancy viu-se de repente querendo ir. Ela não fazia a menor ideia de como eram os bailes em Chidley Corners. Sua ideia de bailes tinha sido formada com as reuniões apropriadas que atendiam por esse nome em Deerwood e Port Lawrence. É claro que ela sabia que um baile em Corners seria muito diferente delas. Muito mais informal, é claro. Mas muito mais interessante. Por que ela não podia ir? Cissy estava em uma semana de aparente saúde e melhora. Ela não se importaria de ficar sozinha um pouco. Ela suplicou que Valancy fosse se quisesse. E Valancy *queria* ir.

Ela foi para o quarto se vestir. Teve um súbito acesso de raiva pelo vestido de seda marrom-escuro. Imagine vestir *isto* em uma festa! Nunca. Ela tirou o traje de crepe verde do cabide e vestiu-o freneticamente. Era bobagem se sentir tão... tão... nua... simplesmente porque seu pescoço e seus braços ficavam expostos. Eram apenas seus velhos pudores de solteirona falando. Ela não os deixaria dominá-la. Iria com o vestido novo – e os sapatinhos.

Era a primeira vez que ela usava um vestido bonito desde os organdis do início de sua adolescência. E *eles* nunca a tinham deixado com essa aparência.

Se apenas ela tivesse um colar ou algo semelhante, não se sentiria tão nua. Ela correu para o jardim. Havia trevos lá – grandes trevos-encarnados crescendo na grama alta. Valancy juntou um punhado deles e os amarrou em um cordão. Presos acima do pescoço, eles lhe deram a confortável sensação de usar um colarinho e eram estranhamente atraentes. Um diadema deles enfeitava seu cabelo, arrumado em cachos baixos em volta do rosto. A excitação fez com que um leve rubor aflorasse em suas bochechas. Ela colocou seu casaco e puxou o chapeuzinho de lado sobre o cabelo.

– Você está tão bonita e... e... diferente, querida – disse Cissy. – Como um raio de luar verde com um brilho vermelho, se é que isso existe.

Valancy inclinou-se para beijá-la.

– Não me sinto bem em deixar você aqui sozinha, Cissy.

– Ah, eu vou ficar bem. Eu me sinto melhor hoje à noite. Há tempos não me sentia assim. Tenho me sentido mal de vê-la sempre presa por minha causa. Espero que você se divirta bastante. Eu nunca fui a uma festa em Corners, mas eu costumava às vezes ir, tempos atrás, em bailes lá em cima. Sempre nos divertíamos. E não precisa ter medo de o papai ficar bêbado hoje à noite. Ele nunca bebe quando vai tocar em uma festa. Mas pode haver bebida. O que você fará se houver problemas?

– Ninguém vai me incomodar.

– Não seriamente, imagino. Papai cuidaria disso. Mas o baile *pode* ficar barulhento e desagradável.

– Eu não me importo. Eu só vou por curiosidade. Não espero dançar. Só quero *ver* como uma festa lá em cima é. Eu nunca vi nada, exceto a decorosa Deerwood.

Cissy sorriu duvidosamente. Ela sabia muito melhor do que Valancy como uma festa "lá em cima" poderia ser se houvesse bebida alcoólica. Mas talvez não acontecesse nada disso.

– Espero que você se divirta – repetiu ela.

Valancy gostou do trajeto. Eles saíram mais cedo, pois eram dezenove quilômetros até Chidley Corners, e tiveram que ir na velha e decrépita carroça de Abel. A estrada era irregular e rochosa, como a maioria das estradas de Muskoka, mas repleta do austero charme das florestas do norte. Ela serpenteava por belos pinheiros sussurrantes, que, enfileirados, eram encantadores no pôr do sol de junho, e pelos curiosos rios verde-jade de Muskoka, cercados por álamos que estavam sempre tremendo, como se tocados por alguma alegria celestial.

O Estrondoso Abel também era uma excelente companhia. Ele conhecia todas as histórias e lendas das belas e selvagens terras "lá de cima" e contou-as a Valancy enquanto viajavam. Valancy teve vários acessos de riso internos, imaginando o que o tio Benjamin, a tia Wellington e os outros sentiriam, pensariam e diriam se a vissem viajar com o Estrondoso Abel naquela horrível carroça, a caminho de um baile em Chidley Corners.

A princípio, o baile estava bastante sossegado, e Valancy divertiu-se e entreteu-se. Ela até dançou duas vezes com dois simpáticos rapazes "lá de cima", que dançavam maravilhosamente bem e disseram que ela também era excelente dançarina.

Ela recebeu outro elogio – talvez não muito sutil, mas Valancy havia recebido muito poucos elogios na vida para estar cansada deles. Ela escutou por acaso dois jovens "lá de cima" falar sobre ela no alpendre escuro às suas costas.

– Sabe quem é aquela garota de verde?

– Não. Acho que é lá de baixo. De Port, talvez. Tem um jeito muito elegante.

– Não é uma beldade, mas sem dúvida é bonita. E que olhos! Já viu uns olhos assim?

O grande salão estava decorado com galhos de pinheiro e abeto e iluminado por lanternas chinesas. O chão tinha sido encerado, e o violino do Estrondoso Abel, vibrando com o seu toque hábil, fazia sua mágica. As moças "lá de cima" eram bonitas e estavam bem vestidas. Valancy achou que era a festa mais agradável a que já tinha ido.

Às onze horas, ela havia mudado de ideia. Uma nova multidão chegou – uma multidão bêbada, sem sombra de dúvida. O uísque começou a circular livremente. Logo quase todos os homens estavam parcialmente bêbados. Os que estavam na varanda e fora do salão, em volta da porta, começaram a berrar "venham todas vocês" e continuaram berrando sem parar. O salão ficou barulhento e fétido. Começaram a ocorrer brigas aqui e ali. Ouviam-se palavras de baixo calão e canções obscenas. As moças, sacudidas de modo rude nas danças, ficaram desgrenhadas e espalhafatosas. Valancy, sozinha em seu canto, sentiu-se enojada e arrependida. Por que tinha ido a um lugar como aquele? Ter liberdade e independência era bom, mas ela não precisava ter sido tola. Ela deveria ter imaginado que seria assim; deveria ter percebido o alerta nas frases cuidadosas de Cissy. Sua cabeça estava doendo. Ela estava cansada daquilo tudo. Mas o que ela poderia fazer? Deveria ficar até o fim. Abel não poderia partir antes de a festa terminar. E isso provavelmente só aconteceria às três ou quatro da manhã.

O novo fluxo de rapazes havia deixado as moças em completa minoria, e eram raras as parceiras de dança. Valancy foi importunada com convites para dançar. Ela rapidamente os recusou, e algumas de suas recusas não foram bem aceitas. Houve imprecações resmungadas e olhares sombrios. Do outro lado do salão, ela viu um grupo de estranhos conversar e olhar significativamente para ela. O que eles estavam tramando?

Foi nesse momento que ela viu Barney Snaith olhar por cima das cabeças aglomeradas na porta. Valancy teve duas convicções distintas: uma era que agora ela estava segura; a outra era que ela sabia *por que* tinha desejado ir ao baile. Tinha sido uma esperança tão absurda que ela não a admitiu antes, mas agora ela sabia que tinha ido por causa da possibilidade de Barney também estar lá. Ela pensou que talvez devesse envergonhar-se disso, mas não foi o que ocorreu. Depois da sensação de alívio, seu próximo sentimento foi de irritação por Barney ter chegado lá com a barba por fazer. Certamente ele deveria ter tido a dignidade de se arrumar com decência para ir a uma festa. Lá estava ele, sem chapéu, de queixo espetado, com a velha calça e a costumeira camisa azul. Nem sequer vestia um casaco. Valancy ficou tão furiosa que poderia chacoalhá-lo. Não era de espantar que as pessoas pensassem tudo de ruim sobre ele.

Mas ela não tinha mais medo. Um dos rapazes que estivera cochichando no grupo deixou seus companheiros e atravessou a sala em sua direção, em meio aos casais rodopiantes que agora a preenchiam desconfortavelmente. Era um sujeito alto, de ombros largos, que não era feio ou malvestido, mas estava decerto embriagado. Ele chamou Valancy para dançar. Valancy declinou civilizadamente. O rosto dele ficou lívido. Ele a envolveu nos braços e a puxou para si. Seu hálito quente, recendendo a uísque, queimou o rosto dela.

– Nada de frescura por aqui, minha garota. Se você é boa o bastante para vir aqui, é boa o bastante para dançar conosco. Eu e meus amigos estávamos observando você. Vai dançar com cada um de nós e me dar um beijo, para começar.

Valancy tentou, desesperadamente e em vão, libertar-se. Ela estava sendo arrastada até o labirinto de dançarinos que gritavam, bradavam e batiam os pés. No momento seguinte, o homem que a segurava recebeu um hábil soco no queixo e saiu cambaleando pelo salão, derrubando em seu caminho os casais que rodopiavam. Valancy sentiu que alguém agarrava o seu braço.

– Por aqui, rápido – disse Barney Snaith. Ele a jogou para fora da janela aberta que havia atrás dele, saltou agilmente sobre o peitoril e segurou a mão dela. – Rápido. Precisamos fugir. Eles virão atrás de nós.

Valancy correu como nunca havia corrido em sua vida, agarrando-se firmemente à mão de Barney, imaginando por que ela não tinha caído dura com uma correria tão desembestada. Imagine se tivesse caído! Que escândalo seria para aquelas pobres pessoas... Pela primeira vez, Valancy sentiu um pouco de pena delas. Ela também ficou feliz por ter escapado daquela terrível balbúrdia. E, mais ainda, ficou feliz por estar segurando firmemente a mão de Barney. Ela sentia uma confusa mistura de sentimentos e nunca, em toda a sua vida, havia sentido tantas coisas em um período tão curto.

Eles finalmente chegaram a um local tranquilo no bosque de pinheiros. A perseguição tomou uma direção diferente, e os gritos e berros atrás deles passaram a ficar cada vez mais fracos. Valancy, sem fôlego, com o coração disparado, desabou no tronco de um pinheiro caído.

– Obrigada – ofegou ela.

– Que boba você foi de vir a este lugar! – disse Barney.

– Eu não sabia que seria assim – protestou Valancy.

– Você *deveria* saber. Chidley Corners!

– Era apenas um nome para mim.

Valancy sabia que Barney não tinha como perceber quão ignorante ela era sobre as terras "lá de cima". Ela vivera em Deerwood a sua vida toda e, obviamente, ele supôs que ela soubesse. Ele não sabia como ela fora criada. Não adiantava tentar explicar.

– Quando cheguei à casa de Abel nesta noite e Cissy me disse que você tinha vindo aqui, fiquei pasmo. E francamente assustado. Cissy me disse que estava preocupada com você, mas que não quis dizer nada para dissuadi-la, temendo que você achasse que ela estava sendo egoísta. Então eu vim para cá, em vez de ir para Deerwood.

Valancy sentiu uma súbita e agradável luz irradiar de sua alma e de seu corpo, sob os pinheiros escuros. Então ele realmente tinha ido procurá-la.

– Assim que eles pararem com essa caçada, vamos nos esgueirar até a estrada de Muskoka. Deixei Lady Jane lá embaixo. Vou levá-la para casa. Imagino que você já tenha tido sua cota da festa.

– Sim – disse Valancy, humildemente. Na primeira metade do caminho de casa, nenhum dos dois disse coisa alguma. Não seria de muita utilidade. Lady Jane fazia tanto barulho que eles não teriam conseguido ouvir um ao outro. De todo modo, Valancy não se sentia inclinada a conversar. Ela estava com vergonha de toda a situação, com vergonha de sua insensatez, com vergonha de ter sido encontrada em um lugar como aquele por Barney Snaith. Por Barney Snaith, renomado fugitivo da prisão, infiel, falsário e defraudador. Os lábios de Valancy contraíram-se na escuridão ao pensar nisso. Mas ela *estava* mesmo envergonhada.

E, no entanto, ela estava se divertindo. Estava tomada por um estranho júbilo, passeando aos solavancos pela estrada acidentada ao lado de Barney Snaith. As grandes árvores fechavam-se sobre eles. Os elevados verbascos erguiam-se ao longo da estrada em rígidas e ordenadas fileiras, como companhias de soldados. Os cardos pareciam fadas bêbadas ou elfos embriagados quando as luzes do carro passavam por eles. Era a primeira vez que ela passeava de carro. E, afinal, ela gostou. Não ficou nem um pouco com medo, com Barney ao volante. Seu ânimo aumentou rapidamente à medida que avançavam. Ela deixou de sentir vergonha. Deixou de sentir qualquer coisa, exceto que era parte de um cometa correndo gloriosamente pela noite do espaço.

De repente, no exato limite entre os já escassos pinheirais e um matagal estéril, Lady Jane ficou quieta... quieta demais. Lady Jane desacelerou silenciosamente e parou.

Barney soltou uma exclamação consternada. Desceu do carro. Investigou. Voltou com um ar arrependido.

– Eu sou um grande idiota. Sem combustível. Eu sabia que estava acabando quando saí de casa, mas pretendia encher o tanque em Deerwood. Então esqueci completamente na minha pressa de chegar logo a Corners.

– O que podemos fazer? – perguntou Valancy, calma.

– Não sei. O posto de gasolina mais perto é em Deerwood, a quinze quilômetros daqui. E não me atrevo a deixá-la aqui sozinha. Há sempre vagabundos nesta estrada, e um daqueles malucos de Corners pode acabar aparecendo. Lá havia rapazes de Port. Pensando bem, o melhor que podemos fazer é ficar aqui sentados pacientemente até passar um carro e pegar emprestado gasolina bastante para chegar à casa do Estrondoso Abel.

– Bem, e qual é o problema então? – perguntou Valancy.

– Talvez tenhamos que ficar aqui a noite inteira – disse Barney.

– Eu não me importo – disse Valancy.

Barney deu uma risada curta.

– Se você não se importa, então eu também não. Não tenho uma reputação a zelar.

– Nem eu – disse Valancy, à vontade.

CAPÍTULO 21

– Vamos apenas ficar aqui sentados – disse Barney. – E, se acharmos algo que valha a pena ser dito, nós diremos. Caso contrário, ficaremos em silêncio. Não se sinta obrigada a conversar comigo.

– John Foster diz: "Se você consegue ficar em silêncio com uma pessoa por meia hora e ainda assim sentir-se inteiramente à vontade com ela, você e essa pessoa podem ser amigos. Se não, vocês nunca serão amigos e não é necessário perder seu tempo tentando" – citou Valancy.

– Aparentemente esse John Foster diz alguma coisa sensata de vez em quando – admitiu Barney.

Eles ficaram sentados em silêncio por um longo tempo. Coelhinhos saltitaram pela estrada. Uma ou duas vezes uma coruja gargalhou de modo encantador. A estrada à frente era circundada pela escura renda trançada das árvores. Mais adiante, a sudoeste, o céu exibia uma miríade de nuvens filiformes prateadas sobre o local onde supostamente estava localizada a ilha de Barney.

Valancy estava perfeitamente feliz. Algumas coisas dentro de você brotam devagar. Outras surgem como o clarão de um relâmpago. Valancy sentiu um relâmpago.

Agora ela sabia muito bem que amava Barney. Ontem ela pertencera inteiramente a si mesma. Agora ela pertencia àquele homem. No entanto, ele não tinha feito nada, dito nada. Ele não a olhara como mulher. Mas isso não importava. Assim como não importava o que ele era ou o que tinha feito. Ela o amava sem reservas. Tudo nela era totalmente dele. Ela não queria sufocar ou negar seu amor. Parecia entregue de jeito tão absoluto que pensar em se separar dele – pensamento sobre o qual ele não tinha nenhum controle – era impossível.

Ela havia percebido, de maneira simples e completa, que o amava no momento em que ele se inclinou sobre a porta do carro, explicando que Lady Jane estava sem gasolina. Ela o fitou no fundo dos olhos, ao luar, e soube. Naquele espaço infinitesimal de tempo, tudo mudou. O que era antigo passou, e tudo tornou-se novo.

Ela não era mais insignificante, a pequena solteirona Valancy Stirling. Ela era uma mulher, cheia de amor e, portanto, forte e significativa, como justificou para si mesma. A vida não era mais vazia e fútil, e a morte não poderia enganá-la. O amor expulsara seu último medo.

Amor! Que coisa abrasadora, torturante e intoleravelmente doce ele era, essa posse de corpo, alma e mente! Com algo tão belo, remoto e puramente espiritual em seu âmago, como a pequenina faísca azul no coração de um diamante inquebrável. Nenhum sonho jamais tinha sido assim. Ela não era mais solitária. Ela fazia parte de uma vasta irmandade, a irmandade de todas as mulheres que já haviam amado no mundo.

Barney nunca precisaria saber disso, embora ela não se importasse se ele soubesse. Mas *ela* sabia, e isso fazia uma tremenda diferença para ela. Só amar! Ela não pedia para ser amada. Já era um êxtase apenas sentar-se ao lado dele em silêncio, ambos sozinhos naquela noite de verão, no branco esplendor do luar, com o vento que passava pelos pinheirais soprando sobre eles. Ela sempre invejou o vento. Tão livre. Soprando aonde queria. Pelas colinas. Sobre os lagos. Que som penetrante ele fazia, que energia ele tinha! Que experiência mágica! Valancy sentiu como se houvesse trocado sua alma conspurcada por uma nova em folha, recém-saída da oficina dos deuses. Até onde podia lembrar, a vida tinha sido sem graça, pálida e insossa. Agora ela havia chegado a um pequeno jardim de violetas, roxas e perfumadas, só dela, e prontas para serem colhidas. Não importava quem ou o que estivera no passado de Barney, não importava quem ou o que poderia estar em seu futuro, ninguém mais teria esse instante perfeito. Ela se rendeu completamente ao encanto do momento.

– Alguma vez sonhou que voava de balão? – perguntou Barney, de repente.

– Não – disse Valancy.

– Eu já, frequentemente. Sonho que navego pelas nuvens vendo o esplendor do pôr do sol. Passo horas no meio de uma tempestade terrível, com raios em cima e embaixo de mim, deslizando sobre um piso de nuvens prateadas sob uma lua cheia. É maravilhoso!

– Parece mesmo – disse Valancy. – Nos meus sonhos, eu permaneço em terra.

Ela lhe contou sobre o seu Castelo Azul. Era tão fácil contar coisas para Barney. Parecia que ele entendia tudo, até as coisas que não eram contadas. E então ela falou um pouco sobre sua existência antes de ir para a casa do Estrondoso Abel. Ela queria que ele soubesse por que ela tinha ido ao baile "lá em cima".

– Sabe, eu nunca tive uma vida real – disse ela. – Eu simplesmente respirava. Toda porta sempre foi fechada para mim.

– Mas você ainda é jovem – disse Barney.

– Ah, eu sei. Sim, eu "ainda" sou jovem, mas isso é tão diferente de "ser jovem"... – disse Valancy, amargamente. Por um momento, ela ficou tentada a contar a Barney por que a sua idade não tinha nada a ver com o seu futuro, mas não o fez. Ela não queria pensar na morte naquela noite.

– Embora eu nunca tenha sido realmente jovem – continuou ela. "Até hoje à noite", ela acrescentou, em seu coração –, nunca tive uma vida como a das outras garotas. Você não entenderia. – Ela sentiu um desejo desesperado de que Barney conhecesse seu pior lado. – Ora, eu nem amava a minha mãe. Não é horrível eu não amar a minha mãe?

– Bastante horrível... para ela – disse Barney, secamente.

– Ah, ela nunca soube. Ela tomava meu amor como certo. E eu não tinha utilidade nenhuma para ela ou para qualquer pessoa, não era um consolo para ninguém. Eu era apenas um vegetal. E fiquei cansada disso. Foi por esse motivo que resolvi cuidar da casa do senhor Gay e de Cissy.

– E imagino que seus parentes tenham pensado que você enlouqueceu completamente.

– Eles pensaram e ainda pensam, literalmente – disse Valancy. – Mas é um consolo para eles. Eles preferem acreditar que eu sou louca a imaginar que sou má. Não há alternativa. Mas eu tenho *vivido* desde que vim para a casa do senhor Gay. Tem sido uma experiência agradável. Suponho que pagarei por isso quando tiver que voltar, mas então eu já *terei* vivido isso.

– Isso é verdade – falou Barney. – Se você vive sua experiência, ela é sua. Então não importa o preço que paga por ela. A experiência de outra pessoa nunca será sua. Bem, esse velho mundo é engraçado.

– Você acha que é realmente velho? – perguntou Valancy, sonhadora. – Eu nunca acreditei *nisso* em junho. Ele me parece tão jovem hoje à noite, de algum modo. Nesse luar trêmulo, como uma garota jovem e pálida, à espera.

– O luar aqui em cima é diferente do luar em qualquer outro lugar – concordou Barney. – Ele sempre me faz sentir tão limpo, de alguma forma, de corpo e alma. E é claro que a idade do ouro sempre volta na primavera.

Eram dez horas agora. Uma nuvem negra em formato de dragão encobriu a lua. O ar da primavera começou a esfriar. Valancy estremeceu.

O Castelo Azul

Barney voltou para as entranhas de Lady Jane e retornou com um velho casaco cheirando a tabaco.

– Coloque isso – ordenou ele.

– Não quer usá-lo? – protestou Valancy.

– Não. Não vou deixá-la pegar um resfriado sob os meus cuidados.

– Ah, eu não vou pegar um resfriado. Não tenho um resfriado desde que vim para a casa do senhor Gay, embora eu tenha feito coisas bastante imprudentes. É mesmo engraçado! Eu costumava tê-los o tempo todo. Mas me sinto tão egoísta pegando o seu casaco...

– Você já espirrou três vezes. Não adianta fechar com chave de ouro a sua "experiência" aqui em cima com uma gripe ou pneumonia.

Ele puxou o casaco com força até seu pescoço e o abotoou. Valancy submeteu-se com secreto deleite. Como era bom ter alguém cuidando dela! Ela aninhou-se nas dobras recendendo a tabaco e desejou que aquela noite durasse para sempre.

Dez minutos depois, viram um carro serpentear na estrada "lá de cima", aproximando-se deles. Barney saltou de Lady Jane e acenou com a mão. O carro parou ao lado deles. No interior do carro, Valancy viu tio Wellington e Olive fitando-a horrorizados.

Então o tio Wellington havia comprado um automóvel! E ele devia ter passado a tarde lá em Mistawis, com o primo Herbert. Valancy quase riu alto ao ver a expressão no rosto do tio quando ele a reconheceu. Tão tolo e pomposo com aquelas suíças!

– Você poderia me ceder gasolina suficiente para ir até Deerwood? – Barney perguntou com educação. Mas o tio Wellington não estava prestando atenção nele.

– Valancy, como você veio parar *aqui*? – perguntou ele severamente.

– Por acaso ou pela graça de Deus – disse Valancy.

– Com esse delinquente, às dez horas da noite! – rosnou o tio Wellington.

Valancy virou-se para Barney. A lua havia escapado do dragão e, sob a luz, seu olhar era travesso.

– Você é um delinquente?

– Isso importa? – perguntou Barney, com um brilho de divertimento nos olhos.

– Não para mim. Só perguntei por curiosidade – continuou Valancy.

– Então eu não lhe direi. Eu nunca satisfaço curiosidades. – Ele se virou para o tio Wellington, e sua voz mudou sutilmente.

– Senhor Stirling, perguntei se poderia me ceder um pouco de gasolina. Se puder, muito bem. Caso contrário, estamos apenas retendo-o desnecessariamente.

Tio Wellington sentia-se em um dilema terrível. Ceder gasolina a esses dois desavergonhados! Mas não ceder era ainda pior! Se fosse embora, eles ficariam ali na floresta de Mistawis até o amanhecer, provavelmente. Era melhor ceder a gasolina para que eles sumissem logo dali, antes que mais alguém os visse.

– Tem algum recipiente para recolher? – grunhiu ele, ameaçador.

Barney pegou um recipiente de dois galões em Lady Jane. Os dois homens foram para a traseira do carro de Stirling e começaram a manipular a torneira. Valancy lançou olhares maliciosos para Olive, por cima da gola do casaco de Barney. Ela estava sentada, olhando sombriamente para a frente, com uma expressão ultrajada; não pretendia demonstrar que vira Valancy. Olive tinha seus próprios motivos para sentir-se ultrajada. Cecil estivera recentemente em Deerwood e, é claro, ouvira todos os boatos sobre Valancy. Ele concordou que a mente dela fora afetada e pareceu ansioso em descobrir se a loucura tinha sido herdada. Era uma coisa séria para se ter na família, uma coisa muito séria. Deve-se pensar nos descendentes.

– Ela herdou isso dos Wansbarras – disse Olive, positivamente. – Não há nada semelhante nos Stirlings, nada!

– Espero que não. Eu certamente espero que não – respondeu Cecil, incerto. – Além disso, sair de casa para ser criada, pois é praticamente isso que ela é... Sua própria prima!

A pobre Olive percebeu a implicação. Os bons partidos de Port Lawrence não estavam acostumados a aliar-se a famílias cujos membros eram "assalariados".

Valancy não pôde resistir à tentação. Ela inclinou-se.

– Olive, dói?

Olive mordeu os lábios rigidamente.

– Dói *o quê*?

– Ser assim.

Por um momento, Olive decidiu ignorar Valancy. Então o dever falou mais alto. Ela não podia perder essa oportunidade.

– Doss – implorou ela, também se inclinando –, você vai voltar para casa? Vai voltar para casa nesta noite?

Valancy bocejou.

– Vocês parecem um papagaio com essa ladainha – disse ela. – Realmente parecem.

– Se você voltar...

– Tudo será perdoado.

– Sim – disse Olive, ansiosa. Não seria esplêndido se *ela* pudesse induzir a filha pródiga a voltar? – Nunca iremos repreendê-la por isso. Doss, às vezes eu não consigo dormir à noite, pensando em você.

– E eu me divertindo imensamente – disse Valancy, rindo.

– Doss, eu não posso acreditar que você é má. Eu sempre disse que você não podia ser má.

– Não creio que eu possa ser – disse Valancy. – Receio ser irremediavelmente correta. Estou aqui sentada há três horas com Barney Snaith e ele nem sequer tentou me beijar. E eu não teria me importado se ele tentasse, Olive.

Valancy ainda estava debruçada sobre o automóvel. Seu chapeuzinho com a rosa carmesim havia caído sobre um de seus olhos. O sorriso de Valancy... O que havia acontecido com Valancy? Ela parecia... não bonita – Doss não podia ser bonita –, mas provocante, fascinante... Sim, abominavelmente fascinante. Olive recuou. Sua dignidade não permitia que ela dissesse mais uma palavra. Talvez Valancy fosse louca e má, afinal de contas.

– Obrigado. É o bastante – disse Barney, atrás do carro. – Muito grato, senhor Stirling. Dois galões. Aqui estão setenta centavos. Obrigado.

Tio Wellington entrou ridícula e debilmente em seu carro. Ele gostaria de dizer umas verdades a Snaith, mas não se atreveu. Quem sabia o que aquela criatura poderia fazer se provocada? Sem dúvida ele portava armas de fogo.

Tio Wellington olhou indeciso para Valancy. Mas ela havia lhe dado as costas e observava Barney pôr gasolina no estômago de Lady Jane.

– Dê a partida – disse Olive, decisivamente. – Não adianta esperar aqui. Vou lhe contar o que ela me disse.

– Mas que diabinha! Que diabinha descarada! – disse o tio Wellington.

CAPÍTULO 22

A próxima coisa que os Stirlings escutaram foi que Valancy tinha sido vista com Barney Snaith em um cinema em Port Lawrence e depois jantando em um restaurante chinês que havia por lá. Era verdade, e ninguém ficou mais surpreso com isso do que a própria Valancy. Barney surgiu em Lady Jane em um escuro fim de tarde e, sem cerimônia, perguntou a Valancy se ela queria subir.

– Estou indo para Port. Quer ir comigo?

Seus olhos eram provocantes e havia um leve tom de desafio em sua voz. Valancy, que não escondia de si mesma que teria ido com ele a qualquer lugar, "subiu" sem pestanejar. O carro arrancou e saiu em disparada até Deerwood. A senhora Frederick e a prima Stickles, que estavam tomando um pouco de ar na varanda, viram os dois no carro, em meio a uma nuvem de poeira, e buscaram conforto nos olhos uma da outra. Valancy, que em uma obscura preexistência havia tido medo de carros, estava sem chapéu, com os cabelos voando loucamente em volta do rosto. Ela certamente pegaria uma bronquite e morreria na casa do Estrondoso Abel. Usava um vestido decotado, e seus braços estavam nus. Aquele tal de Snaith estava em mangas de camisa, fumando um cachimbo. Estavam indo a sessenta quilômetros por hora... noventa, declarou a prima Stickles. Lady Jane chegaria à estrada quando quisesse. Valancy acenou alegremente para suas parentes. E, quanto à senhora Frederick, ela desejou saber como entrar em histeria.

– Foi por isso – quis saber ela, com uma voz sepulcral – que eu sofri as dores da maternidade?

– Eu *não* acredito – disse a prima Stickles solenemente – que nossas preces não serão ouvidas.

– Quem... quem protegerá aquela garota infeliz quando eu partir? – gemeu a senhora Frederick.

Quanto a Valancy, ela se perguntou se realmente fazia apenas algumas semanas desde que ela havia se sentado com elas naquela varanda. Odiando a planta da borracha. Importunada por perguntas irritantes como moscas negras. Sempre pensando nas aparências. Intimidada pelas colheres de chá de tia Wellington e pelo dinheiro do tio Benjamin. Assolada pela pobreza. Com medo de todo mundo. Invejando Olive. Uma escrava de tradições roídas por traças. Com nada a almejar ou esperar da vida.

E agora todo dia era uma alegre aventura.

Lady Jane voou nos vinte e quatro quilômetros que separavam Deerwood e Port – e entrou em Port Lawrence. O modo como Barney passou pelos policiais de trânsito não foi piedoso. As luzes estavam começando a piscar como estrelas no claro céu crepuscular cor de limão. Essa foi a única vez que Valancy realmente gostou da cidade, e ela sentiu-se arrebatada pelo prazer da velocidade. Seria possível que um dia ela tivesse medo de carros? Ela estava perfeitamente feliz, passeando ao lado de Barney. Não que ela se iludisse, achando que isso tinha algum significado para ele. Ela sabia muito bem que Barney a convidara no impulso do momento, um impulso nascido do sentimento de pena por ela e por seus pequenos sonhos famintos. Parecia cansada após passar a noite em claro com dores no coração e ter um dia agitado. Ela se divertia tão pouco... Ele a levaria para sair de vez em quando. Além disso, Abel estava na cozinha, naquele estágio de embriaguez em que declarava não acreditar em Deus e começava a cantar músicas indecentes. Seria bom que ela ficasse fora por um tempo. Barney conhecia o repertório do Estrondoso Abel.

Eles foram ao cinema. Valancy nunca tinha ido ao cinema. E depois, vendo-se famintos, foram comer frango frito – inacreditavelmente delicioso – no restaurante chinês. Na sequência, voltaram para casa com estardalhaço, deixando um rastro devastador de escândalo atrás deles. A senhora Frederick desistiu por completo de ir à igreja. Não pôde suportar os olhares de pena e as perguntas de seus amigos. Mas a prima Stickles ia todo domingo. Disse que elas haviam recebido uma cruz para carregar.

CAPÍTULO 23

Em uma das noites insones de Cissy, ela contou a Valancy sua triste história. Elas estavam sentadas perto da janela aberta. Naquela noite, Cissy não conseguiu respirar deitada na cama. Uma inglória lua crescente pairava sobre as colinas arborizadas, e, em sua luz espectral, Cissy parecia frágil, adorável e incrivelmente jovem. Uma criança. Não parecia possível que ela tivesse vivido toda a paixão, dor e vergonha de sua história.

– Ele estava hospedado no hotel do outro lado do lago. Ele costumava vir de canoa à noite. Nós nos encontrávamos nos pinheiros perto da costa. Ele era um jovem estudante universitário. O pai dele era um homem rico em Toronto. Oh, Valancy, eu não quis agir mal, não quis mesmo. Mas eu o amava tanto... Eu ainda o amo e sempre o amarei. E eu... eu não sabia algumas coisas. Não entendia. Então o pai dele veio e o levou embora. E, pouco tempo depois, eu descobri... Ah, Valancy, fiquei com tanto medo! Não sabia o que fazer. Eu escrevi para ele, e ele veio. Ele... ele disse que se casaria comigo, Valancy.

– E por que... por que você não...

– Ah, Valancy, ele não me amava mais. Eu compreendi imediatamente. Ele... ele apenas se ofereceu para casar comigo porque pensou que era a coisa certa a fazer; porque ficou com pena de mim. Ele não era mau, mas era tão jovem... E quem era eu para obrigá-lo a continuar me amando?

— Não tente inventar desculpas para ele — disse Valancy, um pouco ríspida. — Então você não se casaria com ele?

— Eu não poderia. Não quando ele não me amava mais. De alguma forma que não consigo explicar, isso parecia pior do que a outra coisa. Ele... ele discutiu um pouco, mas foi embora. Você acha que eu agi certo, Valancy?

— Sim, eu acho. *Você* agiu certo. Mas ele...

— Não o culpe, querida. Por favor, não faça isso. Não falemos sobre ele. Não há necessidade. Eu queria lhe contar como foi. Não queria que achasse que agi mal.

— Eu nunca pensei assim.

— Sim, eu senti isso quando você veio. Ah, Valancy, o que você tem sido para mim! Eu jamais poderia dizer. Mas Deus vai abençoá-la por isso. Eu sei que Ele vai, "e com a medida com que tiverdes medido"[5].

Cissy chorou por alguns minutos nos braços de Valancy. Então ela enxugou os olhos.

— Bem, isso é quase tudo. Eu voltei para casa. Não estava tão infeliz assim. Imagino que devesse estar, mas não estava. Papai não foi duro comigo. E meu bebê era tão encantador, Valancy, com lindos olhos azuis e pequenos cachos de cabelos dourados, claros como fios de seda, e pequenas mãos com covinhas. Eu costumava morder seu rostinho macio e acetinado... suavemente, para não machucá-lo, você sabe.

— Eu sei — disse Valancy, estremecendo. — Eu sei. Uma mulher *sempre* sabe... e sonha.

— E ele era *todo* meu. Ninguém mais tinha direito a ele. Quando ele morreu, ah, Valancy, achei que eu também deveria morrer. Não

---

[5] Referência ao versículo de Mateus 7:2 da Bíblia: "Porque com o juízo com que julgardes sereis julgados, e com a medida com que tiverdes medido vos hão de medir a vós" (N.T.).

conseguia entender como alguém podia suportar tamanha angústia e sobreviver. Ver seus lindos olhinhos e saber que ele nunca mais os abriria novamente, sentir falta do seu corpinho quente aninhado contra o meu à noite e pensar nele dormindo sozinho e com frio, com seu rostinho embaixo da terra dura e congelada. Foi tão horrível no primeiro ano. Depois foi um pouco mais fácil; acabamos não pensando tanto no que aconteceu um ano antes. Mas fiquei tão feliz quando soube que estava morrendo...

– "Quem poderia suportar a vida se não fosse pela esperança da morte?", murmurou Valancy, com suavidade. Esta era, naturalmente, uma citação de algum livro de John Foster.

– Estou feliz por ter lhe contado tudo – suspirou Cissy. – Eu queria que você soubesse.

Cissy morreu poucas noites depois. O Estrondoso Abel não estava em casa. Quando Valancy viu a mudança que havia se operado no rosto de Cissy, quis telefonar para o médico. Mas Cissy não deixou.

– Valancy, por que insistir? Ele nada pode fazer por mim. Faz alguns dias que eu sei que... que... estava chegando a hora. Deixe-me morrer em paz, querida, apenas segurando a sua mão. Ah, estou tão feliz que você esteja aqui. Diga adeus a papai por mim. Ele sempre foi tão bom para mim, do jeito dele. E a Barney. De algum modo, eu acho que Barney...

Mas um acesso de tosse interrompeu o que ela dizia e deixou-a exausta. Ela adormeceu quando terminou, ainda segurando a mão de Valancy. Valancy sentou-se lá, em silêncio. Ela não estava assustada ou mesmo arrependida. Ao nascer do sol, Cissy morreu. Ela abriu os olhos e olhou através de Valancy para algo – algo que a fez sorrir subitamente, feliz. E, sorrindo, ela morreu.

Valancy cruzou as mãos de Cissy sobre o peito e foi até a janela aberta. No céu do leste, em meio aos raios do amanhecer, uma velha lua pairava, tão esbelta e adorável como uma lua nova. Valancy nunca tinha visto uma lua velha antes. Ela a observou ficar cada vez mais pálida e desbotada até empalidecer e desaparecer completamente ao nascer do dia. Uma pequena poça nas terras estéreis brilhou ao nascer do sol como um grande lírio dourado.

Mas o mundo subitamente pareceu um lugar mais frio para Valancy. De novo ninguém precisava dela. Ela não estava triste por Cecília estar morta. Apenas lamentava tudo que ela havia sofrido em vida. Mas ninguém poderia magoá-la outra vez. Valancy sempre achou a morte aterrorizante. Mas Cissy havia morrido tão silenciosamente, tão agradavelmente... E, no fim, algo a compensou por tudo que ela havia passado. Ela estava deitada lá agora, em seu sono branco, parecendo uma criança. Linda! Todas as rugas de vergonha e dor haviam sumido.

O Estrondoso Abel chegou, fazendo jus a seu apelido. Valancy desceu e contou a ele. O choque o deixou sóbrio. Ele desabou no assento de sua carroça e baixou a grande cabeça.

– Cissy morta... Cissy morta – disse ele, inexpressivamente. – Nunca pensei que "ela" viria tão cedo. Morta. Ela costumava correr até a estradinha para me encontrar com uma pequena rosa branca presa nos cabelos. Cissy era uma garotinha bonita. E uma boa garota.

– Ela sempre foi uma boa garota – disse Valancy.

CAPÍTULO 24

A própria Valancy preparou Cissy para o enterro. Nenhuma mão, a não ser as dela, deveria tocar naquele pequeno, lastimável e consumido corpo. A velha casa estava impecável no dia do enterro. Barney Snaith não compareceu. Ele fez tudo o que pôde para ajudar Valancy antes da cerimônia. Cobriu a pálida Cecília com a mortalha feita de rosas brancas do jardim e depois voltou para sua ilha. Mas todo mundo estava lá. Toda Deerwood e o pessoal de "lá em cima" compareceram. No fim, Cissy foi esplendidamente perdoada. O senhor Bradly fez um belo discurso fúnebre. Valancy quis trazer seu velho pastor metodista livre, mas o Estrondoso Abel foi teimoso. Ele era um presbiteriano, e ninguém além de um ministro presbiteriano deveria enterrar a filha *dele*. O senhor Bradly foi muito diplomático. Evitou todos os pontos duvidosos, e era evidente que ele esperava pelo melhor. Seis respeitáveis cidadãos de Deerwood levaram Cecilia Gay até seu túmulo no decoroso cemitério de Deerwood. Entre eles estava o tio Wellington.

Todos os Stirlings, homens e mulheres, compareceram ao funeral. Eles haviam realizado um conclave familiar para decidir a questão. Agora que Cissy Gay estava morta, com certeza Valancy voltaria para casa. Ela simplesmente não podia mais ficar na casa do Estrondoso Abel. Tio James decretou que, sendo assim, o mais sensato a fazer era comparecer ao funeral, legitimar a coisa toda, por assim dizer, mostrar a Deerwood que Valancy realmente tinha feito uma ação digna de crédito ao cuidar da pobre Cecilia Gay e que sua família a apoiou nessa decisão. A morte, a fazedora de milagres, de repente tornou a situação bastante respeitável. Se Valancy voltasse para casa e passasse a agir decentemente, enquanto a opinião pública estava a seu favor, tudo ficaria bem. A sociedade subitamente esqueceu todos os atos perversos de Cecilia e apenas lembrou quão bonita e modesta aquela mocinha tinha sido – "e sem mãe, veja bem... sem mãe!". Foi o momento psicológico, como disse Tio James.

Então os Stirlings foram ao funeral. Até a neurite da prima Gladys permitiu que ela comparecesse. A prima Stickles estava lá, com sua touca ensopada de lágrimas, chorando tão angustiadamente como se Cissy tivesse sido sua mais estreita e querida amiga. Os funerais sempre evocavam o "triste luto pessoal" da prima Stickles.

E o tio Wellington ajudou a carregar o caixão.

Valancy, pálida, calada, com os olhos amendoados vermelhos e seu vestido marrom-escuro, movia-se silenciosamente para lá e para cá, encontrando assentos para as pessoas, conferenciando em voz baixa com o pastor e o agente funerário, conduzindo as carpideiras até a sala de visitas. Ela foi tão decorosa e adequada, tão digna do nome Stirling, que sua família se animou. Essa não era – não podia ser – a garota que ficou a noite toda na floresta com Barney Snaith, que passou em alta velocidade, com a cabeça descoberta, por Deerwood e Port Lawrence. Essa era a Valancy que eles conheciam. E, de fato, ela era surpreendentemente capaz e eficiente. Talvez, sendo sempre reprimida – Amelia era realmente bastante rigorosa –, ela não tenha tido a chance de mostrar suas qualidades. Assim pensaram os Stirlings. E Edward Beck, da estrada de Port, um viúvo com uma família numerosa que começava a ser percebida na cidade, notou Valancy e achou que ela daria uma excelente segunda esposa. Não era nenhuma beldade, mas o senhor Beck disse a si mesmo, de maneira bastante sensata, que um viúvo de cinquenta anos não podia esperar receber o pacote completo. De modo geral, parecia que as perspectivas matrimoniais de Valancy nunca tinham sido tão promissoras como no funeral de Cecilia Gay.

O que os Stirlings e Edward Beck teriam pensado se soubessem o que se passava na mente de Valancy deve ser deixado para a imaginação. Valancy estava odiando o funeral, odiando as pessoas que tinham ido olhar com curiosidade a face marmórea de Cecilia, odiando a afetação, odiando a cantoria arrastada e melancólica, odiando os cautelosos lugares-comuns de Bradly. Se pudesse fazer as coisas do seu jeito absurdo, não teria havido funeral algum. Ela teria coberto Cissy com flores, escondido-a de olhares bisbilhoteiros e a enterrado ao lado de seu bebezinho sem nome no cemitério gramado sob os pinheiros da igreja "lá de cima", com algumas preces amáveis pronunciadas pelo velho pastor metodista livre. Lembrou-se de Cissy dizer uma vez: "Eu gostaria de ser enterrada bem no coração da floresta, onde ninguém pudesse dizer 'Cissy Gay está enterrada aqui' e contar minha história infeliz".

Mas isso! No entanto, logo terminaria. Valancy sabia, embora os Stirlings e Edward Beck não soubessem, o que ela pretendia fazer depois. Na noite passada, ela ficara acordada pensando sobre a questão e finalmente havia se decidido.

Quando a procissão fúnebre deixou a casa, a senhora Frederick procurou Valancy na cozinha.

– Minha filha – disse ela, trêmula. – Você vai voltar para casa *agora*?

– Casa – disse Valancy, distraída. Ela estava pondo um avental e calculando quanto chá deveria colocar em infusão para o jantar. Haveria vários convidados "lá de cima", parentes distantes dos Gays que não tinham se lembrado deles por anos. E ela estava tão cansada que adoraria ter um pouco de ajuda.

– Sim, casa – disse a senhora Frederick, com um toque de rispidez. – Eu suponho que você não ousaria ficar aqui agora, sozinha com o Estrondoso Abel.

– Ah, não, eu não vou ficar *aqui* – disse Valancy. – É claro que terei de ficar por um ou dois dias, para deixar a casa em ordem. Mas isso será tudo. Mãe, você poderia me dar licença? Eu tenho muito que fazer. Todas essas pessoas "lá de cima" voltarão para jantar.

A senhora Frederick retirou-se com considerável alívio, e os Stirlings foram para casa com o coração mais leve.

– Quando ela voltar, vamos tratá-la como se nada tivesse acontecido – decretou o tio Benjamin. – Esse é o melhor plano. Como se nada tivesse acontecido.

CAPÍTULO 25

Na noite seguinte ao funeral, o Estrondoso Abel partiu para uma bebedeira. Ele estava sóbrio havia quatro dias inteiros e não pôde mais suportar. Antes que ele partisse, Valancy disse que iria embora no dia seguinte. Estrondoso Abel ficou triste e disse isso. Uma prima distante "lá de cima" estava vindo para manter a casa para ele, bastante disposta a fazê-lo agora, já que não havia mais uma garota doente para cuidar, mas Abel não tinha ilusões quanto a ela.

– Ela não será como você, minha garota. Bem, eu lhe sou muito grato. Você me ajudou em um momento difícil e não vou esquecer. E não vou esquecer o que você fez por Cissy. Sou seu amigo, e, se um dia quiser que eu dê uma boa surra em algum Stirling, avise-me. Agora vou molhar o bico. Senhor, como estou seco! Não pense que voltarei amanhã à noite, então, se estiver indo para casa amanhã, adeus.

– *Talvez* eu vá para casa amanhã – disse Valancy. – Mas não vou voltar para Deerwood.

– Não vai?

– Você encontrará a chave no prego do depósito de madeira – interrompeu Valancy, educada e inconfundivelmente. – O cachorro estará no celeiro, e o gato no porão. Não se esqueça de alimentá-los até sua prima chegar. A despensa está cheia, e eu fiz pão e tortas hoje. Adeus, senhor Gay. Você foi muito gentil comigo, e eu agradeço por tudo.

– Passamos bons momentos juntos, e isso é um fato – disse o Estrondoso Abel. – Você é a garota mais formidável do mundo, e seu dedo mindinho vale mais que todo o clã Stirling junto. Adeus e boa sorte.

Valancy saiu para o jardim. Suas pernas tremiam um pouco, mas, fora isso, ela sentia-se e parecia serena. Ela segurava algo firmemente na mão. O jardim estava sob a magia do quente e perfumado crepúsculo de julho. Algumas estrelas haviam saído, e os tordos estavam cantando em meio ao silêncio aveludado dos campos estéreis. Valancy ficou parada no portão, em expectativa. Será que ele viria? Se não viesse...

Ele estava chegando. Valancy ouviu Lady Jane Gray a distância, lá atrás, na floresta. Sua respiração começou a ficar acelerada. Mais perto... e mais perto... Agora ela podia ver Lady Jane sacolejar pela estrada... mais perto... mais perto... e pronto. Ele saltou do carro e inclinou-se sobre o portão, olhando para ela.

– Indo para casa, senhorita Stirling?

– Eu não sei ainda – disse Valancy, devagar. Ela havia se decidido, e não ia mudar de ideia, mas o momento era muito difícil.

– Pensei em vir até aqui perguntar se havia algo que eu podia fazer por você – disse Barney.

Valancy resolveu falar de uma vez.

– Sim, há algo que você pode fazer por mim – disse ela, uniforme e distintamente. – Quer se casar comigo?

Por um momento, Barney ficou em silêncio. Seu rosto não exibiu nenhuma expressão em particular. Então ele deu uma risada estranha.

– Ora, não diga! Eu sabia que a sorte um dia iria me sorrir. Todos os sinais apontavam para isso, só não sabia que seria hoje.

– Espere. – Valancy levantou a mão. – Estou falando sério, mas quero recuperar o fôlego depois dessa pergunta. Claro que, com a minha criação, eu sei perfeitamente bem que essa é uma das coisas que "uma dama não deve fazer".

– Mas por quê? Por quê?

– Por duas razões. – Valancy ainda estava um pouco ofegante, mas fitava Barney firmemente nos olhos, enquanto os falecidos Stirlings se reviravam de imediato em suas tumbas e os vivos não faziam nada, pois não sabiam que, naquele momento, Valancy propunha casamento para o notório Barney Snaith. – A primeira razão é que eu... eu... – Valancy tentou dizer "eu amo você", mas não conseguiu. Ela teve de buscar abrigo em uma fingida frivolidade. – Sou louca por você. A segunda é esta.

Ela entregou a carta do doutor Trent.

Barney abriu-o com o ar de um homem grato por encontrar alguma coisa segura e sensata a fazer. Enquanto lia, seu rosto mudou. Ele compreendeu tudo, talvez mais do que Valancy queria.

– Tem certeza de que nada pode ser feito por você?

Valancy não entendeu mal a pergunta.

– Sim. Você conhece a reputação do doutor Trent com relação a doenças cardíacas. Não tenho muito tempo de vida. Talvez apenas alguns meses, algumas semanas. Eu quero *vivê-los*. Não posso voltar para Deerwood. Você sabe como era minha vida lá. E – desta vez ela conseguiu falar – eu amo você. Quero passar o resto da minha vida a seu lado. Isso é tudo.

Barney cruzou os braços no portão e fitou gravemente uma estrela branca e atrevida que piscava para ele bem acima da chaminé da cozinha do Estrondoso Abel.

– Você não sabe nada sobre mim. Eu posso ser um... assassino.

– Não, não sei. Você *pode* ser algo terrível. Tudo o que eles dizem de você talvez seja verdade. Mas isso não importa para mim.

– Você se importa tanto assim comigo, Valancy? – perguntou Barney, desviando o olhar da estrela e fitando-a nos olhos, aqueles olhos estranhos, misteriosos.

– Eu me importo muito – disse Valancy, em voz baixa. Ela estava tremendo. Era a primeira vez que ele a chamava pelo nome. Para ela, ouvi-lo dizer o seu nome assim era mais doce do que ela imaginava ser a carícia de um homem.

– Se vamos nos casar – disse Barney, falando de repente com uma voz casual e pragmática –, algumas coisas devem ser compreendidas.

– Tudo deve ser compreendido – disse Valancy.

– Há coisas que desejo esconder – disse Barney, friamente. – Você não deve fazer perguntas sobre elas.

– Não vou – disse Valancy.

– Você nunca deve pedir para ver minha correspondência.

– Nunca.

– E nunca devemos fingir um para o outro.

– Não vamos – disse Valancy. – Você nem precisa fingir que gosta de mim. Se você se casar comigo, eu sei que estará fazendo isso por pena.

– E nunca iremos mentir um para o outro a respeito de coisa alguma, seja uma mentira grande, seja uma pequena.

– Especialmente uma mentira pequena – concordou Valancy.

– E você terá de morar na minha ilha. Não vou morar em qualquer outro lugar.

– Em parte é por isso que eu quero me casar com você – disse Valancy.

Barney fitou-a atentamente.

– Acredito que você esteja falando sério. Bem, vamos nos casar então.

– Obrigada – disse Valancy, com um súbito decoro. Ela teria ficado muito menos envergonhada se ele recusasse.

– Creio que não tenho o direito de impor condições. Mas vou estipular uma. Você nunca deve se referir ao meu coração ou à minha probabilidade de morte súbita. Nunca deve me pedir para ter cuidado. Você precisa esquecer, esquecer por absoluto, que eu não sou perfeitamente saudável. Escrevi uma carta para minha mãe, aqui está ela, e você deve guardá-la. Eu explico tudo nela. Se eu cair morta de repente, como é provável que aconteça...

– Isso vai me absolver, aos olhos de seus parentes, da suspeita de tê-la envenenado – disse Barney, com um sorriso.

– Exatamente. – Valancy riu com alegria. – Puxa, estou feliz que isso tenha acabado. Tem sido um suplício. Sabe, eu não tenho o hábito de sair por aí pedindo homens em casamento. É muito gentil de sua parte não me recusar ou não se oferecer para ser como um irmão para mim.

– Eu vou para Port amanhã conseguir uma licença. Podemos nos casar amanhã à tarde. Doutor Stalling, eu suponho?

– Céus, não. – Valancy estremeceu. – Além disso, ele não faria o casamento. Ele sacudiria o dedo indicador para mim e eu largaria você no altar. Não, eu quero que o meu velho senhor Towers me case.

– Você se casaria comigo do jeito que eu estou? – quis saber Barney. Um carro que passava, cheio de turistas, buzinou alto, de brincadeira, ao que parecia. Valancy olhou para ele. A habitual camisa azul, um chapéu indescritível e o macacão enlameado. E a barba por fazer!

– Sim – disse ela.

Barney estendeu as mãos sobre o portão e segurou com delicadeza suas pequenas e frias mãos.

– Valancy – disse ele, tentando falar levianamente. – É claro que não estou apaixonado por você. Nunca pensei nessas coisas, em me apaixonar. Mas, sabe, eu sempre achei você uma graça.

CAPÍTULO 26

Para Valancy, o dia seguinte foi como um sonho. Ela não conseguiu fazer nada que parecesse real. Barney não apareceu, embora ela soubesse que ele iria com seu carro barulhento até Port obter uma licença.

Talvez ele tivesse mudado de ideia.

No entanto, ao entardecer, as luzes de Lady Jane subitamente surgiram no topo da colina arborizada, além da estrada. Valancy esperava seu noivo no portão. Ela usava seu vestido e chapéu verdes porque não tinha outra coisa para vestir. Ela não se parecia com uma noiva nem se sentia uma. Na verdade, ela parecia uma elfa travessa, recém-saída da floresta. Mas isso não importava. Nada importava, exceto que Barney viera buscá-la.

– Pronta? – perguntou Barney, parando Lady Jane com alguns barulhos novos e horríveis.

– Sim. – Valancy entrou e sentou-se. Barney estava com sua camisa azul, de macacão. Mas era um macacão limpo. Fumava um cachimbo grosseiro e estava sem chapéu. Mas, sob seu macacão puído, via-se um par de botas estranhamente elegantes. E ele tinha feito a barba. Eles foram com estrépito até Deerwood, e de Deerwood pegaram a comprida e arborizada estrada para Port.

– Não mudou de ideia? – perguntou Barney.
– Não, e você?
– Não.

Essa foi toda a conversa que eles mantiveram durante os vinte e quatro quilômetros. Mais do que nunca, tudo parecia um sonho. Valancy não sabia se estava feliz. Ou assustada. Ou simplesmente sendo tola.

Então mergulharam nas luzes de Port Lawrence. Valancy sentiu como se estivesse cercada pelos olhos brilhantes, famintos de centenas de grandes e furtivas panteras. Barney perguntou rapidamente onde o senhor Towers morava, e Valancy, com igual rapidez, informou-lhe. Eles pararam diante da casinha ordinária em uma antiquada rua. Entraram no pequeno e ordinário salão. Barney entregou sua licença. Então ele a *conseguira*. Também havia um anel. Estava acontecendo. Ela, Valancy Stirling, realmente estava prestes a se casar.

Eles ficaram de pé diante do senhor Towers. Valancy ouviu o senhor Towers e Barney dizer alguma coisa. Ela ouviu outra pessoa dizer alguma coisa. Ela pensou na maneira como planejara se casar – lá atrás, no início da sua adolescência, quando tal coisa não parecia impossível. Um vestido de seda branco, um véu de tule com flores de laranjeira e nenhuma dama de honra. Somente uma daminha de honra, em um vestido rosa-pálido com renda creme, com uma coroa de flores no cabelo, carregando uma cesta de rosas e lírios-do-vale. E o noivo, uma criatura de aspecto nobre, trajado irrepreensivelmente com qualquer que fosse a moda da época. Valancy ergueu os olhos e viu sua imagem e a de Barney refletidas no espelhinho inclinado e distorcido que havia na cornija da lareira. Ela estava com seus estranhos e nada nupciais chapéu e vestido verdes; Barney estava de camisa e macacão. Mas aquele era Barney. E isso era tudo o que importava. Sem véu, sem flores, sem convidados, sem presentes, sem bolo de casamento, apenas Barney. Pelo resto de sua vida haveria Barney.

– Senhora Snaith, espero que seja muito feliz – disse o senhor Towers.

Ele não pareceu surpreso com a aparência deles; nem mesmo com o macacão de Barney. Ele tinha visto muitos casamentos esquisitos "lá em cima". Não sabia que Valancy era uma Stirling de Deerwood; nem sequer sabia que *havia* Stirlings em Deerwood. Não sabia que Barney Snaith era um fugitivo da justiça. De fato, ele era um velho incrivelmente ignorante. Portanto, ele os casou e deu-lhes sua bênção de modo muito gentil e solene e orou por eles naquela noite, depois que eles foram embora. Sua consciência não o incomodou nem um pouco.

– Que excelente maneira de se casar! – disse Barney, enquanto ajustava a marcha de Lady Jane. – Sem estardalhaço e tolices. Nunca imaginei que fosse tão fácil assim.

– Pelo amor de Deus – disse Valancy subitamente –, vamos esquecer que *estamos* casados e falar como se não estivéssemos. Não vou suportar outra viagem como a da ida.

Barney gargalhou e deu a partida em Lady Jane com um ruído infernal.

– E eu que achei que estivesse facilitando para você – disse ele. – Você não parecia querer falar.

– E estava certo. Mas eu queria que você falasse. Não quero que você faça amor comigo, mas quero que aja como um ser humano normal. Conte-me sobre essa sua ilha. Que espécie de lugar ela é?

– O lugar mais feliz do mundo. Você vai adorar. A primeira vez que a vi, eu adorei. O velho Tom MacMurray era o dono na época. Ele construiu a pequena cabana, morou lá no inverno e passou a alugá-la para o pessoal de Toronto no verão. Eu comprei dele e tornei-me, por essa simples transação, um proprietário de terras que englobavam uma casa e uma ilha. Há algo de muito satisfatório em possuir uma ilha inteira. E morar em uma ilha desabitada não é uma ideia encantadora? Eu queria possuir uma desde que li *Robinson Crusoé*. Parecia boa demais para ser verdade. E tão bonita! A maior parte da paisagem pertence ao governo, mas eles não cobram imposto para admirá-la, e a lua pertence a todos.

Você vai achar minha cabana muito bagunçada. Imagino que vá querer arrumá-la.

– Sim – disse Valancy, com sinceridade. – Eu *preciso* ser organizada. Na verdade, eu não queria ser assim. Mas a desordem me perturba. Sim, vou ter que arrumar sua cabana.

– Eu estava preparado para isso – disse Barney, com um lamento falso.

– Mas – continuou Valancy brandamente – não vou insistir para limpar os pés antes de entrar.

– Não, só vai varrer depois que eu entrar, com um ar de mártir – disse Barney. – Bem, de qualquer forma, você não pode arrumar o galpão. Nem mesmo pode entrar. Vou manter a porta fechada e levar a chave.

– É a câmara do Barba Azul – disse Valancy. – Eu nem sequer pensarei nela. Não me importa quantas esposas você enforcou lá dentro, contanto que estejam realmente mortas.

– Mortas e enterradas. Você pode fazer o que quiser no resto da casa. Não que ela seja muito grande. Tem apenas uma grande sala de estar e um quarto pequeno. Foi muito bem construída, no entanto. O velho Tom adorava o trabalho dele. As vigas da nossa casa são de cedro, e as traves de abeto. As janelas da nossa sala dão para o oeste e o leste. É maravilhoso ter uma sala onde se pode ver o nascer e o pôr do sol. Tenho dois gatos lá, Banjo e Sortudo. São animais adoráveis. Banjo é um grande, encantador e malvado gato cinzento. Listrado, é claro. Eu não dou a mínima para gatos que não sejam listrados. Eu nunca conheci um gato que pudesse praguejar de modo tão refinado e eficaz quanto Banjo. Seu único defeito é roncar terrivelmente quando está dormindo. Sortudo é um gatinho delicado. Sempre olhando melancolicamente para você, como se quisesse lhe dizer alguma coisa. Talvez ele consiga fazer isso algum dia. Uma vez a cada mil anos um gato recebe permissão de falar, sabe? Meus gatos são filósofos. Nenhum deles chora sobre o leite derramado.

– Dois velhos corvos vivem no topo de um pinheiro e são razoavelmente hospitaleiros. Pode chamá-los de Nip e Tuck. E eu tenho uma mansa e recatada corujinha. O nome dela é Leandra. Eu a criei desde filhote; ela mora do outro lado do lago e gosta de rir sozinha à noite. E há morcegos. É um ótimo lugar para os morcegos à noite. Tem medo de morcegos?

– Não, eu gosto deles.

– Eu também. Belas, estranhas, inquietantes e misteriosas criaturas. Surgem do nada e vão a lugar algum. E, de repente, mergulham! Banjo também gosta deles. Como jantar. Eu tenho uma canoa e um barco a motor caindo aos pedaços. Fui com ele a Port hoje para obter minha licença. É mais silencioso que Lady Jane.

– Eu achei que você não tinha ido, que você *havia* mudado de ideia – admitiu Valancy.

Barney riu o riso de que Valancy não gostava: o riso curto, amargo e cínico.

– Eu nunca mudo de ideia – disse ele, abruptamente. Eles passaram por Deerwood na volta. Pela estrada de Muskoka. Pela casa do Estrondoso Abel. Passaram pela estradinha rochosa, repleta de margaridas. A escura floresta de pinheiros os engoliu. Atravessaram o bosque de pinheiros, onde o ar era doce com o incenso dos sinos invisíveis e frágeis das *Linnaeas* que acarpetavam as margens da trilha. Passaram pela costa de Mistawis. Lady Jane teve de ser deixada ali. Eles saíram do carro. Barney foi na frente, descendo um pequeno caminho até a beira do lago.

– Eis a nossa ilha – disse ele, satisfeito.

Valancy olhou, olhou e olhou de novo. Havia uma diáfana bruma lilás no lago, envolvendo a ilha. Em meio à bruma, os dois imensos pinheiros que apertavam as mãos sobre a cabana de Barney pareciam escuras torres. Atrás delas, havia um céu ainda róseo à luz da tarde e uma pálida e jovem lua.

Valancy tremeu como uma árvore que o vento agita de repente. Algo pareceu varrer sua alma.

– Meu castelo azul! – disse ela. – Oh, meu castelo azul!

Eles subiram na canoa e remaram até lá. Eles deixaram para trás o reino do cotidiano e as coisas conhecidas e desembarcaram em um reino de mistério e encantamento onde tudo podia acontecer, onde tudo podia ser verdade. Barney ergueu Valancy da canoa e pousou-a em uma pedra coberta de líquen, sob um jovem pinheiro. Seus braços a envolviam, e de repente seus lábios estavam nos dela. Valancy viu-se tremer com o êxtase do seu primeiro beijo.

– Bem-vinda, querida – disse Barney.

CAPÍTULO 27

A prima Georgiana desceu a estrada que levava à sua casinha. Ela morava a quase dois quilômetros de Deerwood e resolveu ir até a casa de Amelia para descobrir se Doss já tinha voltado. A prima Georgiana estava ansiosa para ver Doss. Ela tinha algo muito importante para lhe dizer. Ela estava certa de que era algo que Doss ficaria encantada em saber. Pobre Doss! Realmente ela *tinha* tido uma vida enfadonha. A prima Georgiana admitia que *ela mesma* não gostaria de viver sob o teto de Amelia. Mas tudo isso mudaria agora. Prima Georgiana sentiu-se tremendamente importante. Pelo menos por enquanto, ela esqueceu-se de imaginar qual dos seus parentes seria o próximo a morrer.

E, de repente, lá estava a própria Doss, vindo pela estrada que levava à casa do Estrondoso Abel com aquele vestido e chapéu verdes tão esquisitos. Isso é que era sorte. A prima Georgiana teria a chance de comunicar seu maravilhoso segredo imediatamente, sem ninguém prestes a interrompê-la. Era possível dizer que era a Providência agindo.

Valancy, que vivia fazia quatro dias em sua ilha encantada, tinha decidido que deveria ir a Deerwood contar a seus parentes que estava casada. Caso contrário, ao descobrir que ela havia sumido da casa do

Estrondoso Abel, eles poderiam emitir um mandado de busca para ela. Barney ofereceu-se para levá-la, mas ela preferiu ir sozinha. Ela sorriu radiante para a prima Georgiana, lembrando-se dela como alguém que conhecera muito tempo atrás e que realmente não era má criatura. Valancy estava tão feliz que poderia sorrir para todo mundo, até para o tio James. Ela não era avessa à companhia da prima Georgiana. Além disso, como as casas ao longo da estrada tornavam-se numerosas, ela teve consciência de que olhos curiosos a fitavam de todas as janelas.

– Imagino que você esteja indo para casa, querida Doss – disse prima Georgiana, enquanto apertava as mãos olhando furtivamente o vestido de Valancy e se perguntando se ela estava usando *alguma* anágua.

– Cedo ou tarde – disse Valancy, enigmaticamente.

– Então eu vou com você. Eu estava querendo ver especialmente *você*, querida Doss. Tenho algo *maravilhoso* para lhe contar.

– Tem? – disse Valancy, distraidamente. Por que raios a prima Georgiana parecia tão misteriosa e cheia de importância? Mas isso importava? Não. Nada importava, exceto Barney e o Castelo Azul lá em Mistawis.

– Quem você acha que veio me visitar outro dia? – perguntou prima Georgiana, maliciosamente.

Valancy não conseguiu adivinhar.

– Edward Beck. – A prima Georgiana baixou a voz quase para um sussurro: – *Edward Beck*.

Por que a ênfase? E por acaso a prima Georgiana *estava* corando?

– Quem diabos é Edward Beck? – perguntou Valancy, com indiferença.

A prima Georgiana a encarou.

– Certamente você se lembra de Edward Beck – disse ela, com reprovação. – Ele mora naquela casa adorável na estrada de Port Lawrence e frequenta a nossa igreja regularmente. Você *deve* se lembrar dele.

– Ah, agora eu acho que sim – disse Valancy, com um esforço de memória. – Ele é aquele velho com um cisto na testa e dezenas de crianças, que sempre senta no banco perto da porta, não é?

– Não são dezenas de crianças, querida. Ah, não, dezenas não. Não chega a *uma* dúzia. Apenas nove. Pelo menos, apenas nove contam. O resto morreu. Ele *não é* velho. Tem apenas cerca de quarenta e oito anos. O auge da vida, Doss. E qual é o problema em ter um cisto?

– Nada, é claro – concordou Valancy, sincera. Certamente, para ela não importava se Edward Beck tinha um cisto, uma dúzia de cistos ou nenhum cisto em absoluto. Mas Valancy começava a ficar vagamente desconfiada. Havia indubitavelmente um ar de triunfo contido na prima Georgiana. Seria possível que prima Georgiana estivesse pensando em se casar de novo? Casar com Edward Beck? Era absurdo. A prima Georgiana tinha sessenta e cinco anos, se é que não mais, e havia tantas rugas finas no seu pequeno rosto ansioso que parecia que ela tinha cem anos. Mas, ainda assim...

– Minha querida – disse a prima Georgiana –, Edward Beck quer se casar com *você*.

Valancy olhou para a prima Georgiana por um momento. Então teve vontade de cair na gargalhada. Mas apenas disse:

– Comigo?

– Sim, com você. Ele se apaixonou por você no funeral. E veio me consultar sobre a questão. Como você sabe, eu era muito amiga da primeira esposa dele. As intenções dele são muito sérias, Dossie. E é uma oportunidade maravilhosa para você. Ele é muito rico. E você... sabe... você... você...

– Não sou tão jovem como era antes – concordou Valancy. – "Porque a ela o que houver será dado"[6]. Você realmente acha que eu seria uma boa madrasta, prima Georgiana?

---

6   Referência ao versículo da Bíblia: "Porque a qualquer que tiver será dado, e terá em abundância; mas ao que não tiver até o que tem ser-lhe-á tirado". Mateus 25:29. (N.T.)

– Tenho certeza de que seria. Você sempre gostou tanto de crianças.

– Mas nove é um número bastante considerável, para começar – objetou Valancy, em tom grave.

– Os dois mais velhos são crescidos, e o terceiro está quase. Isso nos deixa apenas seis, que são os que realmente contam. E eles são meninos na maioria. São muito mais fáceis de criar do que meninas. Há um excelente livro, *Guia médico para a criança em crescimento*. Gladys tem uma cópia, creio eu. Seria de grande ajuda para você. E há livros sobre moral. Você lidaria bem com a situação. É claro que eu disse ao senhor Beck que eu achava que você... que você...

– Agarraria essa chance sem pestanejar – sugeriu Valancy.

– Ah, não, não, querida. Eu não usaria uma expressão tão indelicada. Eu disse a ele que achava que você consideraria a proposta dele favoravelmente. E você vai, não vai, querida?

– Só existe um obstáculo – disse Valancy, sonhadora. – Eu já sou casada.

– Casada! – A prima Georgiana parou, petrificada, e encarou Valancy. – Casada!

– Sim. Eu me casei com Barney Snaith na tarde de terça-feira passada, em Port Lawrence.

Havia uma conveniente trave de portão por perto. A prima Georgiana segurou-a firmemente.

– Doss, querida, eu sou uma mulher velha. Está tentando se divertir à minha custa?

– De forma alguma. Só estou lhe dizendo a verdade. Pelo amor de Deus, prima Georgiana – Valancy ficou alarmada com certos sintomas –, não vá chorar aqui na via pública!

A prima Georgiana sufocou as lágrimas e, em vez de chorar, deu um pequeno gemido de desespero.

– Ah, Doss, *o que* você fez? O que você *fez*?

– Acabei de dizer a você. Eu me casei – disse Valancy, calma e pacientemente.

— Com aquele... aquele... ah, aquele... *Barney Snaith*. Mas dizem que ele já teve uma dúzia de esposas.

— Eu sou a única no momento – disse Valancy.

— O que sua pobre mãe dirá? – gemeu prima Georgiana.

— Venha comigo e ouça, se quiser saber – disse Valancy. – Estou indo contar a ela agora.

A prima Georgiana soltou a trave do portão com cautela e descobriu que conseguia ficar em pé sozinha. Ela caminhou ao lado de Valancy, que, de repente, a seus olhos, pareceu uma pessoa completamente diferente. A prima Georgiana tinha um grande respeito por mulheres casadas. Mas era terrível pensar no que a pobre garota havia feito. Tão precipitada... Tão imprudente... É claro que Valancy devia estar completamente louca. Mas ela parecia tão feliz em sua loucura que a prima Georgiana teve uma momentânea convicção de que seria uma pena se a família tentasse repreendê-la e trazê-la de volta à sanidade. Ela nunca tinha visto aquele olhar no rosto de Valancy. Mas o que Amelia *diria*? E Ben?

— Casar com um homem que você não conhece... – pensou a prima Georgiana em voz alta.

— Sei mais sobre ele do que sobre Edward Beck – disse Valancy.

— Edward Beck *vai à igreja* – disse a prima Georgiana. – Barn... O seu marido vai?

— Ele prometeu que irá comigo quando o domingo estiver bom – disse Valancy.

Quando entraram no portão da casa dos Stirlings, Valancy soltou uma exclamação de surpresa.

— Olhe para a minha roseira! Ora, está florescendo!

E estava mesmo. Coberta de flores. Grandes, vermelhas e aveludadas flores. Perfumadas. Reluzentes. Maravilhosas.

— Minha poda impulsiva deve lhe ter feito bem – disse Valancy, rindo. Ela juntou um punhado das rosas (elas ficariam bonitas na mesa de jantar da varanda de Mistawis) e dirigiu-se, ainda rindo, até a casa, consciente de que Olive estava de pé nos degraus. Olive, uma deusa de beleza, estava olhando para baixo com a testa levemente franzida. Olive, bonita, insolente. O corpo voluptuoso envolto em seda rosa e renda. Os cabelos castanho-dourados caindo em belos cachos sob o grande chapéu com babados brancos. Sua tez perfeita e rosada.

"Linda", pensou Valancy friamente. E, como se de repente visse a prima com novos olhos, completou: "mas sem o menor toque de distinção".

Então Valancy finalmente havia voltado para casa, graças a Deus, pensou Olive. Mas Valancy não parecia uma penitente filha pródiga. Foi por isso que Olive franzira a testa. Ela parecia triunfante, altiva! Aquele vestido esquisito, aquele chapéu estranho, aquelas mãos cheias de rosas vermelho-sangue... Ainda assim, no mesmo instante, Olive sentiu que havia alguma coisa no vestido e no chapéu de Valancy que faltava inteiramente em seu próprio traje. Isso lhe aprofundou a carranca. Ela estendeu uma mão condescendente.

– Então está de volta, Doss? Está um dia quente, não acha? Você veio andando?

– Sim. Vamos entrar?

– Ah, não. Acabei de entrar. Tenho vindo com frequência para confortar a pobre titia. Ela está tão solitária. Estou indo tomar chá na casa da senhora Bartlett. Tenho que ajudá-la a servir. Ela está dando uma festa para a prima dela de Toronto, uma garota encantadora. Você adoraria conhecê-la, Doss. Creio que a senhora Bartlett lhe enviou um convite. Vejo você mais tarde?

– Não, acho que não – disse Valancy, com indiferença. – Tenho que estar em casa para servir o jantar de Barney. Vamos fazer um passeio de canoa ao luar por Mistawis nesta noite.

– Barney? Jantar? – Olive ofegou. – O que *está* querendo dizer, Valancy Stirling?

– Valancy Snaith, pela graça de Deus.

Valancy exibiu sua aliança diante do rosto abalado de Olive. Então Valancy agilmente passou por ela e entrou na casa. A prima Georgiana a seguiu. Ela não perderia um momento da grande cena, mesmo com Olive parecendo como se fosse desmaiar.

Olive não desmaiou. Ela desceu estupidamente a rua até a casa da senhora Bartlett. *O que* Doss queria dizer com aquilo? Ela não poderia ter aquele anel. Ah, que novo escândalo aquela garota miserável estava trazendo agora à sua indefesa família? Ela deveria ter sido detida há muito tempo.

Valancy abriu a porta da sala de estar e entrou inesperadamente, deparando-se com uma sombria assembleia de Stirlings. Eles não tinham chegado juntos por comum e ardiloso acordo. Tia Wellington, prima Gladys, tia Mildred e a prima Sarah tinham apenas dado uma passada, ao voltarem de uma reunião da sociedade missionária. Tio James aparecera para dar a Amelia algumas informações referentes a um investimento duvidoso. Tio Benjamin fora, aparentemente, para dizer a eles que estava um dia quente e perguntar qual era a diferença entre uma abelha e uma vaca. A prima Stickles era insensível o bastante para saber a resposta – "uma faz mel e a outra faz mu" –, e tio Benjamin estava de mau humor. Na mente de todos eles, embora não expressassem essa ideia, havia o desejo de descobrir se Valancy já tinha voltado para casa, e, se não houvesse, que medidas deveriam ser tomadas no caso.

Bem, lá estava Valancy, finalmente, e ela estava calma, confiante, não humilde e acabrunhada como deveria ser. E parecia tão estranhamente, inadequadamente jovem! Ela parou na porta e olhou para eles, e atrás dela vinha a prima Georgiana, tímida e expectante. Valancy estava tão feliz que não detestava mais os parentes. Até podia enxergar neles uma série de qualidades que nunca tinha visto antes. E ela estava com pena deles. Sua pena fez com que fosse muito amável.

– Bem, mãe – disse ela cordialmente.

– Então você finalmente voltou para casa! – disse a senhora Frederick, puxando um lenço. Ela não ousou ficar indignada, mas não queria ser traída por suas lágrimas.

– Bem, não exatamente – disse Valancy. Ela jogou sua bomba. – Achei que deveria vir até aqui para lhe dizer que eu me casei. Terça-feira passada, à noite. Com Barney Snaith.

Tio Benjamin pulou da cadeira e sentou-se novamente.

– Valha-me, Deus! – disse ele, estupidamente. O resto parecia transformado em pedra. Exceto a prima Gladys, que fez menção de desmaiar. Tia Mildred e tio Wellington tiveram que ajudá-la e levá-la até a cozinha.

– Ela tinha que manter as tradições vitorianas – disse Valancy, com um sorriso. Ela sentou-se, sem ser convidada, em uma cadeira. A prima Stickles começou a soluçar.

– Há *um* dia na sua vida em que você não chore? – perguntou Valancy, curiosamente.

– Valancy – disse o tio James, sendo o primeiro a recuperar o poder da fala –, você estava falando sério agora há pouco?

– Eu estava.

– Quer dizer que você realmente foi e se casou, você *se casou*, com aquele notório Barney Snaith, aquele... aquele criminoso, aquele...

– Isso mesmo.

– Então – disse tio James, com violência –, você é uma criatura desavergonhada, que perdeu todo o senso de decência e virtude, e lavo minhas mãos quanto a você. Nunca mais quero ver seu rosto.

– Mas o que você terá a dizer quando eu cometer assassinato? – perguntou Valancy.

Tio Benjamin novamente pediu que Deus o socorresse.

– Aquele fora da lei bêbado, aquele...

Uma perigosa faísca surgiu nos olhos de Valancy. Eles podiam dizer o que quisessem dela, mas não poderiam insultar Barney.

– Diga "maldito" e você se sentirá melhor – sugeriu ela.

– Eu posso expressar meus sentimentos sem blasfêmias. E eu lhe digo que você se cobriu de eterna desgraça e infâmia casando-se com aquele bêbado...

– *Você* seria mais suportável se se embebedasse ocasionalmente. Barney *não* é um bêbado.

– Ele foi visto bêbado em Port Lawrence... completamente chumbado – disse tio Benjamin.

– Se for verdade, e eu não acredito que seja, ele tinha uma boa razão para isso. Agora sugiro que todos vocês parem com esse ar trágico e aceitem a situação. Eu estou casada. Vocês não podem desfazer isso. E estou perfeitamente feliz.

– Suponho que devemos ser gratos por ele realmente se casar com ela – disse a prima Sarah, tentando ver o lado bom das coisas.

– Se é que ele casou mesmo – disse o tio James, que acabara de lavar as mãos quanto a Valancy. – Quem oficializou o casamento?

– O senhor Towers, de Port Lawrence.

– E por um metodista livre! – gemeu a senhora Frederick. – Como se ser casada por um metodista preso fosse um pouco menos vergonhoso. Era a primeira coisa que ela dizia. A senhora Frederick não sabia *o que* dizer. A coisa toda era horrível demais, um verdadeiro pesadelo. Ela estava certa de que acordaria em breve. E ela tinha tido tantas esperanças no funeral!

– Isso me faz pensar naquilo que chamam de... Qual é mesmo o nome? – perguntou o tio Benjamin, impotente. – Naquelas lendas de fadas que trocam os bebês nos berços, vocês sabem.

– Valancy dificilmente seria trocada por uma fada aos vinte e nove anos – disse tia Wellington ironicamente.

– Ela era o bebê mais estranho que eu já vi, de qualquer maneira – tio Benjamin mudou de assunto. – Eu falei isso na época. Você se lembra, Amelia? Eu disse que nunca tinha visto semelhantes olhos em uma cabeça humana.

– Estou feliz por nunca ter tido filhos – disse a prima Sarah. – Se eles não partirem seu coração de um jeito, eles o farão de outro.

– Não é melhor ter seu coração partido do que vê-lo secar? – questionou Valancy. – Antes que ele seja quebrado, precisa ter sentido algo esplêndido. *Isso* faria a dor valer a pena.

– Maluca, completamente maluca – murmurou tio Benjamin, com a vaga e insatisfatória sensação de alguém já ter dito algo assim antes.

– Valancy – disse a senhora Frederick, solenemente –, você já orou para ser perdoada por desobedecer à sua mãe?

– Eu *deveria* orar para ser perdoada por ter lhe obedecido por tanto tempo – disse Valancy, teimosamente. – Mas eu não faço nenhuma oração do tipo. Eu simplesmente agradeço a Deus todos os dias pela minha felicidade.

– Eu preferiria – disse a senhora Frederick, começando a chorar muito tardiamente – vê-la morta diante de mim a ouvir o que você me disse hoje.

Valancy olhou para a mãe e para as tias e se perguntou se algum dia elas souberam alguma coisa quanto ao verdadeiro significado do amor. Ela se sentiu mais triste do que nunca por elas. Elas eram tão dignas de pena... E elas nunca suspeitaram disso.

– Barney Snaith é um patife por tê-la iludido a se casar com ele – disse tio James, violentamente.

– Ah, *eu* o iludi. *Eu* o pedi em casamento – disse Valancy, com um sorriso perverso.

– Você *não* tem orgulho? – exigiu saber tia Wellington.

– Tenho muito. Tenho orgulho de ter conseguido um marido sozinha, por meu próprio esforço. A prima Georgiana aqui queria me ajudar com Edward Beck.

– Edward Beck possui vinte mil dólares e a melhor casa entre aqui e Port Lawrence – disse tio Benjamin.

– Isso soa muito bem – disse Valancy com desdém. – Mas não vale *isso* – ela estalou os dedos – comparado à sensação de ter os braços de Barney à minha volta e sua bochecha contra a minha.

– *Ah*, Doss! – disse a prima Stickles. A prima Sarah disse a mesma coisa, e a tia Wellington disse que Valancy não precisava ser indecente.

– Ora, certamente não é indecente gostar de que seu marido ponha o braço à sua volta. Acho que seria indecente não gostar.

– Por que esperar decência dela? – perguntou tio James, sarcasticamente. – Ela abandonou a decência para sempre. Ela fez sua cama. Deixem que deite nela.

– Obrigada – disse Valancy, muito agradecida. – Como você teria gostado de ser Torquemada[7]! Agora, eu realmente preciso voltar. Mãe, posso levar aquelas três almofadas de lã que fiz no inverno passado?

– Leve-as! Leve tudo! – disse a senhora Frederick.

– Ah, eu não quero tudo... ou muita coisa. Não quero que meu Castelo Azul fique atravancado. Só quero as almofadas. Vou passar para pegá-las um dia desses, quando estivermos de carro.

Valancy levantou-se e foi até a porta. Lá ela se virou. Mais do que nunca, ela lamentava por todos eles. *Eles* não tinham um Castelo Azul nas solitudes púrpura de Mistawis.

– O problema de vocês é que vocês não riem o suficiente – disse ela.

– Doss, querida – disse a prima Georgiana, pesarosamente –, um dia você vai descobrir que sangue é mais grosso do que água.

– É claro que é. Mas quem é que vai desejar que a água seja grossa? – rebateu Valancy. – Nós queremos que a água seja rala, borbulhante, cristalina.

A prima Stickles gemeu.

Valancy não convidou nenhum deles a visitá-la. Ela teve medo de que eles *aceitassem* o convite por curiosidade. Mas ela disse:

---

[7] Tomás de Torquemada (1420-1498) foi um inquisidor espanhol que praticava e estimulava a perseguição a judeus e muçulmanos. (N.R.)

– Você se importa se eu aparecer para visitá-la de vez em quando, mãe?

– Minha casa sempre estará aberta para você – disse a senhora Frederick, com triste dignidade.

– Você nunca deveria recebê-la outra vez – disse tio James, severamente, quando a porta se fechou atrás de Valancy.

– Não consigo esquecer que sou mãe – disse a senhora Frederick. – Minha pobre e desafortunada menina!

– Ouso dizer que o casamento não é legal – disse tio James, confortador. – Ele provavelmente já foi casado uma meia dúzia de vezes. Mas *eu* não quero mais saber dela. Fiz tudo que pude, Amelia. Creio que você vai admitir isso. De agora em diante – tio James adotou um ar de terrível solenidade –, Valancy está morta para mim.

– Senhora Barney Snaith – disse a prima Georgiana, tentando ver como o nome soaria.

– Sem dúvida ele tem vários nomes falsos – disse o tio Benjamin. – Da minha parte, acredito que o homem seja meio índio. Não tenho dúvida de que eles estão vivendo em uma tenda.

– Se ele se casou com ela com o nome Snaith e esse não é o seu nome verdadeiro, isso não tornaria o casamento nulo e inválido? – perguntou a prima Stickles, esperançosa.

Tio James balançou a cabeça.

– Não, ela se casa com o homem, não com o nome.

– Sabem – disse a prima Gladys, que havia se recuperado e voltado à sala, mas estava ainda trêmula –, tive uma nítida premonição quanto a isso no jantar de bodas de prata de Herbert. Eu lhes contei isso na ocasião. Quando ela estava defendendo Snaith. Vocês se lembram, é claro. Veio até mim como uma revelação. Falei com David a respeito quando voltei para casa.

– O que... *o que* – clamou tia Wellington ao universo – deu em Valancy? *Valancy!*

O universo não respondeu, mas tio James, sim.

– Não saiu um artigo recente falando de personalidades secundárias? Eu não concordo com muitas dessas noções modernas, mas talvez tenha algo de relevante nessa. Isso explicaria a conduta incompreensível dela.

– Valancy gosta tanto de cogumelos... – suspirou a prima Georgiana. – Temo que, vivendo lá na floresta, ela seja envenenada ao comer cogumelos mortíferos por engano.

– Há coisas piores que a morte – disse tio James, crente de que essa era a primeira vez no mundo que tal declaração era feita.

– Nada será o mesmo novamente! – soluçou a prima Stickles.

Valancy, enquanto caminhava apressada pela estrada poeirenta, de volta à fria Mistawis e sua ilha púrpura, já os havia esquecido, assim como esquecera que podia cair morta a qualquer momento se fizesse esforço.

CAPÍTULO 28

O verão passou. O clã Stirling, com a insignificante exceção de prima Georgiana, concordou tacitamente em seguir o exemplo do tio James e considerar Valancy morta. O problema é que Valancy tinha o inquietante e fantasmagórico hábito de frequentemente ressurgir dos mortos quando ela e Barney sacolejavam por Deerwood e Port naquele carro indescritível. Valancy sem chapéu, com estrelas nos olhos. Barney sem chapéu, fumando cachimbo. Mas com a barba feita. Se algum deles prestasse atenção, teria notado que agora ele andava sempre com a barba feita. Eles até mesmo tiveram a audácia de ir à loja do tio Benjamin comprar mantimentos. Por duas vezes, tio Benjamin os ignorou. Valancy não pertencia aos mortos? E Snaith era como se nunca tivesse existido. Mas, na terceira vez, ele disse a Barney que era um canalha que deveria ser enforcado por seduzir uma garota infeliz e de mente fraca e levá-la para longe de sua casa e de seus amigos.

Barney ergueu sua única sobrancelha reta.

– Eu a fiz feliz – disse ele, friamente. – E ela estava infeliz com seus amigos. É só isso.

Tio Benjamin o encarou. Nunca havia lhe ocorrido que as mulheres tinham de "ser felizes".

– Seu... seu cachorro! Seu fedelho! – disse ele.

– Por que a falta de originalidade? – perguntou Barney, amigavelmente. – Qualquer um pode me chamar disso. Por que não pensa em algo digno dos Stirlings? Além disso, eu não sou um cachorro. Na verdade, eu sou um baita cachorrão de meia-idade. Trinta e cinco anos, se estiver interessado em saber.

Tio Benjamin lembrou bem a tempo que Valancy estava morta. Ele virou as costas para Barney.

Valancy *estava* feliz, gloriosa e inteiramente. Ela parecia morar em uma maravilhosa casa feita de vida e todo dia abria uma nova e misteriosa sala. Situava-se em um mundo que nada tinha em comum com o que ela havia deixado para trás, um mundo onde o tempo não existia, que era jovem, com imortal juventude, onde não havia passado nem futuro, apenas o presente. Ela rendeu-se totalmente a seu encanto.

A absoluta liberdade disso tudo era inacreditável. Eles podiam fazer exatamente o que desejavam. Não havia convenções sociais. Não havia tradições. Não havia parentes. Ou sogros. "Paz, paz perfeita, com os entes queridos bem longe", como Barney citava descaradamente.

Valancy foi até sua antiga casa certa vez e pegou suas almofadas. E a prima Georgiana lhe dera uma de suas famosas colchas de linho, bordadas com desenhos bastante elaborados.

– Para a cama do seu quarto de hóspedes, querida – disse ela.

– Mas não tenho quarto de hóspedes – disse Valancy.

A prima Georgiana pareceu horrorizada. Uma casa sem quarto de hóspedes era algo monstruoso para ela.

– Mas é uma colcha adorável – disse Valancy, com um beijo. – E estou muito feliz de tê-la. Vou colocá-la na minha própria cama. A velha colcha de retalhos de Barney está ficando esfarrapada.

– Não consigo entender como você pode ficar satisfeita de viver lá em cima – suspirou prima Georgiana. – É um fim de mundo.

– Satisfeita! – Valancy riu. De que adiantava tentar explicar para a prima Georgiana? – É realmente – ela concordou – um grande e glorioso fim de mundo.

– E você está realmente feliz, querida? – perguntou prima Georgiana, triste.

– Estou mesmo – disse Valancy gravemente, com seus olhos dançando.

– O casamento é uma coisa muito séria – suspirou prima Georgiana.

– Quando dura muito – concordou Valancy.

A prima Georgiana não entendeu nada. Mas essas palavras a preocuparam, e ela ficou acordada à noite pensando no que Valancy quis dizer com isso.

Valancy amava o seu Castelo Azul e estava plenamente satisfeita com ele. A grande sala de estar tinha três janelas, todas com vista maravilhosa para o primoroso Mistawis. A que havia no final da sala era uma janela envidraçada que Tom MacMurray, explicou Barney, havia comprado de alguma pequena e velha igreja "lá de cima" à venda. Ela dava para o oeste, e, quando a luz do pôr do sol a inundava, todo o ser de Valancy ajoelhava-se em oração, como se estivesse em uma grande catedral. As luas novas eram sempre visíveis através dela, os galhos mais baixos do pinheiro balançavam sobre ela, e durante a noite inteira o prata suave e escuro do lago penetrava por ali, como em um sonho.

Havia uma lareira de pedra do outro lado. Não uma sacrílega imitação a gás, mas uma lareira de verdade, onde se podia queimar lenha de verdade. Com uma grande pele de urso pardo no chão, diante dela, e um horrível sofá de pelúcia vermelho da época de Tom MacMurray atrás dela. Mas a feiura do sofá era aplacada por peles de lobo cinza-prateadas e pelas almofadas de Valancy, que lhe davam um ar alegre e confortável. Em um canto, um belo, alto e preguiçoso relógio antigo tiquetaqueava; era o tipo certo de relógio. Não se deve apressar as horas, mas marcá-las devagar, deliberadamente. Era um relógio antigo com um aspecto deveras alegre. Um gordo e corpulento relógio, com o rosto grande e redondo de um homem pintado nele, as mãos saindo do nariz, estiradas, e as horas circundando-o como uma auréola.

Havia uma grande caixa de vidro com corujas empalhadas e várias cabeças de cervos, igualmente da época de Tom MacMurray. Algumas cadeiras velhas e confortáveis que pediam que alguém se sentasse nelas. Uma cadeirinha baixa com uma almofada, que, imperativamente, pertencia a Banjo. E, se mais alguém ousasse sentar-se nela, Banjo o encarava com seus olhos cor de topázio, riscados de preto. Banjo tinha o adorável hábito de ficar equilibrado nas costas de sua cadeirinha, tentando pegar o próprio rabo. Perdia a paciência quando não conseguia pegá-lo. Dava uma feroz e maldosa mordida quando *conseguia* pegá-lo. Uivava malignamente de dor. Barney e Valancy riam até chorar com essa cena. Mas era Sortudo quem eles mais amavam. Ambos concordavam que Sortudo era tão adorável que ele praticamente representava uma obsessão.

Um lado da parede estava repleto de estantes rústicas e artesanais, abarrotadas de livros, e entre as duas janelas laterais pendia um velho espelho em uma desbotada moldura dourada, com cupidos gordos brincando no painel sobre o vidro. Esse espelho, Valancy pensou, deve ser como o lendário espelho no qual certa vez Vênus se olhou e que dali em diante passou a refletir quão bonita era cada mulher que olhava para ele. Valancy achava que parecia quase bonita naquele espelho. Mas talvez fosse porque ela havia cortado os cabelos bem curtos.

Isso aconteceu antes do tempo do corte *bob* e foi considerado um procedimento bárbaro e inédito, a menos que a pessoa fosse acometida por uma febre tifoide. Quando a senhora Frederick soube, quase apagou o nome de Valancy da Bíblia da família. Foi Barney quem cortou o cabelo de Valancy, na altura da nuca, e deixou uma franja curta e preta sobre a testa. O corte deu a seu pequeno rosto pontudo um significado e um propósito que ele nunca tivera. Até o nariz deixou de irritá-la.

Os olhos dela estavam brilhantes, e a pele passou de amarelada a um tom de marfim cremoso. A velha piada de família havia se tornado realidade: ela estava finalmente gorda; não era mais magricela. Valancy podia nunca ser linda, mas era o tipo de mulher cujas qualidades eram realçadas pela floresta. Ela era delicada, espirituosa, sedutora. Seu coração quase nunca a incomodava. Quando as fisgadas começavam, ela geralmente conseguia amenizá-las com o remédio que o doutor Trent lhe receitara. A única exceção foi em uma noite em que ela estava temporariamente sem o medicamento. E *foi* tudo muito doloroso. Naquele momento, Valancy compreendeu claramente que a morte de fato podia cair sobre ela a qualquer momento. Mas no restante do tempo ela não se deixaria – não se deixava – lembrar de sua condição.

CAPÍTULO 29

Valancy não costurava nem fiava. Havia realmente muito pouco trabalho a fazer. Ela preparava as refeições em um fogão a carvão, realizando todos os seus pequenos rituais domésticos com cuidado e júbilo. Era na varanda da casa que praticamente pairava sobre o lago que todos se sentavam para comer. Diante deles estava o Mistawis, como uma paisagem antiga de contos de fada. E Barney, do outro lado da mesa, sorria para ela com seu enigmático sorriso enviesado.

– Que vista o velho Tom escolheu quando construiu esta cabana! – dizia Barney, exultante.

O jantar era a refeição de que Valancy mais gostava. O tênue riso dos ventos estava sempre soprando neles, e as cores imperiais e espirituais do Mistawis sob as nuvens em movimento eram algo que não podia ser expresso em meras palavras. Havia sombras, também, que se agrupavam nos pinheiros até que o vento as sacudisse e as perseguisse pelo Mistawis. Elas permaneciam o dia inteiro ao longo da costa, infiltradas nas samambaias e nas flores silvestres. Moviam-se furtivamente pelos promontórios na luz do pôr do sol, até que crepúsculo as tecesse todas em uma grande teia de crepúsculo.

Os gatos, com suas carinhas sábias, inocentes, sentavam-se no gradil da varanda e comiam os pedacinhos que Barney jogava para eles. E como tudo parecia gostoso! Valancy, em meio ao romantismo de Mistawis, nunca esquecia que os homens tinham estômago. Barney não cessava de elogiar sua comida.

– Afinal – admitiu ele –, há muitas vantagens em uma refeição honesta. Na maior parte das vezes, eu fervia duas ou três dúzias de ovos de uma vez só e, quando ficava com fome, comia alguns, com uma fatia de bacon de vez em quando, e ponche ou chá.

Valancy serviu chá do pequeno e velho bule de estanho de Barney, de inacreditável idade. Ela nem sequer tinha um jogo de louça – apenas os utensílios desparelhados e lascados de Barney e uma grande, velha e adorável jarra azul, da cor do ovo de tordo.

Quando a refeição terminava, eles ficavam ali sentados, conversando por horas a fio, ou ficavam sentados e não diziam nada, em todas as línguas do mundo, Barney fumando seu cachimbo e Valancy sonhando indolente e deliciosamente, contemplando as colinas distantes além de Mistawis, onde os pináculos de abetos apontavam contra o pôr do sol. O luar logo começaria a pratear o Mistawis. Os morcegos começariam a arremeter sombriamente contra o pálido céu dourado do oeste. A pequena cachoeira que fluía na margem alta, não muito longe dali, por algum capricho dos deuses da floresta, começaria a parecer uma maravilhosa mulher de branco, acenando através das aromáticas e perfumadas sempre-vivas. E Leandra[8] começaria a rir diabolicamente às margens do continente. Quão doce era sentar lá, sem fazer nada, no maravilhoso silêncio, com Barney fumando do outro lado da mesa!

---

8 Referente à citação de Arcádia. Na mitologia grega, era uma região de pastores que se dedicavam à música e à poesia. Eugênio, o pastor de cabras, assim se referiu a ela: "A nosso exemplo, muitos outros pretendentes de Leandra vieram para estes ásperos montes, fazendo o mesmo que nós; e são tantos que parece que este lugar se converteu na pastorial Arcádia, por tal forma está cheio de pastores e de apriscos, e não há aqui um recanto em que não se ouça o nome da formosa Leandra".

Havia muitas outras ilhas à vista, embora nenhuma fosse perto o bastante para ser incômoda como vizinha. Havia um pequeno grupo de ilhotas distantes, situadas a oeste, que eles chamavam de Ilhas Afortunadas. Ao amanhecer, elas pareciam um punhado de esmeraldas; ao pôr do sol, um punhado de ametistas. Eram pequenas demais para abrigar casas, mas luzes nas ilhas maiores brotariam por todo o lago, e fogueiras seriam acesas em suas margens, lançando sombras na floresta e incidindo grandes faixas vermelho-sangue sobre as águas. A música chegaria até eles convidativamente de barcos aqui e acolá ou das varandas da enorme casa do milionário da maior ilha.

– Gostaria de uma casa assim, Luar? – perguntou Barney certa vez, apontando para a casa. Ele tinha começado a chamá-la de Luar, e Valancy adorou.

– Não – disse Valancy, que outrora sonhara com um castelo nas montanhas dez vezes maior que o "chalé" do rico e agora sentia pena dos pobres habitantes de palácios. – Não. É elegante demais. Eu teria que carregá-la comigo aonde quer que eu fosse. Nas minhas costas, como um caracol. Ela seria minha dona, ela me possuiria de corpo e alma. Gosto de casas que eu possa amar e chefiar, onde eu possa me aconchegar. Como a nossa. Eu não invejo Hamilton Gossard como "melhor residência de verão no Canadá". Ela é magnífica, mas não é o meu Castelo Azul.

Mais abaixo, bem no fim do lago, eles tinham toda noite o vislumbre de um grande trem continental correndo por uma clareira. Valancy gostava de ver as janelas iluminadas dele passar como um raio e de imaginar quem estava nele e que esperanças e medos ele trazia. Ela também se divertia ao imaginar Barney levando-a a bailes e jantares nas casas das ilhas, mas não queria ir de fato, na vida real. Uma vez eles foram a um baile de máscaras no pavilhão de um dos hotéis subindo o lago e tiveram uma noite gloriosa, mas escapuliram em sua canoa antes da hora de tirar as máscaras, de volta ao Castelo Azul.

– Foi adorável, mas não quero voltar – disse Valancy.

Barney passava muitas horas por dia trancado na Câmara do Barba Azul. Valancy nunca viu o interior do aposento. Às vezes, dos cheiros que exalavam dali, ela concluía que ele devia estar realizando experimentos químicos ou falsificando dinheiro. Valancy supôs que havia etapas fedorentas no processo de fabricar dinheiro falso. Mas não se preocupou com isso. Ela não tinha nenhum desejo de espiar as câmaras trancadas da casa da vida de Barney. Seu passado e seu futuro não a preocupavam. Apenas esse arrebatador presente. Nada mais importava.

Uma vez, ele partiu e ficou fora por dois dias e duas noites. Ele havia perguntado a Valancy se ela teria medo de ficar sozinha, e ela disse que não. Ele nunca lhe contou onde estivera. Ela não tinha medo de ficar sozinha, mas sentiu-se terrivelmente sozinha. O som mais doce que ela ouviu na vida foi o barulho de Lady Jane passar pela floresta quando Barney voltou. E seu assobio, sinalizando que estava na costa. Ela correu para a pedra de desembarque para cumprimentá-lo, para se aninhar em seus braços ansiosos, e eles pareciam *mesmo* ansiosos.

– Sentiu minha falta, Luar? – sussurrou Barney.

– Parece que passaram cem anos desde que você partiu – disse Valancy.

– Não vou deixá-la de novo.

– Você precisa – protestou Valancy – se quiser. Eu me sentirei muito mal se achar que você quer ir e não vai por minha causa. Quero que se sinta perfeitamente livre.

Barney riu com um pouco de cinismo.

– Não existe liberdade na terra – disse ele. – Somente diferentes tipos de servidão. E escravidões comparativas. *Você* acha que está livre agora porque escapou de um tipo particularmente insuportável de escravidão. Mas está mesmo livre? Você me ama, e *isso* é uma escravidão.

– Quem disse ou escreveu que "a prisão à qual nos condenamos não é uma prisão?" – perguntou Valancy, sonhadoramente, agarrando-se ao braço dele enquanto subiam os degraus de pedra.

– Ah, aí está – disse Barney. – Essa é toda a liberdade pela qual esperamos, a liberdade de escolher nossa prisão. Mas, Luar... – Ele parou na porta do Castelo Azul e olhou em volta, para o glorioso lago, os grandes e escuros bosques, as fogueiras, as luzes cintilantes. – Luar, eu estou feliz de estar em casa novamente. Quando eu vinha descendo pela floresta e vi as luzes de casa, da minha casa, brilhar sob os velhos pinheiros, algo que eu nunca tinha visto antes... Ah, garota, eu fiquei feliz... feliz!

Contudo, apesar da doutrina de escravidão de Barney, Valancy achava que eles eram esplendidamente livres. Era incrível poderem ficar sentados por metade da noite contemplando a lua se quisessem. Atrasar-se para as refeições se quisessem – ela que sempre fora repreendida tão energicamente pela mãe e tão condenatoriamente pela prima Stickles se estivesse um minuto atrasada. Demorar o tempo que desejassem durante as refeições. Deixar a casca do pão no prato se quisessem. Não estar em casa para as refeições se quisessem. Sentar-se em uma pedra escaldante e enfiar seus pés descalços na areia quente se quisessem. Apenas ficar sentados e não fazer nada em um maravilhoso silêncio se quisessem. Em suma, fazer qualquer coisa tola que quisessem, sempre que tivessem vontade. Se *isso* não era liberdade, o que era?

CAPÍTULO 30

Eles não passavam todos os seus dias na ilha. Gastavam mais de metade deles perambulando à vontade pela terra encantada de Muskoka. Barney conhecia a floresta como a palma da mão e ensinou sua sabedoria e seu conhecimento a Valancy. Ele podia sempre encontrar a trilha e o refúgio do tímido povo da floresta. Valancy aprendeu os diferentes encantos dos musgos, o charme e requinte das flores da floresta. Ela aprendeu a conhecer todos os pássaros que via e a imitar o seu chamado, embora não tão perfeitamente quanto Barney. Ela fez amizade com todo tipo de árvore. Aprendeu a remar na canoa tão bem quanto o próprio Barney. Ela gostava de tomar chuva e nunca se resfriava.

Às vezes eles levavam o almoço e iam procurar frutas silvestres - morangos e mirtilos. Como eram belos aqueles mirtilos: o verde delicado das bagas verdes, o cor-de-rosa e escarlate reluzente das meio maduras, o azul enevoado das totalmente maduras! E Valancy conheceu o verdadeiro sabor do morango em sua plena perfeição. Havia certo vale banhado pelo sol às margens do Mistawis, ao longo do qual bétulas brancas cresciam em um lado, enquanto no outro viam-se calmas e imutáveis fileiras de jovens abetos. Havia uma grama alta nas raízes das bétulas que, penteada e baixada pelo vento, ficava úmida do orvalho da manhã até bem tarde. Lá eles encontraram frutinhas que poderiam ter agraciado os banquetes de Lúculo[9], grandes bagas de doçura ambrosial penduradas como rubis por caules longos, rosados. Eles os levantaram pelo caule e os comeram lá mesmo, inteiros e intocados, degustando uma fruta por vez, saboreando toda a fragrância que exalava dela. Quando Valancy levava essas frutinhas para casa, aquela indefinível essência escapava, e elas se tornavam nada além de frutas comuns de mercado – realmente muito gostosas, mas não tão boas como teriam sido se fossem comidas no seu vale de bétulas até seus dedos ficarem manchados de cor-de-rosa, como as pálpebras de Aurora.

Também gostavam de procurar nenúfares. Barney sabia onde encontrá-los nos riachos e baías de Mistawis. Então o Castelo Azul ficava glorioso com eles, e todos os recipientes que Valancy podia encontrar eram preenchidos com essas extraordinárias flores. Se não nenúfares, eles colhiam flores cardeais, frescas e vivas dos pântanos de Mistawis, onde elas queimavam como faixas flamejantes.

Às vezes eles caçavam trutas naqueles pequenos rios sem nome ou em riachos escondidos em cujos bancos as náiades poderiam ter tomado sol, expondo seus membros brancos e molhados. Nessas ocasiões, tudo que levavam eram algumas batatas cruas e sal. Eles assavam as batatas em uma fogueira, e Barney mostrava a Valancy como cozinhar trutas embrulhando-as em folhas, cobrindo-as com lama e assando-as em uma cama de carvão em brasa. Não havia refeição mais deliciosa do que essa. Valancy tinha tamanho apetite que não era de admirar que houvesse mais carne em seus ossos.

Ou simplesmente vagavam pela floresta e exploravam bosques que sempre pareciam estar à espera de que algo maravilhoso acontecesse.

---

9 Lúculo (118–56 a.C) foi um general romano cuja vida se caracterizou por luxuosidade e ostentação. É derivado de seu nome o substantivo luculo. (N.R.)

Pelo menos era assim que Valancy se sentia com relação a eles. Era só descer o próximo vale, subir a próxima colina e então encontrá-los.

– Não sabemos para onde vamos, mas não é divertido ir? – costumava dizer Barney.

Uma ou duas vezes, a noite os pegou longe demais do Castelo Azul para voltar. Mas Barney fez uma cama perfumada de samambaias e ramos de abeto, e eles dormiram como uma pedra nela, sob um teto de velhos abetos com musgo dependurado, enquanto além deles o luar e o murmúrio dos pinheiros se mesclavam, de maneira que era difícil dizer qual era luz e qual era som.

Havia dias chuvosos, é claro, quando Muskoka tornava-se uma úmida terra verde. Dias em que chuvas de granizo pairavam sobre o Mistawis como pálidos fantasmas de chuva, mas eles nunca pensavam em ficar em casa por causa disso. Dias em que chovia tão torrencialmente que eles eram obrigados a ficar. Então Barney se trancava na Câmara do Barba Azul, e Valancy lia ou sonhava envolta nas peles de lobo, com Sortudo ronronando a seu lado e Banjo observando-os com desconfiança de sua peculiar cadeira. Nas tardes de domingo, eles remavam até determinado ponto da terra e caminhavam de lá, através da floresta, para a pequena igreja metodista livre. Ela se sentia muito feliz por ser domingo. Valancy nunca tinha gostado de domingos antes.

E sempre, nos domingos e dias úteis, ela estava com Barney. Nada mais realmente importava. E que excelente companhia ele era! Como era compreensivo! Como era alegre! Como era... Barney! Isso resumia tudo.

Valancy havia tirado parte dos seus duzentos dólares do banco e gastado o dinheiro em roupas bonitas. Ela tinha um pequeno vestido de chifon azul-acinzentado que sempre vestia quando passavam as tardes em casa – azul-acinzentado com um toque de prata. Foi depois que ela começou a usá-lo que Barney passou a chamá-la de Luar.

– Como o luar e crepúsculo azul, é assim que você parece naquele vestido. Eu gosto dele. Cai como uma luva em você. Você não é propriamente bonita, mas tem pontos fortes adoráveis. Seus olhos. E essa pequena saliência beijável entre seus ossos da clavícula. Você tem o pulso e o tornozelo de uma aristocrata. Sua cabecinha é lindamente modelada. E, quando você olha para trás, sobre o ombro, é de enlouquecer, especialmente no crepúsculo ou ao luar. Uma donzela elfa. Uma fada da floresta. Você pertence à floresta, Luar. Nunca deveria sair dela. Apesar de sua ascendência, há algo de selvagem, remoto e indomável em você. E você tem uma voz tão agradável, doce, rouca, uma voz de verão... Uma voz perfeita para fazer amor.

– Certamente você beijou a Pedra de Blarney[10] – zombou Valancy. Mas ela saboreou esses elogios por semanas.

Ela também comprou um traje de banho verde-claro, uma roupa que faria seus familiares cair duros se pudessem vê-la. Barney a ensinou a nadar. Às vezes, ela colocava seu traje de banho ao acordar e não o tirava até ir para a cama. Assim ela corria para dar um mergulho sempre que desejava e deitava nas rochas quentes de sol para secar.

Ela esqueceu as velhas humilhações que costumavam perturbá-la à noite – as injustiças e as decepções. Era como se elas houvessem acontecido com outra pessoa, não com ela, Valancy Snaith, que sempre foi feliz.

– Eu entendo agora o que significa nascer de novo – disse ela a Barney.

Holmes fala da dor que "macula o passado" através das páginas da vida; mas Valancy descobriu que sua felicidade também havia maculado o passado, inundando de cor-de-rosa a sua monótona existência prévia. Ela achava difícil acreditar que um dia houvesse sido solitária, infeliz e covarde.

"Quando a morte chegar, eu terei vivido", pensou Valancy. "Terei vivido o meu momento."

---

10 A Pedra da Eloquência ou Pedra de Blarney é um bloco de pedra calcária carbonífera colocada em 1446 na torre do Castelo de Blarney, em Cork, Irlanda. De acordo com a lenda, beijar a pedra confere grande eloquência ou habilidade para conversar. (N.T.)

E sua pilha de terra!

Um dia, Valancy empilhou a areia da pequena enseada da ilha em um tremendo cone e enfiou uma bandeirinha da Union Jack[11] em cima.

– O que está celebrando? – quis saber Barney.

– Estou apenas exorcizando um antigo demônio – disse Valancy.

---
11 Denominação para a bandeira do Reino Unido. (N.T.)

CAPÍTULO 31

O outono chegou. E, com o fim de setembro, chegaram as noites frias. Eles tiveram que abandonar a varanda, mas acendiam um fogo na grande lareira e sentavam-se diante dele com risos e brincadeiras. Eles deixavam as portas abertas, para que Banjo e Sortudo pudessem entrar e sair a seu bel-prazer. Às vezes, os gatos sentavam-se gravemente no tapete de pele de urso entre Barney e Valancy; às vezes esgueiravam-se pela porta, para a misteriosa noite fria lá fora. As estrelas piscavam no horizonte enevoado, através da velha janela envidraçada. O inquietante e persistente sussurro dos pinheiros preenchia o ar. Pequenas ondas começaram a respingar suave e soluçantemente nas rochas abaixo deles, nos ventos crescentes. Eles não precisavam de luz, apenas do fogo da lareira que às vezes saltava e iluminava seus rostos, às vezes os envolvia em sombra. Quando o vento noturno aumentava, Barney fechava a porta, acendia uma lamparina e lia para ela poemas, ensaios e maravilhosas e obscuras crônicas de guerras antigas. Barney nunca lia romances: ele jurava que o deixavam entediado. Mas às vezes ela os lia, enrolada na pele de lobo, rindo alto, à vontade, pois Barney não era uma daquelas pessoas irritantes que nunca podem ouvir alguém rir audivelmente sobre algo que leu sem perguntar placidamente: "Qual é a piada?".

Veio outubro, com um lindo espetáculo de cores em volta do Mistawis, no qual Valancy imergiu sua alma. Ela nunca imaginara algo tão esplêndido. Essa imensa paz colorida. Céus azuis, com as nuvens levadas pelo vento. A luz do sol dormindo nas clareiras daquele reino encantado. Dias púrpura, longos e sonhadores, em que eles remavam ociosamente a canoa ao longo das margens e passavam por rios vermelhos e dourados. Uma sonolenta e vermelha Lua do Caçador[12]. Tempestades encantadas que arrancavam as folhas das árvores e as amontoavam ao longo da costa. Sombras voadoras de nuvens. Como as presunçosas, opulentas terras à frente podiam comparar-se a isso?

Novembro, com sua misteriosa bruxaria nas árvores novas. Com turvos poentes vermelhos ardendo em nebuloso escarlate atrás das colinas do oeste. Com dias adoráveis, quando os austeros bosques eram bonitos e graciosos e tinham uma digna serenidade de mãos dadas e olhos fechados. Dias plenos com um belo e pálido sol que se infiltrava no dourado tardio e desfolhado dos zimbros e brilhava entre as faias cinzentas, iluminando bancos de musgo eternamente verdes e lavando as colunatas dos pinheiros. Dias de céu limpo, de um turquesa perfeito. Dias em que uma delicada melancolia parecia pairar sobre a paisagem e sonhar com o lago. Mas também dias de selvagem escuridão, com as grandes tempestades de outono, seguidos por noites úmidas, ensopadas e fluidas, quando se ouvia uma risada de bruxa nos pinheiros e gemidos esporádicos entre as árvores do continente. Mas eles não importavam. O velho Tom havia construído muito bem seu teto e sua chaminé.

– Um fogo quente, livros, conforto, segurança em meio à tempestade, nossos gatos no tapete. Luar – disse Barney –, você seria mais feliz se tivesse um milhão de dólares?

---

12 O termo "Hunter's moon", também chamado de "Lua de Sangue", é usado no Hemisfério Norte para descrever a segunda Lua Cheia que ocorre no outono, no mês de outubro. Segundo o site do Instituto de Astronomia, Geofísica e Ciências Atmosféricas, do Departamento de Astronomia da Universidade de São Paulo, esse nome "vem do folclore dos povos nativos americanos e se refere à necessidade de caçar animais para guardar provisões para o inverno". (N.T.)

– Não, não seria nem um pouco feliz. Eu ficaria entediada com as convenções e obrigações.

Dezembro. As primeiras neves e a constelação de Órion. O brilho pálido da Via Láctea. Agora era realmente inverno, um maravilhoso, gélido e estrelado inverno. Como Valancy detestara o inverno! Dias monótonos, curtos e rotineiros. Noites longas, frias e solitárias. Prima Stickles e suas costas, que precisavam ser esfregadas continuamente. Prima Stickles fazendo ruídos estranhos de gargarejo pelas manhãs. Prima Stickles reclamando do preço do carvão. Sua mãe examinando, questionando, ignorando. Resfriados e bronquites sem fim – ou o medo deles. Unguento de Redfern e comprimidos roxos.

Mas agora ela amava o inverno. O inverno era lindo "lá em cima", quase insuportavelmente lindo. Dias de claro esplendor. Noites que eram como taças de encantamento, a mais pura safra do vinho de inverno. Noites com o brilho das estrelas. Frias e primorosas alvoradas. Adoráveis samambaias de gelo por todas as janelas do Castelo Azul. O luar incidindo nas bétulas, em um degelo prateado. Sombras irregulares nas noites de vento – sombras soltas, retorcidas, fantásticas. Longos silêncios, austeros e penetrantes. Colinas bárbaras, como se adornadas com joias. O sol surgindo subitamente entre as nuvens cinzentas sobre o comprido e branco Mistawis. Crepúsculos cor de gelo, quebrados por rajadas de neve, quando sua acolhedora sala de estar, com seus duendes de labaredas e inescrutáveis gatos, parecia mais aconchegante do que nunca. Cada momento trazia uma nova revelação e maravilha.

Eles foram de Lady Jane até o celeiro do Estrondoso Abel, e Barney ensinou Valancy a caminhar com raquetes de neve[13] – Valancy, que outrora estaria deitada, com bronquite. Mas Valancy não pegou um único resfriado. Mais tarde, no inverno, Barney teve um terrível, e Valancy

---

13 Espécie de pranchas, parecidas com raquetes de tênis, que são colocadas embaixo do calçado para não afundar quando há um metro ou mais de neve. Basta encaixar as raquetes de neve no sapato e apoiar-se em dois bastões para manter o equilíbrio, quase como no esqui. (N.T.)

cuidou dele com o pavor da pneumonia em seu coração. Mas os resfriados dela pareciam ter ido aonde as velhas luas vão. O que era uma sorte, pois ela não tinha unguento de Redfern. Ela havia refletidamente comprado uma garrafa em Port, mas Barney a atirara no Mistawis congelado com uma expressão carrancuda.

– Não traga mais essa coisa diabólica aqui – ordenou ele sumariamente. Foi a primeira e última vez que ele falou duramente com ela.

Eles fizeram longas caminhadas pela bela reticência dos bosques de inverno e pelas matas de prata das árvores congeladas e encontraram beleza em tudo.

Às vezes, eles sentiam como se andassem por um mundo encantado de cristais e pérolas, tão brancas e radiantes eram as clareiras, os lagos e o céu. O ar era tão puro e frio que era quase intoxicante.

Uma vez, eles pararam, hesitantes e extasiados, na entrada de um caminho estreito entre fileiras de bétulas. Cada galho e ramo estava esculpido em neve. A vegetação rasteira nas duas margens era uma pequena floresta de fadas talhada em mármore. As sombras projetadas pelo sol pálido eram belas e espirituais.

– Vamos embora – disse Barney, virando-se. – Não devemos cometer o sacrilégio de pisar ali.

Certa tarde, encontraram, em uma antiga clareira, um monte de neve que formava o perfil de uma bela mulher. Visto de perto, não havia semelhança, como no conto de fadas do castelo de São João; visto de trás, era uma coisa disforme. Mas, com a distância e o ângulo certos, o contorno era tão perfeito que, quando o encontraram, de repente, os dois soltaram uma exclamação de espanto. Lá estavam a testa baixa, nobre, um nariz reto e clássico, lábios, queixo e a curva da bochecha modelados como se alguma deusa de antigamente houvesse posado para o escultor, e o peito de uma pureza tão fria e frígida, a própria representação do espírito da floresta invernal.

– "Toda a beleza que a Grécia Antiga e Roma cantaram, pintaram, ensinaram" – citou Barney.

– E pensar que nenhum olho humano, exceto os nossos, viu ou o verá isso – sussurrou Valancy, que às vezes sentia como se estivesse vivendo em um livro de John Foster. Enquanto olhava em volta, ela lembrou-se de algumas passagens que havia marcado no novo livro de Foster que Barney trouxera para ela de Port suplicando que ela não esperasse que *ele* o lesse ou a escutasse ler.

– "Todos os matizes da floresta invernal são extremamente delicados e indefiníveis" – lembrou Valancy. – "Quando a breve tarde desvanece e o sol roça de leve o topo das colinas, parece haver por toda a floresta uma abundância não de cores, mas do espírito de cor. Não há realmente nada além do puro branco, afinal, mas tem-se a impressão de misturas fantásticas de rosa e violeta, opala e heliotrópio nas encostas, nos desfiladeiros e ao longo das curvas das terras florestais. Você tem certeza de que o matiz está lá, mas, quando o fita diretamente, percebe que ele se foi. Pelo canto do olho, você tem ciência de que ele está à espreita em um lugar onde, um instante atrás, nada havia além de uma pálida pureza. Apenas quando o sol se põe há um fugaz momento de cor real. Então a vermelhidão flui sobre a neve e tinge colinas e rios e castiga com suas chamas a crista dos pinheiros. Apenas alguns minutos de transfiguração e revelação – e acabou." Gostaria de saber se John Foster passou algum inverno em Mistawis.

– É muito improvável – zombou Barney. – Pessoas que escrevem bobagens como essas geralmente escrevem em uma casa aconchegante, em alguma rua esnobe da cidade.

– Você é duro demais com John Foster – disse Valancy, severamente. – Ninguém poderia escrever o pequeno parágrafo que eu li ontem à noite sem ter visto aquilo primeiro. Você sabe que seria impossível.

– Eu não ouvi – disse Barney taciturnamente. – Você sabe que não ouvi. Eu lhe disse isso.

– Então você precisa ouvir agora – insistiu Valancy. Ela o fez ficar parado, com suas raquetes de neve, enquanto ela o repetia. – "Ela é uma artista rara, essa velha Mãe Natureza, que trabalha 'pela alegria de trabalhar', sem nenhum espírito de vaidade. Hoje o bosque de abetos é uma sinfonia de cores verdes e cinza, tão sutil que é impossível dizer onde uma sombra começa e a outra termina. Tronco cinzento, galho verde, musgo verde-cinza acima do piso sombreado branco e cinza. No entanto, a velha cigana não gosta de monotonias não aliviadas. Ela deve ter um traço de cor. Veja. Um galho de abeto morto, quebrado, de um belo tom marrom avermelhado, balançando entre as barbas de musgo."

– Bom Deus, você sabe todos os livros desse sujeito de cor? – foi a reação indignada de Barney ao se afastar a passos largos.

– Foram os livros de John Foster que mantiveram a chama da minha alma acesa nos últimos cinco anos – assegurou Valancy. – Oh, Barney, veja aquela bela filigrana de neve no sulco daquele velho tronco de olmo.

Quando chegaram ao lago, mudaram de raquetes de neve para patins e patinaram de volta para casa. Surpreendentemente, Valancy havia aprendido, quando pequena, a patinar na lagoa atrás da escola de Deerwood. Ela nunca teve seus próprios patins, mas algumas garotas lhe emprestavam, e Valancy parecia ter um talento natural para isso. Certa vez, tio Benjamin lhe prometeu um par de patins no Natal, mas, quando o Natal chegou, em vez disso ele lhe deu um par de galochas. Ela nunca mais tinha patinado desde que crescera, mas o velho traquejo voltou rapidamente, e gloriosas foram as horas que ela e Barney passaram deslizando pelos lagos brancos e pelas ilhas escuras onde as cabanas de verão estavam fechadas e silenciosas. Certa noite, eles voaram pelo Mistawis à frente do vento, em uma animação que enrubesceu as bochechas de Valancy sob seu gorro branco de lã. E, no fim, lá estava a sua querida casinha, na ilha de pinheiros, com uma camada de neve no telhado, brilhando ao luar. Suas janelas brilhavam travessamente para ela, em clarões dispersos.

– Não parece uma imagem tirada de um livro de pinturas? – perguntou Barney.

O Castelo Azul

Eles tiveram um Natal maravilhoso. Sem pressa. Sem correria. Sem tentativas mesquinhas de economizar. Sem nenhum esforço desesperado de lembrar se havia dado o mesmo tipo de presente para a mesma pessoa nos Natais passados. Sem a multidão de compradores de última hora. Sem as monótonas "reuniões" familiares onde ela se sentava muda e insignificante. Sem ataques de "nervos". Eles decoraram o Castelo Azul com galhos de pinheiro, e Valancy fez lindas estrelinhas de ouropel e pendurou-as no meio da folhagem. Ela preparou um jantar ao qual Barney fez total justiça, enquanto Sortudo e Banjo escolhiam os ossos.

– Uma terra que produz um ganso como esse é uma terra admirável – jurou Barney. – Canadá para sempre! – E eles brindaram à Union Jack e beberam uma garrafa de licor de dente-de-leão que a prima Georgiana havia dado a Valancy juntamente com a colcha.

– Nunca se sabe – dissera prima Georgiana solenemente – quando vamos precisar de um pouco de estimulante.

Barney perguntou a Valancy o que ela queria de presente de Natal.

– Algo frívolo e desnecessário – disse Valancy, que ganhara um par de galochas no último Natal e duas camisas de baixo de lã, de mangas longas, no ano anterior. E assim continuamente.

Para sua alegria, Barney lhe deu um colar de pérolas. Durante toda a sua vida, Valancy sempre desejou um cordão de pérolas leitosas como luar congelado. E este era tão bonito! Ela só ficou preocupada porque aquelas pérolas eram realmente muito boas. Deviam ter custado um bom dinheiro – quinze dólares, pelo menos. Barney poderia pagar esse valor? Ela não sabia nada das finanças dele. Recusara-se a deixá-lo comprar qualquer uma de suas roupas – tinha o bastante para isso, ela disse a ele, enquanto precisasse de roupas. Em uma jarra redonda e preta na cornija da lareira, Barney depositava o dinheiro para as despesas domésticas, e era sempre o bastante. A jarra nunca estava vazia, embora Valancy nunca o vira reabastecê-la. Ele não devia ter muito dinheiro, é claro, e aquele colar... Mas Valancy resolveu deixar a questão de lado. Ela o usaria e o apreciaria. Era a primeira coisa bonita que ela possuía.

CAPÍTULO 32

Ano-Novo. O velho, gasto e inglório calendário foi retirado. O novo subiu. Janeiro foi um mês de tempestades. Nevou por três semanas a fio. O termômetro registrou muitos graus abaixo de zero e lá ficou. Mas, pelo menos, como Barney e Valancy observaram um para o outro, não havia mosquitos. E o rugido e crepitar do grande fogo abafava os uivos do vento norte. Sortudo e Banjo engordaram e desenvolveram resplandecentes casacos de pelo grosso e sedoso. Nip e Tuck se foram.

– Mas eles voltarão na primavera – prometeu Barney.

Não havia monotonia. Às vezes eles tinham pequenas discussões dramáticas que nunca chegavam a se tornar brigas. Às vezes o Estrondoso Abel aparecia - por uma tarde ou um dia inteiro - com seu velho boné xadrez e sua longa barba ruiva coberta de neve. Ele geralmente trazia seu violino e tocava para eles, para deleite de todos, exceto de Banjo, que ficava temporariamente enlouquecido e se escondia embaixo da cama de Valancy. Às vezes, Abel e Barney conversavam enquanto Valancy fazia doces para eles; às vezes eles se sentavam e fumavam em silêncio à la Tennyson e Carlyle, até o Castelo Azul começar a feder e Valancy sair para tomar um ar. Às vezes, eles jogavam damas feroz e silenciosamente a noite inteira. Às vezes, todos comiam as maçãs Russet que Abel trazia, enquanto o velho e alegre relógio levava aqueles deliciosos minutos embora.

– Um prato de maçãs, uma lareira e um bom e velho livro são um belo substituto para o céu – declarou solenemente Barney. – Qualquer um pode ter ruas de ouro. Vamos dar outra lida no Carman[14].

Agora era mais fácil para os Stirlings acreditar que Valancy estava morta. Nem mesmo os vagos boatos de que ela fora vista em Port chegaram a incomodá-los, embora ela e Barney costumassem passar lá ocasionalmente para ver um filme e depois comer descaradamente um cachorro-quente na esquina. Presumivelmente, nenhum dos Stirlings pensava nela, exceto a prima Georgiana, que às vezes passava a noite em claro, preocupada com a pobre Doss. Ela tinha o suficiente para comer? Aquela criatura terrível era boa para ela? Ela estava bem aquecida durante as noites?

Valancy ficava bem aquecida durante as noites. Ela costumava acordar e regozijar-se silenciosamente com o conforto daquelas noites de inverno da pequena ilha no lago congelado. As noites dos outros invernos tinham sido tão frias e longas... Valancy detestava acordar nelas e pensar na solidão e no vazio do dia que havia passado e na solidão e no vazio do dia seguinte. Agora ela quase considerava perdida a noite na qual ela não acordava e mantinha-se desperta por meia hora sendo simplesmente feliz, enquanto Barney ressonava tranquilamente a seu lado e, pela porta aberta, os tições que ardiam lentamente na lareira piscavam para ela na penumbra. Era muito bom sentir um gatinho como Sortudo pular em sua cama na escuridão e aconchegar-se a seus pés, ronronando; mas Banjo estaria sozinho, sentado soturnamente diante do fogo como um demônio pensativo. Nesses momentos, Banjo era tudo, menos um gato comum, mas Valancy adorava a estranheza dele.

---

14 Referência ao famoso poeta Bliss Carman (1861-1929), que, como muitos poetas canadenses, usava a natureza como principal tema de seu trabalho. (N.T.)

A cabeceira da cama tinha que estar encostada contra a janela. Não havia outro lugar para ela no minúsculo aposento. Valancy, deitada ali, podia olhar pela janela, através dos grandes galhos de pinheiro que de fato a roçavam, para o Mistawis, branco e lustroso como uma calçada de pérola ou escuro e terrível na tempestade. Às vezes, os galhos de pinheiro batiam nas vidraças com sinais amigáveis. Às vezes, ela ouvia o pequeno sussurro da neve contra eles, bem ao lado dela. Algumas noites, o mundo exterior parecia entregue ao império do silêncio; então vinham as noites com a majestosa varredura do vento nos pinheiros; noites com a bela luz das estrelas, quando o vento assobiava estranha e jubilosamente ao redor do Castelo Azul; noites ameaçadoras, antes da tempestade, quando ele rastejava pelo lago com um grito baixo e plangente de meditação e mistério. Valancy desperdiçou muitas horas perfeitamente boas de sono nessas deliciosas comunhões. Mas ela podia dormir depois, até a hora em que ela quisesse. Ninguém se importava. Barney preparava seu próprio desjejum de bacon e ovos e depois se trancava na Câmara do Barba Azul até a hora do jantar. Então eles passavam a noite lendo e conversando. Eles falavam sobre tudo neste mundo e sobre muitas coisas de outros mundos. Riam de suas próprias piadas até seu riso reverberar pelo Castelo Azul.

– Você tem uma risada maravilhosa – disse-lhe Barney certa vez. – Tenho vontade de rir só de ouvir você rir. Há uma peculiaridade na sua risada, como se houvesse tanta graça no que a fez rir que você não quer deixá-la escapar. Você ria assim antes de vir a Mistawis, Luar?

– Na verdade, eu nunca ria. Eu costumava dar risadinhas tolas quando sentia que esperavam isso de mim. Mas, agora, o riso simplesmente brota.

Valancy notou mais de uma vez que o próprio Barney ria com mais frequência do que costumava e que a risada dele havia mudado. Tornou-se saudável. Agora ela raramente ouvia a pequena nota cínica nela. Um homem com crimes em sua consciência poderia rir assim?

Contudo, Barney *devia* ter feito alguma coisa. Valancy havia, indiferentemente, decidido ignorar o que ele havia feito. Ela concluiu que ele era um caixa de banco fugitivo. Ela encontrou em um dos livros de Barney um velho recorte de um jornal de Montreal em que descreviam um caixa que havia sumido com dinheiro do banco. A descrição se aplicava a Barney, assim como a meia dúzia de outros homens que Valancy conhecia, e, com base em algumas observações casuais que ele deixava escapar de tempos em tempos, ela concluiu que ele conhecia Montreal muito bem. Valancy descobrira tudo em sua mente. Barney trabalhou em um banco. Ele ficou tentado a pegar algum dinheiro para especular – pretendendo, é claro, devolvê-lo. Ele foi cada vez mais fundo em suas transações, até descobrir que nada havia a fazer além de fugir. O mesmo ocorrera a dezenas de homens. Valancy estava absolutamente certa de que ele nunca pretendera fazer algo errado. É claro que o nome do homem no recorte era Bernard Craig. Mas Valancy sempre pensou que Snaith fosse um nome falso. Não que isso importasse.

Valancy teve apenas uma noite infeliz naquele inverno. Foi no final de março, quando a maior parte da neve havia derretido e Nip e Tuck retornaram. Barney partiu de tarde para um longo passeio pela floresta, dizendo que voltaria à noite se tudo desse certo. Logo depois de sua partida, começou a nevar. O vento aumentou, e então Mistawis viu-se nas garras de uma das piores tempestades daquele inverno. Partiu a neve do lago e atingiu a casinha. Os bosques escuros e furiosos do continente faziam caretas para Valancy, ameaçando com seus galhos agitados, advertindo com sua tempestuosa escuridão, aterrorizando com o rugido de seus corações. As árvores da ilha curvaram-se de medo. Valancy passou a noite encolhida no tapete, diante do fogo, com o rosto enterrado nas mãos, isso quando não olhava em vão pela janela envidraçada, em um inútil esforço de ver através da furiosa névoa de vento e neve que outrora havia sido o Mistawis, com suas ondas azuis. Onde estava Barney? Perdido nos impiedosos lagos? Afundando, exausto, nos montes de neve de bosques desbravados? Valancy morreu cem vezes naquela noite e pagou integralmente o preço de toda a felicidade de seu Castelo Azul. Quando a manhã chegou, a tempestade cessou e o dia abriu; o sol brilhou gloriosamente sobre o Mistawis; e ao meio-dia Barney voltou para casa. Valancy o viu pela janela envidraçada saindo da floresta, esbelto e escuro contra aquele mundo branco e resplandecente. Ela não correu para encontrá-lo. Algo aconteceu com seus joelhos, e ela desabou na cadeira de Banjo. Felizmente, Banjo saiu do caminho a tempo, com os bigodes eriçados de indignação. Barney a encontrou ali, a cabeça enterrada nas mãos.

– Barney, eu pensei que estivesse morto – sussurrou ela.

Barney riu, zombeteiro.

– Após dois anos no Klondike, achou que uma tempestadezinha como essa iria me pegar? Passei a noite naquela velha choupana de madeira perto de Muskoka. Um pouco fria, mas confortável o bastante. Bobinha! Pelas olheiras, vejo que você não pregou os olhos. Ficou aqui sentada a noite toda se preocupando com um velho lenhador como eu?

– Sim – disse Valancy. – Eu não pude evitar. A tempestade pareceu tão violenta... Qualquer um poderia ter se perdido nela. Quando eu o vi sair do bosque, algo aconteceu comigo. Não sei o quê. Era como se eu tivesse morrido e voltado à vida. Não consigo descrever de outro modo.

CAPÍTULO 33

Primavera. Mistawis negro e soturno por uma ou duas semanas, depois reluzindo em safira e turquesa, lilás e cor-de-rosa de novo, rindo através da janela envidraçada, acariciando suas ilhas de ametista, ondulando como seda sob ventos suaves. Sapos, pequenos magos verdes do pântano e das poças, cantando por toda a parte nos longos crepúsculos e noite adentro; ilhas encantadas em uma névoa verde; a evanescente beleza das jovens árvores silvestres começando a ganhar folhas; a graça da nova folhagem dos pés de zimbros, semelhante ao gelo; a floresta vestindo as flores primaveris, coisas delicadas, espirituais, como a alma das terras ermas; a névoa vermelha nos bordos; os salgueiros adornados com pequenos e brilhantes amentos de prata; as violetas esquecidas do Mistawis florescendo novamente; a tentação das luas de abril.

— Pense nos milhares de primaveras que o Mistawis vivenciou... E todas lindas — disse Valancy. — Ah, Barney, veja aquela ameixeira selvagem! Eu vou... Eu preciso citar John Foster. Há uma passagem de um dos livros dele. Eu a li centenas de vezes. Ele deve tê-lo escrito após ver uma árvore como essa: "Eis a jovem ameixeira selvagem que se enfeita após vestir um traje imemorial, um véu de noiva de renda fina. Os dedos dos duendes da floresta devem tê-lo tecido, pois algo assim jamais viria de um tear humano. Juro que a árvore está consciente de sua beleza. Está se empertigando diante de nossos olhos, como se sua beleza não fosse a coisa mais efêmera na floresta, como se ela fosse a mais rara e extraordinária árvore, pois hoje é o que ela é, mas amanhã não será. Todo vento sul que soprar sussurrando através dos galhos vai espalhar um banho de pétalas delgadas. Mas o que importa? Hoje ela é a rainha dos lugares ermos e é sempre hoje na floresta".

– Estou certo de que você se sente muito melhor depois desse desabafo – disse Barney, impiedosamente.

– "Eis um canteiro de dente-de-leão" – disse Valancy, sem se abalar. – "Dentes-de-leão não deveriam crescer na floresta, no entanto. Eles não têm nenhum senso de adequação das coisas. Eles são muito alegres e convencidos. Não têm o mistério e a discrição das verdadeiras flores silvestres."

– Em resumo, eles não têm segredos – disse Barney. – Mas espere um pouco. A floresta fará o que quiser, mesmo com esses inequívocos dentes-de-leão. Em pouco tempo, essa inoportuna e complacente amarelidão terá sumido, e veremos aqui globos enevoados, fantasmagóricos pairando sobre a grama longa, em plena harmonia com as tradições da floresta.

– Uma observação digna de John Foster – provocou Valancy.

– O que eu fiz para merecer um insulto desses? – reclamou Barney.

Um dos primeiros sinais da primavera foi o renascimento de Lady Jane. Barney a tinha colocado em estradas isoladas, onde nenhum carro passava, e eles foram até Deerwood com lama até os eixos. Eles passaram por vários Stirlings, que resmungaram e refletiram que, agora que a primavera havia chegado, eles encontrariam aquele desavergonhado par em todos os lugares. Valancy, vagando pelas lojas de Deerwood, encontrou tio Benjamin na rua; mas ele só percebeu que a garota com sobretudo de gola vermelha, as bochechas coradas com o vento cortante de abril e uma franja de cabelos pretos sobre os olhos amendoados e risonhos era Valancy após dois quarteirões. Quando percebeu isso, tio Benjamin ficou indignado. Que direito tinha Valancy de parecer uma... uma... uma mocinha? O caminho do transgressor era difícil. Tinha que ser. Escritural e apropriado. No entanto, o caminho de Valancy não podia ser difícil. Ela não exibiria aquela aparência se fosse. Havia algo errado. Era quase o bastante para que um homem se tornasse modernista.

Barney e Valancy foram sacolejando até Port, de maneira que já estava escuro quando eles passaram por Deerwood novamente. Ao ver sua antiga casa, Valancy, tomada por um impulso repentino, desceu do carro, abriu o portãozinho e foi na ponta dos pés até a janela da sala de estar. Lá estavam a mãe e a prima Stickles tricotando monótona e obstinadamente. Desconcertantes e inumanas como sempre. Se elas parecessem ao menos um pouco solitárias, Valancy teria entrado. Mas não pareciam. Valancy não as perturbaria por nada neste mundo.

CAPÍTULO 34

Valancy teve dois momentos maravilhosos naquela primavera.

Um dia, voltando para casa pelo bosque, segurando uma braçada de arbustos trepadores e abetos rasteiros, ela viu um homem que reconheceu como Allan Tierney. Allan Tierney, o famoso pintor de belas mulheres. Ele passava o inverno em Nova Iorque, mas possuía um chalé na ilha, no extremo norte de Mistawis, ao qual ele aportava no minuto em que o lago degelava. Tinha a reputação de ser um homem solitário, excêntrico. Ele nunca elogiava suas modelos. Não havia necessidade disso, pois ele não pintaria alguém que exigisse elogios. Ser pintada por Allan Tierney era o maior elogio que uma mulher poderia desejar. Valancy tinha ouvido falar tanto dele que não pôde deixar de virar a cabeça, por cima do ombro, e lançar outro olhar tímido e curioso para ele. Um pálido raio de sol de primavera passou por um grande pinheiro e incidiu em sua cabeça descoberta e seus olhos rasgados. Ela usava um suéter verde-claro e amarrara um ramo de videira em volta dos cabelos negros. A macia fonte de abetos rasteiros transbordava dos seus braços e pendia à sua volta. Os olhos de Tierney brilharam.

– Eu recebi uma visita – disse Barney, na tarde seguinte, quando Valancy voltava de outra peregrinação por flores.

– Quem? – perguntou Valancy, surpresa, mas indiferente. Ela começou a encher uma cesta com arbutos.

– Allan Tierney. Ele quer pintar você, Luar.

– Eu? – Valancy deixou cair sua cesta e seus arbutos. – Você está zombando de mim, Barney.

– Não estou. Foi por isso que Tierney veio. Para pedir permissão de pintar minha esposa como o espírito de Muskoka ou algo assim.

– Mas... mas – gaguejou Valancy – Allan Tierney só pinta... só pinta...

– Mulheres bonitas – concluiu Barney. – Reconheço, Q.E.D.[15], que a senhora Barney Snaith é uma mulher bonita.

– Bobagem – disse Valancy, curvando-se para buscar seus arbutos. – Você sabe que isso é bobagem, Barney. Eu sei que minha aparência é um pouco melhor do que um ano atrás, mas eu não sou bonita.

– Allan Tierney nunca comete um erro – disse Barney. – Você se esquece, Luar, que há diferentes tipos de beleza. Sua mente está obcecada com o tipo mais óbvio, que é o de sua prima Olive. Ah, eu a vi. Ela é um espetáculo. Mas você nunca veria Allan Tierney querer pintá-la. É como diz o horrível porém expressivo dito popular: "Por fora, bela viola; por dentro, pão bolorento". Mas, inconscientemente, você está convencida de que ninguém pode ser bonito sem se parecer com Olive. Além disso, você se lembra do seu rosto como ele era outrora, na época em que ele não podia expressar o brilho de sua alma. Tierney disse algo sobre a curva da sua bochecha quando você olhou por cima do ombro. Você sabe que eu sempre disse que isso era atordoante. E ele ficou completamente maluco com os seus olhos. Se eu não tivesse certeza absoluta de que o interesse dele é meramente profissional (ele é realmente um velho solteirão mau-humorado, sabe?), eu estaria com ciúme.

– Bem, eu não quero ser pintada – disse Valancy. – Espero que você tenha dito isso a ele.

---

15 Do latim, *quod erat demonstrandum*; em tradução livre: "como se queria demonstrar" (N.T.)

– Eu não podia dizer isso a ele. Não sabia o que *você* queria. Mas eu disse a ele que *eu* não queria que minha esposa fosse pintada e pendurada em um salão para ser encarada pela multidão. Pertencer a outro homem. Pois é claro que eu não poderia comprar a pintura. Então, mesmo que você quisesse ser pintada, Luar, seu marido tirano não permitiria. Tierney estava levemente bêbado. Ele não está acostumado a ser recusado. Os pedidos dele quase são como os da realeza.

– Mas nós somos foras da lei – riu Valancy. – Não nos curvamos a nenhum decreto; não reconhecemos nenhuma soberania.

Em seu coração, ela pensou, sem a menor vergonha:

"Gostaria que Olive soubesse que Allan Tierney quis me pintar. *Eu*! A pequena e velha solteirona Valancy Stirling".

Seu segundo momento maravilhoso ocorreu em uma noite de maio. Ela percebeu que Barney realmente gostava dela. Ela sempre esperou que isso acontecesse, mas às vezes ela tinha um medo desagradável e assustador de que ele estivesse sendo gentil, simpático e amável somente por pena; de que, sabendo que ela não tinha muito tempo para viver, estivesse determinado a que ela se divertisse enquanto vivesse; de que, no íntimo de sua mente, estivesse bastante ansioso por recuperar sua liberdade, sem uma mulher intrometida morando em sua ilha e sem uma criatura tagarelando ao lado dele em seus passeios na floresta. Ela sabia que ele jamais poderia amá-la. Ela nem queria que ele fizesse isso. Se ele a amasse, ficaria infeliz quando ela morresse. Valancy nunca se encolheu diante dessa simples palavra; nada de "falecer" para ela. E ela não queria que ele tivesse um minuto de infelicidade. Mas também não queria que ele ficasse feliz ou aliviado com a morte dela. Ela queria que ele gostasse dela e sentisse sua falta, como a de uma boa amiga. Mas ela nunca teve certeza até aquela noite.

Eles haviam caminhado pelas colinas no pôr do sol. Tiveram o prazer de descobrir uma nascente virgem em um buraco de samambaia e beberam juntos dela com um copo de casca de bétula. Depois, encontraram uma velha cerca caindo aos pedaços e ficaram sentados lá por um longo tempo. Eles não conversaram muito, mas Valancy teve uma curiosa sensação de *harmonia*. Ela sabia que não poderia sentir isso se ele não gostasse dela.

– Você é uma coisinha linda – disse Barney de repente. – Ah, como você é linda! Às vezes, sinto que você é linda demais para ser real. Sinto que estou apenas sonhando com você.

"Por que não posso morrer agora, neste exato momento, quando estou tão feliz?", pensou Valancy.

Bem, não poderia demorar tanto tempo agora. De alguma forma, Valancy sempre sentiu que viveria o ano que o doutor Trent havia previsto. Ela não tinha sido cuidadosa; nunca tentou ser. Mas, de alguma forma, ela sempre confiou que viveria aquele seu ano. Ela não se permitia pensar nisso. Mas agora, sentada ao lado de Barney, segurando a mão dele, uma súbita compreensão lhe ocorreu. Ela não sofria com dores no coração havia muito tempo – pelo menos dois meses. A última tinha sido duas ou três noites antes de Barney sair na tempestade. Desde então, ela nem se lembrava de que tinha um coração. Bem, sem dúvida, isso indicava a proximidade do fim. A natureza havia desistido da luta. Não haveria mais dor.

"Receio que o céu seja muito enfadonho depois do ano que passei", pensou Valancy. "Mas talvez ninguém se lembre de nada. Não seria bom? Não, não. Eu não quero esquecer Barney. Prefiro estar infeliz no céu me lembrando dele a ser feliz esquecendo-o. E eu sempre lembrarei, por toda a eternidade, que ele realmente, *realmente* gostou de mim."

CAPÍTULO 35

Às vezes, trinta segundos podem demorar muito. É tempo suficiente para ocorrer um milagre ou uma revolução. Em trinta segundos, a vida mudou completamente para Barney e Valancy Snaith.

Eles haviam percorrido o lago em uma tarde de junho, no velho barco a motor, pescado por uma hora em um pequeno riacho, deixado o barco ali e caminhado pela floresta até Port Lawrence, três quilômetros à frente. Valancy andou um pouco pelas lojas e comprou um novo par de sapatos acolchoados. Seu velho par havia cedido de repente, por completo, e naquela tarde ela fora obrigada a calçar um belo par de sapatinhos de couro envernizado com saltos altos e finos, que ela havia comprado durante o inverno, em um ataque de loucura, por causa da beleza dele e porque queria fazer uma compra tola e extravagante em sua vida. Às vezes, ela os usava à noite, no Castelo Azul, mas era a primeira vez que ela os calçava para sair. Não achou muito fácil caminhar pela floresta com eles, e Barney caçoou impiedosamente dela por isso. Mas, apesar da inconveniência, Valancy intimamente gostava da aparência de seus tornozelos finos naqueles belos e tolos sapatos e não os trocou na loja, como poderia ter feito.

O sol estava pairando sobre os pinheiros quando eles deixaram Port Lawrence. Ao norte, a floresta se fechou subitamente em volta da cidade. Valancy sempre teve a sensação de passar de um mundo para outro, da realidade para o reino encantado, quando saía de Port Lawrence e, em um piscar de olhos, ela percebia que o mundo havia ficado para trás, separado pelo exército de pinheiros.

A quase três quilômetros de Port Lawrence, havia uma pequena estação de trem com um pequeno abrigo que, àquela hora do dia, estava deserta, já que nenhum trem local era esperado. Não havia uma alma à vista quando Barney e Valancy emergiram da floresta. À esquerda, uma curva repentina na pista o ocultava, mas, adiante, por cima das copas das árvores, a comprida coluna de fumaça indicava a aproximação de um trem. Os trilhos vibravam com estrondo quando Barney saiu deles. Valancy estava poucos passos atrás dele, demorando para colher campânulas ao longo do pequeno e sinuoso caminho. Mas havia tempo de sobra antes de o trem chegar. Ela pisou sem preocupações no primeiro trilho.

Ela não conseguiria dizer como tudo aconteceu. Ela sempre se lembraria dos trinta segundos seguintes como um pesadelo caótico em que suportou a agonia de mil vidas.

O salto de seu lindo e tolo sapato ficou preso em uma fenda do trilho. Ela não conseguia soltá-lo. "Barney! Barney!", ela chamou, alarmada. Barney virou-se e compreendeu a situação. Viu o rosto pálido dela e voltou correndo. Tentou puxá-la para longe, tentou libertar o pé dela. Em vão. Em um instante, o trem faria a curva e estaria sobre eles.

– Vá! Vá logo! Você será morto, Barney! – gritou Valancy, tentando empurrá-lo.

Barney caiu de joelhos, branco como um fantasma, e pôs-se a desfazer freneticamente o laço do sapato. O nó resistiu a seus dedos trêmulos. Ele pegou uma faca do bolso e cortou-o. Valancy ainda se esforçou cegamente em afastá-lo dali. Sua mente havia sido tomada pelo horrível pensamento de que Barney seria morto. Ela não pensou no perigo que corria.

– Barney, vá! Vá! Pelo amor de Deus, vá logo!

– Nunca! – murmurou Barney, entre os dentes. Ele deu um violento puxão no laço. Quando o trem trovejou na curva, Barney se levantou e agarrou Valancy, arrastando-a para longe e deixando o sapato para trás. O trem que passava soprou seu bafo frio no suor que escorria do rosto dele.

– Graças a Deus! – sussurrou ele.

Por um momento, eles ficaram se encarando estupidamente, duas criaturas pálidas, abaladas, de olhos arregalados. Então foram tropeçando até o pequeno banco no fim da estação e lá desabaram. Barney enterrou o rosto nas mãos e não disse uma palavra sequer. Valancy sentou-se, olhando sem ver para os grandes pinheiros à sua frente, os tocos da clareira, os compridos e reluzentes trilhos. Havia apenas um pensamento em sua mente atordoada, um pensamento que parecia queimar como se consumisse todo o seu corpo.

O doutor Trent havia lhe dito, fazia mais de um ano, que ela tinha uma forma grave de doença cardíaca e que qualquer excitação poderia ser fatal.

Se era assim, por que ela não estava morta? Por que não morreu naquele minuto? Ela tinha acabado de vivenciar uma terrível emoção naqueles intermináveis trinta segundos, mais do que a maioria das pessoas experimenta em uma vida inteira. Ainda assim, não morreu disso. Ela não se sentia nem um pouco pior. Com as pernas um pouco trêmulas, como qualquer um estaria nessa situação; com os batimentos cardíacos acelerados, como qualquer um estaria; e nada mais.

Ora!

Seria possível que o doutor Trent tivesse cometido um erro?

Valancy estremeceu como se um vento frio houvesse repentinamente gelado sua alma. Ela olhou para Barney, curvado a seu lado. Seu

O Castelo Azul

silêncio era muito eloquente: será que o mesmo pensamento lhe ocorrera? Será que subitamente ele viu-se confrontado com a terrível suspeita de que estava casado não por alguns meses ou um ano, mas para todo o sempre com uma mulher que ele não amava e que se impôs a ele por truques ou mentiras? Valancy ficou transtornada diante do horror da situação. Não podia ser. Seria muito cruel, muito diabólico. O doutor Trent *não poderia* ter se enganado. Impossível. Ele era um dos melhores especialistas em coração de Ontário. Ela era uma tola; estava nervosa com o horror pelo qual acabara de passar. Ela se lembrou de espasmos de dor lancinantes que havia sentido. Devia haver algo sério com seu coração para justificá-los.

Mas ela não os sentia fazia quase três meses.

Ora!

Pouco tempo depois, Barney começou a se mexer. Ele se levantou, sem olhar para Valancy, e disse casualmente:

– Acho que é melhor voltarmos. O sol está baixando. Você está bem para andar o resto do caminho?

– Acho que sim – disse Valancy miseravelmente.

Barney atravessou a clareira e pegou o pacote que havia deixado cair – o pacote contendo seus sapatos novos. Ele o entregou a ela e, enquanto Valancy o desembrulhava e calçava os sapatos sem nenhuma ajuda, ele permaneceu de costas para ela, olhando para os pinheiros.

Eles caminharam em silêncio pela trilha sombria até o lago. Em silêncio, Barney pilotou seu barco até o milagre crepuscular que era Mistawis. Em silêncio, contornaram promontórios macios, baías de coral e rios prateados onde canoas deslizavam para cima e para baixo no brilho da tarde. Em silêncio, passaram por chalés que ecoavam música e risadas. Em silêncio, pararam no local de desembarque abaixo do Castelo Azul.

Valancy subiu os degraus de pedra e entrou na casa. Ela desabou tristemente na primeira cadeira que viu e ficou sentada, olhando pela janela envidraçada, alheia ao frenético ronronar de alegria de Sortudo e aos furiosos olhares de protesto de Banjo contra a ocupação de sua cadeira.

Barney chegou alguns minutos depois. Ele não se aproximou, mas ficou atrás dela e perguntou suavemente se ela se sentiu mal durante a experiência. Valancy daria seu ano de felicidade para ser capaz de responder honestamente "Sim".

– Não – disse ela categoricamente.

Barney foi para a Câmara do Barba Azul e fechou a porta. Ela o ouviu andar para lá e para cá, para lá e para cá. Ele nunca tinha andado assim antes.

E uma hora atrás, apenas uma hora atrás, ela estava tão feliz!

CAPÍTULO 36

Finalmente Valancy foi para a cama. Antes de ir, releu a carta do doutor Trent. Ela a confortou um pouco. Tão categórica. Tão taxativa. A letra tão negra e firme. Não era a letra de um homem que não conhecia o assunto sobre o qual escrevia. Mas ela não conseguiu dormir. Fingiu dormir quando Barney entrou no quarto. Barney também fingiu dormir. Mas Valancy sabia perfeitamente bem que ele estava dormindo tanto quanto ela. Ela sabia que ele estava deitado lá, olhando através da escuridão. Pensando em quê? Tentando enfrentar o quê?

Valancy, que havia passado tantas horas felizes, acordada à noite ao lado daquela janela, agora pagava o preço de todas elas nessa única noite de infelicidade. Um fato horrível e portentoso surgia lentamente diante dela, de uma névoa de suspeita e medo. Ela não conseguia fechar os olhos a ele, afastá-lo, ignorá-lo.

Nada devia haver de errado com seu coração, apesar do que o doutor Trent havia dito. Se houvesse, aqueles trinta segundos a teriam matado. Não adiantava lembrar-se da carta e da reputação do doutor. Os melhores especialistas às vezes cometiam erros. O doutor Trent cometeu um.

Até acordar, na manhã seguinte, Valancy teve um sono irregular, com uma série de sonhos absurdos. Em um deles, Barney a provocava por tê-lo enganado. No seu sonho, ela perdeu a paciência e golpeou-o violentamente na cabeça com seu rolo de massa. Acontece que, no sonho, ele era feito de vidro e partiu-se em pedacinhos, que se espalharam pelo chão. Ela acordou com um grito de horror, seguido de um suspiro de alívio, uma risada curta com o absurdo do seu sonho e com uma triste e desgostosa lembrança do que acontecera.

Barney havia partido. Valancy soube, como às vezes as pessoas sabem das coisas – inevitavelmente, sem serem informadas –, que ele não estava em casa ou na Câmara do Barba Azul. Havia um curioso silêncio na sala de estar. Um silêncio com um quê de inquietante. O velho relógio parara. Barney devia ter se esquecido de dar corda nele, algo que nunca acontecera. O aposento parecia morto sem o relógio, apesar de o sol fluir através da janela envidraçada e de bolinhas de luz das ondas que dançavam adiante estremecerem pelas paredes.

A canoa havia sumido, mas Lady Jane estava sob as árvores do continente. Então Barney tinha se refugiado na floresta. Ele só voltaria à noite. Talvez nem voltasse. Ele devia estar com raiva dela. Aquele furioso silêncio devia significar raiva – um frio, profundo e justificável ressentimento. Bem, Valancy sabia o que ela deveria fazer primeiro. Ela não estava sofrendo muito, por enquanto. O curioso torpor que envolvia o seu ser ainda era, de algum modo, pior que dor. Era como se algo nela houvesse morrido. Ela se forçou a cozinhar e comeu um pequeno desjejum. Mecanicamente, ela colocou o Castelo Azul em perfeita ordem.

Depois colocou o chapéu e o casaco, trancou a porta, escondeu a chave no buraco oco do velho pinheiro e atravessou o Mistawis no barco a motor. Ela estava a caminho de Deerwood para ver o doutor Trent. Ela precisava *saber*.

CAPÍTULO 37

O doutor Trent olhou para ela inexpressivamente e vasculhou suas lembranças.

– Senhorita... Senhorita...

– Senhora Snaith – disse Valancy, com calma. – Eu era a senhorita Valancy Stirling quando vim vê-lo em maio passado, há mais de um ano. Eu queria consultá-lo sobre o meu coração.

O rosto do doutor Trent desanuviou-se.

– Ah, é claro. Eu me lembro agora. De fato não sou o culpado por não a reconhecer. A senhorita está mudada, esplendidamente mudada. E casou-se. Sim, sim, o casamento lhe caiu muito bem. A senhorita não parece uma inválida agora, hein? Eu me lembro daquele dia. Fiquei terrivelmente preocupado. Ouvir sobre o pobre Ned me deixou aturdido. Mas agora o Ned está novo em folha, e a senhorita também, evidentemente. Eu lhe disse, sabe, eu lhe disse que não havia nada com que se preocupar.

Valancy olhou para ele.

– O senhor escreveu, em sua carta – disse ela lentamente, com a curiosa sensação de que outra pessoa falava através dos seus lábios –, que eu tinha angina no último estágio, agravada por um aneurisma. Que eu podia morrer a qualquer momento. Que eu não viveria por mais de um ano.

O doutor Trent olhou para ela.

– Impossível! – disse ele, inexpressivamente. – Eu não poderia ter lhe dito isso!

Valancy pegou a carta da bolsa e a entregou a ele.

– Senhorita Valancy Stirling – ele leu. – Sim, sim. Claro que eu escrevi para você, no trem, naquela noite. Mas eu lhe *disse* que não havia nada sério.

– Leia a carta – insistiu Valancy.

O doutor Trent pegou a carta, abriu-a e a leu com rapidez. Um olhar consternado surgiu em seu rosto. Ele levantou-se de imediato e começou a caminhar agitadamente pela sala.

– Meu bom Deus! Esta é a carta que eu devia ter enviado à velha senhorita Jane Sterling. De Port Lawrence. Ela esteve aqui naquele dia também. Eu lhe enviei a carta errada. Que descuido imperdoável! Mas eu estava fora de mim naquela noite. Meu Deus, e a senhorita acreditou que... acreditou... Não, não pode ter acreditado... A senhorita foi a outro médico?

Valancy levantou-se, virou-se, olhou estupidamente à sua volta e sentou-se de novo.

– Eu acreditei no senhor – disse ela, fracamente. – Não fui a nenhum outro médico. Eu... eu... levaria muito tempo para explicar, mas eu acreditei que morreria logo.

O doutor Trent parou diante dela.

– Nunca poderei me perdoar. Que ano você deve ter tido! Mas a senhorita não procurou outro... Eu não consigo entender!

– Não importa – disse Valancy, estupidamente. – Então nada há de errado com o meu coração?

– Bem, nada sério. Você teve o que chamam de pseudoangina. Nunca é fatal. Pode ser completamente curada com o tratamento adequado.

Ou por vezes com um choque de felicidade. A senhorita sentiu-se mal muitas vezes?

– Não sinto nada desde março – respondeu Valancy. Ela lembrou-se do maravilhoso sentimento de renascimento que teve ao ver Barney chegar em casa seguro após a tempestade. Será que aquele "choque de felicidade" a curara?

– Então é provável que a senhorita esteja curada. Eu lhe disse o que fazer na carta que a senhorita deveria ter recebido. *E* é claro que imaginei que iria consultar outro médico. Criança, por que não fez isso?

– Eu não queria que ninguém soubesse.

– Que idiotice – disse o doutor Trent, francamente. – Eu não consigo entender uma coisa dessas. E a pobre senhorita Sterling. Ela deve ter recebido a sua carta, a qual dizia que nada havia de errado com ela. Bem, bem, não teria feito grande diferença. O caso dela era incurável. Nada do que ela fizesse ou deixasse de fazer poderia fazer diferença. Fiquei surpreso por ela ter vivido tanto... dois meses. Ela veio aqui naquele dia, não muito antes da senhorita. Eu detestei ter de dizer a verdade a ela. A senhorita acha que eu sou um velho rabugento, que fala sem rodeios, e eu não faço *mesmo* rodeios em minhas cartas. Não posso suavizar as coisas. Mas sou um covarde chorão quando tenho de dizer a uma mulher, face a face, que ela vai morrer em breve. Eu disse a ela que iria analisar algumas características do caso sobre as quais eu ainda não tinha muita certeza e que a avisaria no dia seguinte. Mas você recebeu a carta dela. Veja aqui: "Querida Senhorita S-t-*e*-r-l-i-n-g".

– Sim. Eu notei isso. Mas pensei que fosse um erro. Eu não sabia que havia uma Sterling em Port Lawrence.

– Ela era a única. Uma alma velha e solitária. Vivia sozinha com uma pequena criada. Ela morreu dois meses depois de vir aqui. Morreu dormindo. Meu erro não teria feito nenhuma diferença para ela. Mas a senhorita! Não posso me perdoar por ter lhe infligido um ano de sofrimento. Vejo que está na hora de me aposentar quando faço coisas assim. Mesmo que meu filho fosse fatalmente ferido. A senhorita poderá um dia me perdoar?

Um ano de sofrimento! Valancy deu um sorriso torto enquanto pensava em toda a felicidade que o erro do doutor Trent lhe trouxera. Mas ela estava pagando por isso agora – ah, ela estava pagando. Se sentir era viver, ela estava vivendo com a vingança.

Ela deixou o doutor Trent examiná-la e respondeu a todas as perguntas dele. Quando ele disse que ela estava com uma saúde de ferro e que provavelmente viveria até os cem, ela se levantou e foi embora em silêncio. Ela sabia que havia muitas coisas horríveis lá fora esperando para serem pensadas. O doutor Trent achou que ela era estranha. Qualquer um teria pensado, por seus olhos desesperançados e seu rosto abatido, que ele lhe dera uma sentença de morte em vez de uma sentença de vida. Snaith? Snaith? Com quem diabos ela havia se casado? Ele nunca tinha ouvido falar de nenhum Snaith em Deerwood. E ela tinha sido uma solteirona tão pequena, amarelada e esmaecida... e magricela também. Mas o casamento *fizera* diferença para ela, de todo modo, independentemente de quem fosse Snaith. Snaith? O doutor Trent se lembrou. Aquele patife "lá de cima"! Como Valancy Stirling acabou casando com *ele*? E sua família permitiu uma coisa dessas! Bem, provavelmente isso resolvia o mistério. Casou-se às pressas e agora se arrependeu, e foi por esse motivo que ela não ficou muito feliz ao saber que tinha uma boa perspectiva para um seguro de vida, afinal de contas. Casada! Com sabe Deus quem! Ou o quê! Com um criminoso? Golpista? Fugitivo da justiça? Devia ser muito ruim para que ela visse a morte como uma libertação, pobre menina. Mas por que as mulheres eram tão tolas? Doutor Trent afastou Valancy de sua mente, embora até o dia de sua morte ele sentisse vergonha de ter colocado as cartas nos envelopes errados.

CAPÍTULO 38

Valancy caminhou com rapidez pelas ruas secundárias e pela Lover's Lane. Ela não queria encontrar nenhum conhecido. Ela nem sequer queria se deparar com desconhecidos. Ela odiaria ser vista. Sua mente estava tão confusa, tão dividida, tão bagunçada. Sentiu que sua aparência também devia estar assim. Ela soltou um soluçante suspiro de alívio quando deixou o vilarejo para trás e viu-se na estrada "lá de cima". As chances de encontrar alguém que ela conhecesse agora eram muito baixas. Os carros que passaram velozmente por ela, com gritos estridentes, estavam cheios de estranhos. Um deles estava apinhado de jovens, que cantavam ruidosamente:

"Minha esposa está com febre, ah, e agora? / Minha esposa está com febre, ah, e agora? / Minha esposa está com febre / E eu espero que não passe, pois eu quero ficar solteiro sem demora".

Valancy encolheu-se como se um deles tivesse se inclinado no carro e cortado seu rosto com um chicote.

Ela tinha feito um pacto com a morte, e a morte a enganou. Agora a vida zombava dela. Ela havia colocado Barney em uma armadilha. Fez com que ele se casasse com ela. E era tão difícil conseguir um divórcio em Ontário... Tão caro... E Barney era pobre.

Com a vida, o medo voltou a seu coração. Um medo aterrador. Medo do que Barney pensaria. Do que ele diria. Medo do futuro que precisava ser vivido sem ele. Medo da sua ultrajada, repudiada família.

Ela tomou um gole de uma divina taça, e agora esta era arrancada de seus lábios. Sem a morte gentil e amigável para resgatá-la. Ela deveria continuar vivendo e ansiando por ela. Tudo foi estragado, conspurcado, desfigurado. Mesmo aquele ano no Castelo Azul. Até o seu despudorado amor por Barney. Tinha sido lindo, porque a morte a esperava. Agora era apenas sórdido, porque a morte não mais viria. Como alguém poderia suportar algo insuportável?

Ela precisava voltar e contar a ele. Fazê-lo acreditar que ela não pretendia enganá-lo. Ela *precisava* convencê-lo a acreditar nisso. Precisava dizer adeus a seu Castelo Azul e voltar para a casa de tijolos na Elm Street. Voltar para tudo que ela pensou ter abandonado para sempre. A velha escravidão, os velhos medos. Mas isso não importava. Tudo o que importava agora era que Barney de algum modo acreditasse que ela não o enganara conscientemente.

Quando Valancy alcançou os pinheiros à beira do lago, foi despertada do seu torpor de sofrimento por uma visão surpreendente. Lá, estacionado ao lado da velha, gasta e combalida Lady Jane, havia outro carro. Um carro formidável. Um carro roxo. Não de um roxo-escuro, majestoso, mas de um roxo gritante, descarado. Brilhava como um espelho, e seu interior indicava claramente que ele pertencia a uma casta como a dos Vere de Vere[16]. No assento do motorista estava sentado um altivo chofer de libré. E no banco traseiro havia um homem que abriu a porta e saltou agilmente quando viu Valancy descer, a caminho do local de desembarque. Ele ficou embaixo dos pinheiros, esperando por ela, e Valancy reparou em cada detalhe da sua figura.

---

16 Referência ao poema "Lady Clara Vere de Vere", de Alfred Tennyson, sobre uma família de aristocratas, que inclui muitas referências a nobreza, brasões, etc. (N.T.)

Era um homem robusto, baixo e gordinho, com um rosto largo, rubicundo e bem-humorado – um rosto barbeado, embora um diabinho irrefreável, na mente paralisada de Valancy, sugerisse o seguinte pensamento: "Um rosto como esse deveria ser guarnecido por umas suíças". Óculos antiquados, com aros de aço em olhos azuis protuberantes. Uma boca carnuda; nariz um pouco redondo, saliente. Onde... onde... onde ela tinha visto aquele rosto antes? Valancy tentava buscar na memória. Ele lhe parecia tão familiar quanto seu próprio rosto.

O estranho usava um chapéu verde e um sobretudo castanho-claro sobre um terno de padrões quadriculados. Sua gravata era verde brilhante, de um tom mais claro. Na mão rechonchuda que ele estendeu para interceptar Valancy, um enorme diamante piscou para ela. Mas ele tinha um sorriso agradável, paternal, e, em sua voz cordial e não modulada, havia um toque de algo que a atraía.

– Poderia me dizer, senhorita, se aquela casa pertence a um certo senhor Redfern? E, se sim, como posso chegar até lá?

Redfern! Uma visão de garrafas parecia dançar diante dos olhos de Valancy: grandes garrafas de gosto amargo, garrafas redondas de tônico capilar, garrafas quadradas de unguento, pequenas e corpulentas garrafinhas de pílulas roxas, e todas elas exibiam nos rótulos aquele mesmo rosto muito próspero e reluzente de lua cheia, com óculos de aro de aço. Doutor Redfern!

– Não – disse Valancy, fracamente. – Não. Essa casa pertence ao senhor Snaith.

O doutor Redfern assentiu.

– Sim, soube que Bernie adotou para si o sobrenome Snaith. Bem, é o nome do meio. Era de sua pobre mãe. Bernard Snaith Redfern é seu nome completo. E agora, senhorita, pode me dizer como chegar até aquela ilha? Não parece haver alguém na casa. Eu gritei e fiz alguns acenos. Henry, aquele ali, não gritaria. Ele é homem de um trabalho só. Mas o velho Doc Redfern ainda pode gritar a plenos pulmões e não tem vergonha de fazê-lo. Ninguém respondeu. Só consegui espantar um par de corvos. Creio que Bernie resolveu passar o dia fora.

– Ele estava fora quando saí hoje de manhã – disse Valancy. – Suponho que ainda não tenha voltado para casa.

Ela falou com uma voz fraca e débil. Este último choque a privara temporariamente do pouco poder de raciocínio que lhe fora deixado pela revelação do doutor Trent. No fundo de sua mente, o já mencionado diabinho repetia zombeteiramente um velho e bobo provérbio: "Nunca chove, mas, quando chove, transborda". Mas ela não estava tentando pensar. Qual era a utilidade disso?

O doutor Redfern estava olhando para ela, perplexo.

– Quando saiu hoje de manhã? Você mora ali?

Ele apontou com seu diamante para o Castelo Azul.

– É claro – disse Valancy estupidamente. – Eu sou a esposa dele.

O doutor Redfern puxou um lenço de seda amarela, tirou o chapéu e enxugou a testa. Ele era muito careca, e o diabinho de Valancy sussurrou: "Por que ser careca? Por que perder sua beleza varonil? Tente o tônico Vigor Capilar de Redfern. Vai mantê-lo jovem".

– Com licença – disse o doutor Redfern. – Isso é um choque para mim.

– Os choques parecem estar no ar nesta manhã – disse o diabinho em voz alta, antes que Valancy pudesse impedi-lo.

– Eu não sabia que Bernie estava casado. Eu não imaginei que ele *fosse* se casar sem contar a seu velho pai.

Os olhos do doutor Redfern estavam embaçados? Em meio a seu próprio e abafado sofrimento, medo e pavor, Valancy sentiu uma pontada de pena por ele.

– Não o culpe por isso – disse ela, apressadamente. – Não foi culpa dele. Foi tudo obra minha.

– Você não o pediu em casamento, imagino eu – piscou o doutor Redfern. – Ele poderia ter me avisado. Eu já estaria familiarizado com minha nora se ele tivesse feito isso. Mas estou feliz em conhecê-la agora, minha querida. Muito feliz. Você me parece uma jovem sensata. Eu costumava ter medo de que Barney escolhesse um belo rabo de saia só por causa de sua boa aparência. Todas corriam atrás dele, é claro. Queriam o dinheiro dele? Hein? Não gostavam das pílulas e do digestivo, mas gostavam dos dólares. Hein? Queriam mergulhar seus belos dedinhos nos milhões do velho Doc. Hein?

– Milhões! – disse Valancy fracamente. Ela desejou poder sentar-se em algum lugar. Desejou ter a chance de pensar. Desejou que ela e o Castelo Azul afundassem no Mistawis e desaparecessem da vista humana para sempre.

– Milhões – disse o doutor Redfern, complacente. – E Bernie os joga fora por... por isso. – Mais uma vez, ele apontou seu diamante desdenhosamente para o Castelo Azul. – Você não acha que ele seria mais razoável? E tudo por causa de uma garota. De qualquer forma, ele deve ter superado *esse* sentimento, já que se casou. Você deve persuadi-lo a voltar à civilização. É um absurdo que ele desperdice a vida assim. Não vai me levar até sua casa, minha querida? Suponho que você tenha uma maneira de chegar lá.

– É claro – disse Valancy estupidamente. Ela o guiou até a pequena enseada onde o decrépito barco a motor estava amarrado.

– O seu... o seu motorista também quer vir?

– Quem? Henry? Não mesmo. Olhe para ele, ali sentado, com um olhar de reprovação. Ele desaprova toda essa expedição. A trilha que sai da estrada quase o fez ter um acesso de fúria. Bem, *era* uma estrada diabólica para se estacionar um carro. De quem é aquele velho ônibus lá em cima?

– Do Barney.

– Bom Deus! Bernie Redfern dirige essa coisa? Parece a trisavó de todos os Fords.

– Não é um Ford. É um Gray Slosson – disse Valancy, irritada. Por algum motivo oculto, o bem-humorado gracejo que o doutor Redfern fez sobre a boa e velha Lady Jane deixou-a mortalmente ofendida, como se alguém zombasse dela, de sua vida. Uma vida que era só sofrimento, mas, ainda assim, uma *vida*. Melhor que a horrível meia-morte e meia-vida dos últimos minutos... ou anos. Ela acenou secamente para o doutor Redfern, mostrando o barco, e o levou até o Castelo Azul. A chave ainda estava no velho pinheiro. A casa ainda estava silenciosa e deserta. Eles passaram pela sala de estar, e Valancy levou o médico até a varanda oeste.

Ela deveria, pelo menos, estar fora de casa, onde havia ar. Ainda estava ensolarado, mas a sudoeste uma grande nuvem carregada, com cristas brancas e coléricas sombras púrpura, formava-se lentamente sobre o Mistawis. O médico sentou-se com um suspiro em uma cadeira rústica e enxugou a testa novamente.

– Quente, hein? Senhor, que vista! Gostaria de saber se isso amaciaria Henry se ele pudesse vê-la.

– O senhor já jantou? – perguntou Valancy.

– Sim, minha querida, antes de sairmos de Port Lawrence. Não sabia que espécie de caverna de eremita encontraríamos, sabe? Não fazia ideia de que iria conhecer uma boa nora aqui, disposta a me preparar uma refeição. Gatos, hein? Gatinho, gatinho! Veja isso. Os gatos me amam. Bernie sempre gostou de gatos! É a única coisa que ele puxou de mim. Ele é igualzinho à pobre mãe dele.

Valancy pensava distraidamente que Barney devia parecer-se com a mãe. Ela permaneceu de pé, junto aos degraus, mas o doutor Redfern acenou para que se sentasse na cadeira de balanço.

– Sente-se, querida. Nunca fique em pé quando puder sentar. Quero dar uma boa olhada na esposa de Barney. Bem, bem, seu rosto me agrada. Não é nenhuma beldade. Espero que não se importe se eu disser isso. É sensata o bastante para saber, creio eu. Sente-se.

Valancy sentou-se. Ser obrigada a ficar quieta enquanto a agonia mental nos impele a andar a passos largos para lá e para cá é o requinte da tortura. Todo nervo em seu ser clamava por estar sozinho, por estar escondido. Mas ela teve de sentar e ouvir o doutor Redfern, que não se importava nem um pouco em falar.

– Quando você acha que Bernie estará de volta?

– Eu não sei. Não antes de anoitecer, provavelmente.

– Aonde ele foi?

– Eu também não sei. Provavelmente para a floresta, lá atrás.

– Então ele também não lhe conta suas idas e vindas? Bernie sempre foi um jovem diabinho, cheio de segredos. Nunca o entendi. Igualzinho à pobre mãe dele. Mas eu pensei muito nele. Dói-me quando ele desaparece assim, como ele fez. Onze anos atrás. Não vejo meu garoto há onze anos.

– Onze anos! – Valancy ficou surpresa. – Faz apenas seis desde que ele veio para cá.

– Oh, ele estava no Klondike antes disso. E em todo o mundo. Ele costumava me escrever uma linha de vez em quando. Nunca dando alguma pista de onde ele estava; somente uma linha para dizer que estava bem. Suponho que ele tenha lhe contado tudo sobre isso.

– Não. Não sei nada da vida passada dele – disse Valancy, com repentina ansiedade. Ela queria saber. Precisava saber agora. Antes isso não tinha importância. Agora ela precisava saber tudo. E nunca ouviria da boca de Barney. Talvez ela nunca mais o visse novamente. Se isso acontecesse, não seria para falar do passado dele. – O que aconteceu? Por que ele saiu de casa? Diga-me. Diga-me.

– Bem, não há muito que contar. Apenas um jovem tolo furioso por causa de uma briga com sua namorada. Acontece que Bernie era um tolo teimoso. Sempre foi teimoso. Você não podia obrigar aquele garoto a fazer o que ele não queria. Desde o dia em que nasceu. No entanto, ele sempre foi um rapazinho calmo e gentil também. Valia ouro. A pobre mãe dele morreu quando ele tinha apenas dois anos de idade. Eu tinha acabado de começar a ganhar dinheiro com meu Vigor Capilar.

Eu sonhei com a fórmula, sabe? Que sonho, aquele. O dinheiro começou a entrar sem parar. Bernie tinha tudo o que queria. Enviei-o para as melhores escolas... escolas particulares. Eu pretendia fazer dele um cavalheiro. Eu mesmo nunca tive essa oportunidade. Queria que ele tivesse todas as oportunidades. Ele formou-se na McGill. Com honras e tudo. Eu queria que ele estudasse advocacia. Ele ansiava por estudar jornalismo e coisas assim. Queria que eu lhe comprasse um jornal ou financiasse a publicação do que ele chamava de "uma Revista Canadense verdadeira, digna e honesta até o talo". Suponho que eu teria feito isso. Sempre fiz tudo o que ele queria. Ele não era o meu motivo de viver? Eu queria que ele fosse feliz. E ele nunca estava feliz. Você consegue acreditar? Não que ele tenha dito isso. Mas eu sempre tive a sensação de que ele não estava feliz. Tudo o que ele queria, todo o dinheiro que ele podia gastar, sua própria conta bancária, viagens, a chance de ver o mundo, mas ele não estava feliz. Não até se apaixonar por Ethel Traverse. Então ele ficou feliz por um algum tempo.

A nuvem havia chegado ao sol, e uma grande e fria sombra roxa surgiu rapidamente sobre o Mistawis. Chegou ao Castelo Azul. Passou por ele. Valancy estremeceu.

– Como ela era? – perguntou Valancy, com dolorosa ansiedade, embora cada palavra ferisse seu coração.

– A garota mais bonita de Montreal – disse Redfern. – Ah, ela era atraente, sim. Hein? Cabelos dourados, brilhantes como seda, lindos, olhos negros grandes e suaves, e a pele como leite e rosas. Não me admira que Bernie tenha se apaixonado por ela. E tinha cérebro também. *Ela* não era um rabo de saia qualquer. Bacharel em Artes pela McGill. E bem-nascida também. Uma das melhores famílias da cidade. Mas um pouco perdulária. Eh! Bernie ficou louco por ela. O tolo mais feliz que você já viu. E então veio a discussão.

– O que aconteceu? – Valancy havia tirado o chapéu e distraidamente enfiava nele um alfinete e retirava. Sortudo ronronava a seu lado.

Banjo observava o doutor Redfern com suspeita. Nip e Tuck estavam grasnando preguiçosamente nos pinheiros. O Mistawis seduzia. Estava tudo igual. Nada estava igual. Fazia cem anos desde ontem. Ontem, àquela hora, ela e Barney estavam rindo e comendo um jantar tardio bem ali. Rindo? Valancy sentiu que nunca mais riria outra vez. Ou choraria. Ela não tinha mais utilidade para nada daquilo.

– Sabe Deus o motivo, minha querida. Alguma discussão idiota, eu suponho. Bernie simplesmente foi embora, desapareceu. Ele me escreveu do Yukon. Disse que o noivado estava rompido e que ele não voltaria mais. E que eu não devia tentar encontrá-lo, porque ele não voltaria mais. Eu não fiz isso. Qual seria a utilidade? Eu conhecia Bernie. Eu continuei acumulando dinheiro, porque não havia mais nada a fazer. Mas eu fiquei terrivelmente solitário. Eu só vivia para ler aquelas pequenas linhas de Bernie de vez em quando. Klondike, Inglaterra, África do Sul, China, tantos lugares... Eu pensei que talvez ele voltasse um dia para seu velho e solitário pai. E então, seis anos atrás, as cartas pararam de chegar. Eu não ouvi uma palavra dele ou sobre ele até o último Natal.

– Ele escreveu?

– Não. Mas redigiu um cheque no valor de quinze mil dólares. O gerente do banco é um amigo meu, um dos meus maiores acionistas. Ele me prometeu que sempre me avisaria se Bernie passasse algum cheque. Bernie tinha cinquenta mil dólares em sua conta bancária. E nunca havia tocado em um centavo até o último Natal. O cheque foi feito para a Aynsley's, em Toronto.

– Aynsley's? – Valancy ouviu-se dizer. Havia uma caixa em sua penteadeira com o nome Aynsley gravado.

– Sim. A grande joalheria da cidade. Após pensar um pouco, fiquei agitado. Queria localizar Bernie. Eu tinha um motivo especial para isso. Estava na hora de Bernie desistir dessa tolice de vagabundear por aí e criar juízo. Aquele cheque de quinze mil significava que havia algo no ar. O gerente conversou com os Aynsleys – a esposa dele era uma Aynsley

– e descobriu que Bernard Redfern havia comprado um colar de pérolas lá. O endereço que ele informou foi Caixa Postal 444, Port Lawrence, Muskoka, Ontário. Primeiro pensei em escrever. Então pensei em esperar até a estação permitir a passagem de carros e vim pessoalmente. Não havia sentido em escrever. Eu viajei de carro de Montreal. Cheguei a Port Lawrence ontem. Fiz algumas perguntas nos correios. Disseram-me que nunca tinham ouvido falar de Bernard Snaith Redfern, mas que havia um Barney Snaith com uma caixa postal lá. Vivia em uma ilha por esses lados, eles disseram. Então aqui estou. E onde está Barney?

Valancy tocou no colar. Estava usando quinze mil dólares em volta do pescoço. E ela tinha se preocupado, achando que Barney pagara quinze dólares por ele e que não podia bancar esse valor. Subitamente, ela caiu na gargalhada diante do doutor Redfern.

– Desculpe. É tão divertido – disse a pobre Valancy.

– Não é? – disse o doutor Redfern, vendo uma piada, mas não entendendo exatamente a sua hilariedade. – Bem, você me parece uma jovem sensata, e ouso dizer que tem bastante influência sobre Bernie. Não o pode fazer voltar para a civilização e viver como as outras pessoas? Eu tenho uma casa lá em cima. Grande como um castelo. Mobiliada como um palácio. Quero companhia para viver nela: a esposa de Bernie, os filhos de Bernie.

– Ethel Traverse já se casou? – perguntou Valancy.

– Deus a abençoe, sim. Dois anos após o levante de Bernie. Mas agora está viúva. Bonita como sempre. Para ser franco, essa era a minha razão especial para querer encontrar Bernie. Eu pensei que eles poderiam se reconciliar. Mas é claro que isso não faz mais o menor sentido. Não importa. A esposa que Bernie escolheu é boa o bastante para mim. É o meu garoto que eu quero. Acha que ele voltará em breve?

– Não sei. Mas não creio que ele venha antes do anoitecer. Bem tarde, talvez. E talvez só amanhã. Mas eu posso instalá-lo confortavelmente. Ele com certeza voltará amanhã.

O doutor Redfern sacudiu a cabeça.

– Muito úmido. Não vou me arriscar com o reumatismo.

"Por que sofrer essa incessante angústia? Por que não experimentar o Unguento de Redfern?", citou o diabinho na mente de Valancy.

– Preciso voltar para Port Lawrence antes que a chuva comece. Henry fica muito bravo quando entra lama no carro. Mas voltarei amanhã. Enquanto isso, tente convencer Bernie a criar juízo.

Ele apertou a mão dela e lhe deu um tapinha bondoso no ombro. Ele deu a impressão de que a teria beijado, com um pouco de incentivo, mas Valancy não fez isso. Não que ela houvesse se importado. Ele era muito intimidante, ruidoso e... e... intimidante. Mas havia algo nele que lhe agradava. Ela pensou, estupidamente, que teria gostado de ser sua nora se ele não fosse um milionário. E Barney era seu filho... e herdeiro.

Ela o levou de volta no barco a motor e observou o nobre carro roxo rodar pela floresta com Henry ao volante, procurando algum consolo naquela atribulação. Então ela voltou ao Castelo Azul. O que ela tinha de fazer deveria ser feito com rapidez. Barney *podia* voltar a qualquer momento. E decerto iria chover. Ela estava grata por não se sentir mais tão mal. Quando se apanha repetidamente, é natural e misericordioso que você se torne mais ou menos insensível e estúpido.

Ela ficou algum tempo em frente à lareira, como uma flor esmaecida queimada pelo frio, olhando as cinzas brancas do último fogo que ardera no Castelo Azul.

"De qualquer forma", ela pensou, cansada, "Barney não é pobre. Ele será capaz de pagar por um divórcio. Isso é bom."

CAPÍTULO 39

Ela precisava escrever um bilhete. O diabinho em sua mente riu. Em todas as histórias que ela já havia lido, quando uma esposa fugia de casa, deixava um bilhete, geralmente na almofada de alfinetes. Não era uma ideia muito original. Mas era necessário deixar algo inteligível. O que ela poderia fazer além de escrever um bilhete? Ela olhou vagamente à sua volta, procurando algo com que escrever. Tinta? Lá não havia nenhuma. Valancy nunca escrevera algo desde que chegara ao Castelo Azul, salvo algumas listas de itens domésticos essenciais para Barney comprar. Um lápis era suficiente para eles, mas agora ela não conseguia encontrá-lo. Sem pensar, Valancy foi até a porta da Câmara do Barba Azul e tentou abri-la. Esperava vagamente encontrá-la trancada, mas ela não ofereceu resistência. Nunca havia tentado abri-la antes e não sabia se geralmente Barney a mantinha trancada ou não. Se sim, ele devia ter ficado muito transtornado para deixá-la destrancada. Ela não percebeu que estava fazendo algo que ele pediu que ela não fizesse. Estava apenas procurando algo para escrever. Todas as suas faculdades mentais estavam concentradas em decidir exatamente o que dizer e como dizê-lo. Ela não estava nem um pouco curiosa quando entrou no galpão.

O Castelo Azul

Não havia lindas mulheres penduradas pelos cabelos nas paredes. Parecia um apartamento bastante inofensivo, com um pequeno e simples fogão de chapa de ferro no meio, com o cano saindo pelo telhado. Em uma extremidade, havia uma mesa ou balcão apinhada de utensílios estranhos. Usados, sem dúvida, por Barney em suas operações fedorentas. "Experimentos químicos, provavelmente", ela refletiu, sem entusiasmo. No outro extremo, havia uma grande escrivaninha e uma cadeira giratória. As paredes laterais estavam repletas de livros.

Valancy foi cegamente até a escrivaninha. Lá ficou, imóvel por alguns minutos, olhando para algo que estava em cima dela. Um maço de provas não impressas. A página no topo era intitulada "Mel Silvestre" e, sob o título, havia as seguintes palavras: "por John Foster".

A frase de abertura era: "Pinheiros são as árvores do mito e da lenda. Eles fincam profundamente as suas raízes nas tradições de um mundo mais antigo, contudo o vento e as estrelas amam seus altivos topos. Pode-se ouvir a música do velho *Aeolus* retesar seu arco através dos ramos dos pinheiros". Ela ouvira Barney dizê-la um dia, quando eles caminhavam debaixo deles.

Então Barney era John Foster!

Valancy não ficou entusiasmada. Ela havia absorvido todos os choques e sensações que poderia administrar por um dia. Isso não a afetou de maneira alguma. Ela apenas pensou "Então isso explica tudo".

"Tudo" era uma pequena questão que, de algum modo, permanecera em sua mente com mais persistência do que sua importância parecia justificar. Logo após Barney lhe trazer o último livro de John Foster, ela estivera em uma livraria de Port Lawrence e ouviu um cliente pedir ao proprietário o novo livro de John Foster. O proprietário disse secamente: "Ainda não saiu. Só na próxima semana".

Valancy abrira a boca para dizer "Oh, mas já saiu", mas a fechou de novo. Afinal, não era da conta dela. Ela supôs que o proprietário queria encobrir sua negligência em não adquirir prontamente o livro. Agora ela sabia. O livro que Barney lhe dera fora uma das cópias do autor, enviadas com antecedência.

Bem! Valancy afastou as provas com indiferença e sentou-se na cadeira giratória. Ela pegou a caneta de Barney - e quão vil ela lhe pareceu -, puxou uma folha de papel e começou a escrever. Não conseguiu pensar em nada para dizer, exceto em fatos concretos.

"*Querido Barney:*

Fui ao doutor Trent nesta manhã e descobri que ele havia me mandado a carta errada por engano. Nunca houve algo sério com o meu coração, e estou muito bem de saúde agora.

Eu não quis enganar você. Por favor, acredite em mim. Eu não vou suportar se você não acreditar. Sinto muito pelo engano. Mas certamente você pode obter um divórcio se eu o deixar. Abandono é motivo de divórcio no Canadá? É claro que, se houver algo que eu possa fazer para ajudar ou apressar o processo, farei com prazer se seu advogado me informar.

Agradeço toda a sua bondade comigo. Nunca vou esquecê-la. Pense com bondade em mim, se conseguir, pois eu nunca tive a intenção de prendê-lo em uma armadilha. Adeus.

Atenciosamente,

Valancy"

Foi uma carta muito fria e formal, ela sabia disso. Mas tentar dizer qualquer outra coisa seria perigoso como libertar uma barragem. Ela não sabia que torrente de selvagens incoerências e apaixonadas angústias poderiam fluir. Ela acrescentou um PS:

"*Seu pai esteve aqui hoje. Ele voltará amanhã. Ele me contou tudo. Acho que você deveria voltar para ele. Ele está muito solitário sem você*".

Ela colocou a carta em um envelope, escreveu "Barney" nele e deixou-o na escrivaninha. Em cima, colocou o colar de pérolas. Se fossem as contas falsas que ela acreditava ser, ela o teria guardado como lembrança daquele ano maravilhoso. Mas ela não podia guardar o presente de quinze mil dólares de um homem que se casou com ela por pena e que agora ela abandonava. Doía-lhe *desistir* de sua linda bugiganga. "Que coisa estranha", ela refletiu. O fato de estar abandonando Barney não lhe doía... ainda. Jazia em seu coração como algo morto, inconsciente. Se ganhasse vida... Valancy estremeceu e saiu.

Ela colocou o chapéu e alimentou mecanicamente Sortudo e Banjo. Ela trancou a porta e escondeu com cuidado a chave no velho pinheiro. Então ela cruzou até o continente no velho barco a motor. Parou por um momento na margem, olhando para o seu Castelo Azul. A chuva ainda não havia chegado, mas o céu escureceu, e o Mistawis estava cinza e sombrio. A casinha sob os pinheiros parecia bastante patética: um cofre desprovido de suas joias, uma lamparina com a chama assoprada.

"Nunca mais ouvirei o lamento do vento sobre o Mistawis à noite", pensou Valancy. Isso lhe doeu também. Ela poderia ter rido por pensar que tal ninharia fosse capaz de entristecê-la em um momento como aquele.

CAPÍTULO 40

Valancy parou um momento na varanda da casa de tijolos na Elm Street. Ela sentiu que deveria bater como uma estranha. Sua roseira, ela observou vagamente, estava carregada de botões. A planta da borracha estava ao lado da decorosa porta. Um horror momentâneo abateu-se sobre ela, um horror da existência à qual ela retornava. Então ela abriu a porta e entrou.

"Gostaria de saber se o Filho Pródigo se sentiu realmente em casa quando voltou", pensou ela.

A senhora Frederick e a prima Stickles estavam na sala de estar. Tio Benjamin também estava lá. Eles olharam inexpressivamente para Valancy, percebendo de imediato que algo estava errado. Essa não era a moça atrevida, insolente que havia rido deles naquele mesmo aposento no verão passado. Esta mulher tinha o rosto triste e os olhos de uma criatura que fora atingida por um golpe mortal.

Valancy olhou com indiferença pela sala à sua volta. Ela havia mudado tanto... e a sala mudara tão pouco. Os mesmos retratos pendurados nas paredes. A pequena órfã ajoelhada em interminável oração ao lado da sua cama, onde repousava o gatinho preto que jamais cresceria e se tornaria um gato. A cinzenta "gravura de aço" de Quatre Bras[17], na qual o regimento britânico parecia sempre distante. A imagem amplificada a pastel do pai-menino que ela nunca conhecera. Lá estavam eles nos mesmos lugares. A cascata verde da planta "judeu-errante" ainda transbordava da velha caçarola de granito encostada à janela. O mesmo jarro elaborado, nunca usado, permanecia no mesmo ângulo da prateleira do aparador. Os vasos azuis e dourados que estiveram entre os presentes de casamento de sua mãe ainda adornavam afetadamente a cornija da lareira, flanqueando o relógio e as louças de porcelana chinesa manchada que nunca haviam saído do lugar. As cadeiras exatamente nos mesmos lugares. A mãe e a prima Stickles, igualmente inalteradas, encararam-na com pétreo desagrado.

Valancy teve de falar primeiro.

– Voltei para casa, mãe – disse ela, cansada.

– Estou vendo. – A voz da senhora Frederick era glacial. Ela havia se resignado à deserção de Valancy. Quase conseguira esquecer que existia uma Valancy. Ela havia rearranjado e organizado sua vida sistemática sem nenhuma referência a uma filha ingrata e rebelde. Assumira novamente seu lugar em uma sociedade que ignorava o fato de que ela já tivera uma filha e sentia pena dela, se é que sentia mesmo, à parte e em sussurros discretos. A pura verdade era que, àquela altura, a senhora Frederick não queria que Valancy voltasse; nunca mais queria vê-la ou ouvir falar dela outra vez.

E agora, é claro, Valancy estava ali. Visivelmente trazendo consigo um rastro de tragédia, desgraça e escândalo.

– Entendo – disse a senhora Frederick. – Posso perguntar por quê?

– Porque eu não vou morrer – disse Valancy, com voz rouca.

– Meu bom Deus! – disse tio Benjamin. – Quem disse que você iria morrer?

---

[17] A Batalha de Quatre Bras (1815) colocou frente a frente os contingentes anglo-aliados com a ala esquerda do Exército francês, próximo a Quatre Bras, na atual Bélgica, poucos dias antes da decisiva Batalha de Waterloo. (N.T.)

– Suponho... – disse a prima Stickles, petulantemente. A prima Stickles também não queria que Valancy voltasse. – Suponho que você descobriu que ele tem outra esposa, como sabíamos o tempo todo.

– Não. Seria bom se fosse isso – disse Valancy. Ela não estava sofrendo em particular, mas estava muito cansada. Se pelo menos as explicações já houvessem acabado e ela estivesse no andar de cima, em seu velho e feio quarto, sozinha... completamente sozinha! O barulho das contas nas mangas de sua mãe, quando batiam nos braços da cadeira de junco, quase a deixou louca. Nada mais a preocupava; mas de repente parecia que ela simplesmente não podia mais suportar aquele barulhinho fraco, insistente.

– Minha casa, como eu disse, está sempre aberta a você – disse a senhora Frederick, duramente. – Mas jamais a poderei perdoar.

Valancy deu uma risada triste.

– Isso não me importaria muito se eu pudesse apenas perdoar a mim mesma – disse ela.

– Vamos, vamos – disse tio Benjamin, impaciente, mas se divertindo bastante com a situação. Ele sentiu que Valancy estava novamente em suas mãos. – Já tivemos o bastante de mistério por hoje. O que aconteceu? Por que você deixou aquele sujeito? Sem dúvida, há motivos suficientes. Mas que motivo específico é esse?

Valancy começou a falar mecanicamente. Ela contou sua história de maneira aberta, sem rodeios.

– Há um ano, o doutor Trent me disse que eu tinha angina e não duraria muito. Eu queria viver... um pouco... antes de morrer. Por isso fui embora. Por isso me casei com Barney. E agora descobri que foi tudo um engano. Nada há de errado com meu coração. Eu vou viver, mas Barney só se casou comigo por pena. Então eu tenho de deixá-lo livre.

– Santo Deus! – disse tio Benjamin. A prima Stickles começou a chorar.

– Valancy, se você tivesse confiado em sua mãe...

– Sim, sim, eu sei – disse Valancy, impaciente. – De que adianta falar nisso agora? Não posso desfazer este ano. Deus sabe que eu gostaria. Eu enganei Barney para que ele se casasse comigo. E, na verdade, ele é Bernard Redfern, o filho do doutor Redfern, de Montreal. E o pai dele quer que ele volte para casa com ele.

Tio Benjamin emitiu um som estranho. A prima Stickles afastou dos olhos seu lenço de bordas pretas e encarou Valancy. Um brilho esquisito surgiu de repente nos cinzentos globos de pedra da senhora Frederick.

– Doutor Redfern não é o homem das pílulas roxas? – perguntou ela.

Valancy assentiu.

– Ele é John Foster também, o escritor daqueles livros sobre a natureza.

– Mas... mas... – a senhora Frederick estava visivelmente agitada, embora não por saber que ela era a sogra de John Foster. – *O doutor Redfern é um milionário!*

Tio Benjamin fechou a boca com um estalo.

– Muito mais do que isso – ele disse.

Valancy assentiu.

– Sim. Barney saiu de casa anos atrás por causa de alguns problemas, alguns desapontamentos. Agora provavelmente ele voltará. Então, sabem, eu tive que voltar para casa. Ele não me ama. Não posso mantê-lo preso a um casamento enganoso.

Tio Benjamin pareceu incrivelmente astuto.

– Ele disse isso? Ele quer se livrar de você?

– Não. Eu não o vi desde que descobri. Mas eu lhe digo: ele só se casou comigo por pena, porque pedi a ele, porque pensou que seria apenas por pouco tempo.

A senhora Frederick e a prima Stickles fizeram menção de falar, mas o tio Benjamin acenou para elas e franziu o cenho portentosamente.

"Deixe-*me* lidar com isso", os acenos e a testa franzida pareciam dizer. E para Valancy:

– Bem, bem, querida, falaremos sobre isso mais tarde. Veja bem, nós ainda não compreendemos tudo corretamente. Como diz a prima Stickles, você deveria ter confiado em nós. Mais tarde, ouso dizer que encontraremos uma saída para a situação.

– Você acha que Barney pode conseguir facilmente o divórcio, não é? – perguntou Valancy, ansiosa.

Tio Benjamin silenciou com outro aceno a exclamação de horror que ele sabia estar prestes a sair dos lábios trêmulos da senhora Frederick.

– Confie em mim, Valancy. Tudo vai se arranjar. Diga-me, Dossie: você foi feliz lá em cima? O Snai... o senhor Redfern foi bom para você?

– Tenho sido muito feliz, e o Barney foi muito bom para mim – disse Valancy, como se recitasse uma lição.

– Então não se preocupe, menina. – Quão incrivelmente paternal o tio Benjamin soava! – Sua família estará a seu lado. Vamos ver o que pode ser feito.

– Obrigada – disse Valancy, estupidamente. De fato, era muito decente da parte de tio Benjamin. – Posso subir e me deitar um pouco? Estou cansada.

– É claro que está cansada. – Tio Benjamin deu-lhe um delicado, muito delicado, tapinha nas mãos. – Completamente esgotada e nervosa. Vá e deite-se, é o melhor a fazer. Você verá as coisas sob uma luz bem diferente após uma boa noite de sono.

Ele abriu a porta e segurou-a. Enquanto ela passava, ele sussurrou:

– Qual é a melhor maneira de garantir o amor de um homem?

Valancy sorriu de modo fraco. Mas ela tinha voltado à velha vida, aos velhos grilhões.

– Qual? – perguntou ela, com a humildade de antigamente.

– Não o retribuir – disse tio Benjamin com uma risadinha. Ele fechou a porta e esfregou as mãos. Assentiu e sorriu misteriosamente, enquanto andava pela sala.

– Coitadinha da pequena Doss! – disse ele, pesarosamente.

–Você realmente acha que Snaith pode ser o filho do doutor Redfern? – suspirou a senhora Frederick.

– Não vejo razão para duvidar. Ela diz que o doutor Redfern esteve lá. Ora, o homem é rico como Creso. Amelia, eu sempre acreditei que havia mais em Doss do que a maioria das pessoas pensava. Você a oprimia demais, sempre a reprimiu. Ela nunca teve a chance de mostrar o seu melhor. E agora ela arrumou um milionário como marido.

– Mas ele... ele... – hesitou a senhora Frederick. – Eu ouvi histórias terríveis sobre ele.

– Tudo fofoca e invenção. Tudo fofoca e invenção. Sempre foi um mistério para mim o fato de as pessoas estarem tão prontas a inventar e fazer circular calúnias sobre outras pessoas das quais não sabem absolutamente nada. Não consigo entender por que você presta tanta atenção a fofocas e suposições. Só porque ele escolheu não se misturar com todo mundo, as pessoas se ressentem. Fiquei surpreso em ver que sujeito decente ele parecia ser naquela vez em que ele entrou na minha loja com Valancy. Desconsiderei todas as histórias naquele momento.

– Mas uma vez ele foi visto caindo de bêbado em Port Lawrence – disse a prima Stickles, de modo incerto, ainda que parecesse bastante disposta a se convencer do contrário.

– Quem o viu? – exigiu saber tio Benjamin, truculento. – Quem o viu? O velho Jemmy Strang *disse* que o viu. Eu não acreditaria no que o velho Jemmy Strang diz nem sob juramento. Ele mesmo está quase sempre embriagado para enxergar direito. Ele disse que o viu deitado bêbado em um banco no parque. Tsc! Redfern dormindo ali. Até parece.

– Mas e as roupas dele? E aquele carro velho horroroso? – disse a senhora Frederick, incerta.

– Excentricidades de um gênio – declarou o tio Benjamin. – Você ouviu Doss dizer que ele é John Foster. Eu não conheço muito de literatura, mas ouvi um palestrante de Toronto dizer que os livros de John Foster puseram o Canadá no mapa literário do mundo.

– Suponho que devamos perdoá-la – cedeu a senhora Frederick.

– Perdoá-la! – tio Benjamin bufou. De fato, Amelia era uma mulher incrivelmente estúpida. Não era de admirar que a pobre Doss tenha se cansado de viver com ela. – Bem, sim, creio que é melhor perdoá-la! A questão é se Snaith vai nos perdoar!

– E se ela insistir em deixá-lo? Você não tem ideia de quão teimosa ela pode ser – disse a senhora Frederick.

– Deixe tudo comigo, Amelia. Deixe tudo comigo. Vocês, mulheres, já atrapalharam demais. Fizeram uma completa bagunça com esse caso, do começo ao fim. Se você tivesse se dado ao trabalho anos atrás, Amelia, ela não teria fugido irrefletidamente como fez. Apenas deixe-a em paz. Não a incomode com conselhos ou perguntas até que ela esteja pronta para conversar. Evidentemente, ela fugiu em pânico porque teme que ele se zangue com ela por tê-lo enganado. É um absurdo que o doutor Trent tenha lhe contado essa lorota! Isso é que dá ir a um médico desconhecido. Bem, bem, não é culpa dela. Não devemos julgá-la muito severamente, pobre criança. Redfern virá buscá-la. Se não vier, vou caçá-lo e teremos uma conversa de homem para homem. Ele pode ser um milionário, mas Valancy é uma Stirling. Ele não a pode renegar só porque ela se enganou sobre sua doença cardíaca. Não é provável que ele queira fazer isso. Doss está um pouco nervosa. Céus, preciso me habituar a chamá-la de Valancy. Ela não é mais um bebê. Agora, lembre-se, Amelia: seja muito amável e compreensiva.

Era muita coisa esperar que a senhora Frederick fosse amável e compreensiva. Mas ela deu o melhor de si. Quando o jantar estava pronto, ela subiu e perguntou a Valancy se ela não gostaria de uma xícara de chá. Valancy, deitada em sua cama, recusou. Ela só queria ficar sozinha por um tempo. A senhora Frederick a deixou em paz. Ela nem sequer lembrou a Valancy que aquela situação era o resultado de sua própria falta de respeito e obediência filial. Não se podia dizer essas coisas à noiva de um milionário.

CAPÍTULO 41

Valancy olhou apaticamente para seu antigo quarto. Ele também estava tão igual que parecia quase impossível acreditar nas mudanças que tinham acontecido com ela desde a última vez em que dormira nele. Parecia, de algum modo, indecente que ele permanecesse tão fiel ao que era antes. Lá estava a rainha Louise descendo eternamente a escadaria, e ninguém tinha deixado o filhote abandonado na chuva entrar. Lá estavam a persiana de papel roxa e o espelho esverdeado. Lá fora, a velha loja de carruagens com seus anúncios espalhafatosos. E, adiante, a estação com os mesmos desvalidos e garotas petulantes flertando.

Aqui sua antiga vida esperava por ela, como um ogro sombrio que passava o tempo comendo costeletas. Um horror monstruoso apossou-se subitamente dela. Quando a noite chegou e ela se despiu e deitou-se na cama, o misericordioso torpor passou, e ela ficou na cama, angustiada, pensando em sua ilha sob as estrelas. As fogueiras, todas as suas pequenas e particulares piadas, máximas e frases feitas, seus lindos gatos peludos, as luzes cintilantes nas encantadoras ilhas, as canoas deslizando pelo Mistawis na magia da manhã, bétulas brancas brilhando entre os abetos escuros como belos corpos de mulheres, invernos nevados e crepúsculos vermelho-rosados, lagos bêbados de luar, todas as alegrias do seu paraíso perdido. Ela não se permitiu pensar em Barney. Somente em coisas menores. Não suportaria pensar em Barney.

Então, inevitavelmente, ela pensou nele. Ela ansiava por ele. Queria os braços dele em volta dela, o rosto dele contra o dela, os sussurros dele em seu ouvido. Ela lembrou-se de todos os seus olhares calorosos, gracejos e suas brincadeiras, seus pequenos elogios, suas carícias. Ela contou todos eles como uma mulher contaria suas joias – não esquecia nenhum, desde o primeiro dia em que se conheceram. Essas memórias eram tudo o que ela podia ter agora. Ela fechou os olhos e rezou.

"Deixe-me lembrar de cada um deles, Deus! Que eu nunca os esqueça!"

No entanto, seria melhor esquecer. Essa agonia de saudade e solidão não seria tão terrível se ela pudesse esquecer. E Ethel Traverse... Essa bruxa glamourosa com sua pele branca, seus olhos negros e seus cabelos brilhantes. A mulher que Barney amara. A mulher a quem ele ainda amava. Ele não lhe disse que nunca mudava de ideia? Que esperava por ele em Montreal. Que era a esposa certa para um homem rico e famoso. Barney se casaria com ela, é claro, quando se divorciasse. Como Valancy a odiava! E a invejava! Barney havia dito "eu amo você" para *ela*. Valancy se perguntou em que tom Barney diria "eu amo você", como seus olhos azul-escuros ficariam quando ele dissesse isso. Ethel Traverse sabia. Valancy a odiava por isso – odiava e invejava.

"Ela jamais terá aquelas horas no Castelo Azul. Elas são *minhas*", pensou Valancy, selvagemente. Ethel nunca faria geleia de morango ou dançaria ao som do violino do velho Abel ou fritaria bacon para Barney em uma fogueira. Ela jamais iria à pequena cabana no Mistawis.

O que Barney estava fazendo, pensando, sentindo agora? Será que ele havia chegado em casa e encontrado a carta dela? Ainda estava bravo com ela? Ou sentia um pouco de pena? Estava deitado na cama deles, fitando o tempestuoso Mistawis e escutando a chuva escorrer pelo telhado? Ou ainda vagava pela floresta, furioso com a terrível situação em que se encontrava? Será que ele a odiava? O sofrimento a dominou e a torceu como um grande gigante impiedoso. Ela se levantou e andou pelo quarto. Nunca chegaria o fim daquela noite hedionda? E, no entanto, o que a manhã poderia lhe trazer? A velha vida, sem a velha estagnação que era, pelo menos, suportável. A velha vida com as novas memórias, os novos anseios, a nova angústia.

– Ah, por que eu não posso morrer? – gemeu Valancy.

CAPÍTULO 42

Somente no início da tarde do dia seguinte o carro velho horroroso chegou tinindo na Elm Street e parou em frente à casa de tijolos. Um homem sem chapéu saltou dele e subiu correndo os degraus. A campainha tocou como nunca havia tocado antes – veementemente, intensamente. Ela estava exigindo a entrada, não pedindo. Tio Benjamin deu uma risadinha, enquanto se apressava em abrir porta. Tio Benjamin havia "dado uma passada" apenas para perguntar como estava a querida Doss, a querida Valancy. A querida Doss, Valancy, ele fora informado, não havia mudado. Ela descera para tomar o desjejum – que ela não comeu –, voltou para o quarto, desceu para o jantar – que ela não comeu –, voltou para o quarto. Isso foi tudo. Ela não havia conversado. E ela foi deixada, gentilmente, consideravelmente, em paz.

– Muito bom. Redfern estará aqui hoje – disse o tio Benjamin. E então a reputação de tio Benjamin como profeta estava instituída. Redfern estava ali, sem sombra de dúvida.

– Minha esposa está aqui? – exigiu ele do tio Benjamin, sem preâmbulos.

Tio Benjamin sorriu expressivamente.

— Senhor Redfern, eu presumo? Muito prazer em conhecê-lo, senhor. Sim, aquela sua mocinha desobediente está aqui. Nós estivemos...

Barney interrompeu o tio Benjamin de modo impiedoso:

— Eu preciso vê-la.

— Certamente, senhor Redfern. Por favor, entre. Valancy descerá em um minuto.

Ele conduziu Barney até a sala de visitas e dirigiu-se logo à senhora Frederick.

— Suba e diga a Valancy para descer. O marido dela está aqui.

Mas o tio Benjamin estava tão em dúvida se Valancy realmente desceria em um minuto, se é que ela desceria, que ele seguiu a senhora Frederick, subindo a escada na ponta dos pés e escutando a conversa do corredor.

— Valancy, querida — disse a senhora Frederick, com ternura —, seu marido está na sala de visitas, perguntando por você.

— Ah, mãe... — Valancy levantou-se da janela e torceu as mãos. — Eu não posso vê-lo. Não posso! Diga-lhe para ir embora. *Peça* que ele vá embora. Eu não posso vê-lo!

— Diga a ela — sussurrou o tio Benjamin, pelo buraco da fechadura — que Redfern disse que não vai embora até *vê-la*.

Redfern não tinha dito nada do tipo, mas o tio Benjamin achou que ele era esse tipo de sujeito. Valancy sabia que ele era. Ela compreendeu que teria de descer e falar com ele pela última vez.

Ela nem olhou para o tio Benjamin quando passou por ele no patamar. Tio Benjamin não se importou. Esfregando as mãos e rindo, ele retirou-se para a cozinha e indagou cordialmente à prima Stickles:

— Por que os maridos são como pão?

A prima Stickles perguntou o porquê.

— Porque as mulheres gostam de sová-los — sorriu o tio Benjamin.

Valancy estava tudo, menos bonita, quando entrou na sala de visitas. Sua noite em claro tinha causado uma grande devastação em seu rosto. Ela usava um feio vestido de algodão listrado marrom e azul, tendo deixado todos os seus belos vestidos no Castelo Azul. Mas Barney atravessou a sala e a tomou nos braços.

— Valancy, querida... Ah, sua tolinha! O que deu em você para fugir daquele jeito? Quando cheguei em casa ontem à noite e encontrei sua carta, fiquei completamente louco. Era meia-noite. Eu soube que era tarde demais para vir aqui. Eu andei pela sala a noite toda. Então, nesta manhã, meu pai chegou, e eu só consegui escapar agora. Valancy, o que deu em você? Divórcio, abandono! Você não sabe que...

— Eu sei que você só casou comigo por pena — disse Valancy, empurrando-o para longe febrilmente. — Eu sei que você não me ama. Eu sei...

— Você tem ficado acordada até as três da madrugada por muito tempo — disse Barney, sacudindo-a. — E esse é seu único problema. Amar você! Ah, como se eu não a amasse! Minha garota, quando eu vi aquele trem se aproximar, eu soube que a amava!

— Ah, eu tive medo de que você tentasse me fazer pensar que se importava comigo — exclamou Valancy, apaixonada. — Não... Não! Eu sei tudo sobre Ethel Traverse. Seu pai me contou tudo. Ah, Barney, não me torture! Eu não posso voltar para você!

Barney soltou-a e olhou para ela por um momento. Algo no seu rosto pálido e resoluto expressou mais convincentemente do que palavras a sua determinação.

— Valancy — disse ele com calma. — Meu pai não poderia ter lhe contado tudo porque ele não sabia de tudo. Você *me* permite contar tudo?

— Sim — disse Valancy, cansada. Oh, como ele era querido! Como ela ansiava por atirar-se nos braços dele! Quando ele a guiou gentilmente até uma cadeira, ela poderia ter beijado as mãos esguias e morenas que tocaram seus braços. Ela não ergueu a cabeça enquanto ele estava diante dela. Ela não ousava encontrar os olhos dele. Pelo bem dele, ela precisava ser corajosa. Ela o conhecia. Ele era bondoso, altruísta. É claro que fingiria não querer sua liberdade. Ela deveria saber que ele tentaria isso assim que passasse o choque inicial. Ele sentia tanta pena dela... Ele entendia sua terrível posição. Quando ele deixou de compreendê-la? Mas ela nunca aceitaria seu sacrifício. Nunca!

– Você conheceu meu pai e sabe que sou Bernard Redfern. E suponho que você adivinhou que eu sou John Foster, já que entrou na Câmara do Barba Azul.

– Sim. Mas eu não entrei por curiosidade. Esqueci que você tinha me dito para não entrar. Eu esqueci.

– Não importa. Não vou matá-la e pendurá-la na parede, então não há necessidade de se justificar. Eu só vou lhe contar minha história desde o começo. Voltei ontem à noite com a intenção de fazê-lo. Sim, eu sou filho do velho Doc Redfern, o dos famosos xaropes e pílulas roxas. Ah, e eu não sei? Acha que não esfregaram isso na minha cara por anos?

Barney riu amargamente e andou para lá e para cá pela sala algumas vezes. Tio Benjamin, indo na ponta dos pés até o corredor, escutou a risada e franziu a testa. Decerto Doss não seria uma tola teimosa. Barney atirou-se em uma cadeira diante de Valancy.

– Sim. Desde que me lembro, sou filho de um milionário. Mas, quando eu nasci, meu pai não era milionário. Nem médico ele era ainda. Ele era veterinário, e não muito bom ainda por cima. Ele e minha mãe moravam em uma pequena vila no Quebec e eram abominavelmente pobres. Eu não me lembro da minha mãe. Nem uma foto dela eu tenho. Ela morreu quando eu tinha dois anos de idade. Ela era quinze anos mais nova que meu pai. Era uma jovem professora de escola. Quando ela morreu, meu pai se mudou para Montreal e formou uma empresa para vender seu tônico capilar. Ele sonhou com a receita certa noite, ao que parece. Bem, deu certo. O dinheiro começou a entrar. Papai inventou, ou sonhou, as outras coisas também: pílulas, xaropes, unguentos, e assim por diante. Ele era milionário quando eu tinha dez anos e tinha uma casa tão grande que um rapazinho como eu sempre se sentia perdido nela. Eu tinha todos os brinquedos que um garoto poderia desejar e era o diabinho mais solitário do mundo. Lembro-me de um único dia feliz na minha infância, Valancy. Um único dia. Até você conseguiu mais do que isso. Meu pai tinha ido visitar um velho amigo no interior e me levou junto. Deixaram-me à vontade no curral, e eu passei o dia inteiro martelando pregos em um bloco de madeira. Foi um dia glorioso. Quando eu tive que voltar para o meu quarto cheio de brinquedos, na grande casa em Montreal, eu chorei. Mas não contei ao papai o motivo. Eu nunca disse nada a ele. Sempre foi difícil para mim dizer as coisas, Valancy. Qualquer coisa que fosse profunda. E a maior parte das coisas era profunda no meu coração. Eu era uma criança sensível e fiquei ainda mais sensível quando cresci. Ninguém nunca soube o que eu sofri. Meu pai não fazia a menor ideia.

– Quando ele me mandou para uma escola particular, eu tinha apenas onze anos. Os meninos me mergulharam no tanque de água e só me tiraram de lá quando eu concordei em subir em uma mesa e ler em voz alta todos os anúncios das abomináveis patentes do meu pai. Eu fiz isso na época. – Barney cerrou os punhos. – Eu estava com medo e meio afogado, e o mundo em que eu vivia estava contra mim. Mas, quando eu fui para a faculdade e os veteranos tentaram fazer o mesmo truque, eu não cedi. – Barney sorriu sombriamente. – Eles não conseguiram me obrigar. Mas eles podiam e conseguiram tornar a minha vida um inferno. Eu não queria nem ouvir falar daqueles comprimidos, dos xaropes e do tônico capilar. "Agite antes de usar" era meu apelido. Como você pode ver, eu sempre tive bastante cabelo. Meus quatro anos de faculdade foram um pesadelo. Você sabe, ou não, que os garotos se transformam em bestas impiedosas quando têm uma vítima como eu. Eu tinha poucos amigos. Havia sempre uma barreira entre mim e o tipo de gente com quem eu me importava. E, quanto ao outro tipo, o que estava mais do que disposto a ser íntimo do filho do velho e rico Doc Redfern, bem... eu não ligava para eles. Mas eu tinha um amigo... ou pensei que tinha. Um camarada esperto, estudioso, metido a escritor.

Esse era um vínculo entre nós. Eu tinha algumas aspirações secretas nesse sentido. Ele era mais velho do que eu, e eu o admirava e idolatrava. Por um ano, eu fui mais feliz do que jamais estive. E então, um esboço cômico saiu na revista da faculdade; uma coisa mordaz, ridicularizando os remédios do meu pai. Os nomes tinham sido mudados, é claro, mas todo mundo sabia a quem ele se referia. Ah, era inteligente, diabolicamente inteligente, e engraçado. Todos na McGill rolaram de rir com ele. Eu descobri que *ele* tinha escrito aquilo.

– Oh, foi ele mesmo? – Os olhos baços de Valancy arderam de indignação com o ocorrido.

– Sim. Ele admitiu quando perguntei a ele. Disse que, para ele, uma boa ideia valia sempre mais que um amigo. E acrescentou, em um impulso gratuito: "Sabe, Redfern, há algumas coisas que o dinheiro não pode comprar. Por exemplo, não vai lhe comprar um avô". Bem, foi um duro golpe. Eu era jovem o bastante para ficar arrasado. E aquilo destruiu boa parte dos meus ideais e ilusões, o que foi a pior parte de tudo. Eu me transformei em um jovem misantropo depois disso. Não queria ser amigo de ninguém. E então, um ano após concluir a faculdade, eu conheci Ethel Traverse.

Valancy estremeceu. Barney, com as mãos enfiadas nos bolsos, olhava taciturnamente para o chão e não percebeu.

– Meu pai lhe contou sobre ela, eu suponho. Ela era muito bonita. E eu a amava. Ah, sim, eu a amava. Não vou negar ou menosprezar isso agora. Foi o primeiro amor ardente de um jovem solitário e romântico, e foi muito real. E eu achei que ela me amava. Fui tolo o bastante para acreditar nisso. Fiquei loucamente feliz quando ela prometeu se casar comigo. Por alguns meses. E então eu descobri que não era recíproco. Em certa ocasião e apenas por um momento, acabei bisbilhotando sem querer uma conversa particular. Esse momento foi o bastante. O proverbial destino dos bisbilhoteiros se apossou de mim. Uma amiga dela perguntou como ela podia aguentar o filho do doutor Redfern e seus antecedentes antes da patente de remédios.

– O dinheiro dele vai dourar as pílulas e adoçar aquele xarope amargo – disse Ethel, com uma risada. – Mamãe disse para agarrá-lo se eu pudesse. Estamos falidos. Mas ah! Sinto cheiro de terebintina sempre que ele se aproxima de mim.

– Oh, Barney! – exclamou Valancy, com o coração apertado de pena. Ela havia esquecido de si mesma e estava cheia de compaixão por Barney e furiosa com Ethel Traverse. – Como ela se atreveu?

– Bem... – Barney levantou-se e começou a andar pela sala. – Isso acabou comigo. Completamente. Deixei a civilização e aquelas malditas substâncias para trás e fui para o Yukon. Durante cinco anos, eu vaguei pelo mundo, por todos os tipos de lugares estranhos. Ganhava o bastante para sobreviver. Eu não tocaria em um centavo do dinheiro do meu pai. Então um dia eu constatei o fato de que não dava mais a mínima para Ethel, de um jeito ou de outro. Ela era alguém que eu conheci em outro mundo, e isso era tudo. Mas eu não tinha nenhum desejo de voltar à velha vida. Ela não era para mim. Eu estava livre e pretendia continuar assim. Eu vim para Mistawis e vi a ilha de Tom MacMurray. Meu primeiro livro tinha sido publicado no ano anterior e fez sucesso. Eu tinha um pouco do dinheiro dos meus direitos autorais. E comprei a minha ilha. Mas eu mantive distância das pessoas. Eu não confiava em ninguém. Não acreditava que existisse algo como amizade verdadeira ou amor verdadeiro no mundo. Não para mim, pelo menos, o filho das Pílulas Roxas. Eu costumava me deleitar com todas as histórias malucas que contavam de mim. De fato, receio ter sugerido algumas delas. Eu fazia misteriosas observações que as pessoas interpretavam à luz de seus próprios preconceitos. Então, você apareceu. Eu *tinha* que acreditar que você me amava, realmente *me* amava, não os milhões do meu pai. Não havia outra razão para você querer se casar com um pobre-diabo como eu, sem um tostão furado e com essa suposta reputação. E eu tive pena de você. Ah, sim, eu não nego que me casei com você por pena. E então eu descobri que você era a melhor, mais alegre e querida amiga e companheira que um sujeito poderia querer. Engraçada, leal, doce. Você me fez acreditar novamente na veracidade da amizade e do amor. O mundo pareceu bom de novo só porque você estava nele, querida. Eu estaria disposto a viver eternamente daquele jeito. Eu soube disso na noite em que cheguei em casa e vi a luz de casa brilhando a distância pela primeira vez. E eu sabia que você estava lá me esperando. Depois de viver sem casa por toda a minha vida, era maravilhoso ter um lar. Voltar para casa faminto à noite e saber que havia um bom jantar e um fogo acolhedor... e você. Mas eu não sabia o que você realmente significava para mim até aquele momento no trilho. Então veio como um relâmpago. Eu sabia que não poderia viver sem você. Sabia que, se eu não conseguisse soltá-la a tempo, teria que morrer com você. Admito que isso me derrubou... me deixou atordoado. Não consegui aceitar essa ideia por um tempo. Por isso agi como uma mula. Mas o que fez com que eu me isolasse na floresta foi o horrível pensamento de que você ia morrer. Eu sempre odiei pensar nisso, mas supus que não havia chance de cura, então afastei isso da minha mente. Agora eu tinha que encarar a situação. Você poderia morrer a qualquer momento, e eu não suportaria viver sem você. Quando cheguei em casa ontem à noite, estava decidido a levá-la a todos os especialistas do mundo. Tinha certeza de que havia algo a ser feito por você. Tinha certeza de que você não poderia estar tão mal quanto o doutor Trent pensava, já que os momentos que passamos na linha do trem não lhe causaram nenhum dano. E encontrei seu bilhete. E fiquei louco de felicidade. E senti um pouco de medo e pânico também, pois achei que você não se importava muito comigo, afinal tinha ido embora para se livrar de mim. Mas agora está tudo bem, não é, meu amor?

Ela, Valancy, estava sendo chamada de "meu amor"?

– Não consigo acreditar que você me ama – disse ela, impotente. – Eu *sei* que você não pode me amar. De que adianta, Barney? É claro que você lamenta por mim. É claro que quer fazer o possível para arrumar essa bagunça. Mas ela não deve ser arrumada desse modo. Você não poderia sentir amor por mim... logo por mim. – Ela se levantou e apontou tragicamente para o espelho sobre a lareira. Com certeza, nem Allan Tierney poderia ver beleza no rostinho angustiado e exausto que ele refletia.

Barney não olhou para o espelho. Ele olhou para Valancy como se quisesse agarrá-la, ou vencê-la.

– Eu não amo você? Garota, você está no âmago do meu coração. Eu a guardo lá como uma joia. Não prometi que nunca mentiria para você? Eu não amo você? Eu amo você com tudo o que há de mim para amar. Coração, alma, cérebro. Cada fibra do meu corpo e da minha alma anseia pela sua doçura. Você é a única mulher do mundo para mim, Valancy.

– Você é um bom ator, Barney – disse Valancy, com um pequeno sorriso abatido.

Barney olhou para ela.

– Quer dizer que não acredita em mim ainda?

– Eu... não consigo.

– Ah, diabos! – disse Barney, violentamente.

Valancy olhou para cima, assustada. Ela nunca tinha visto *aquele* Barney. Praguejando! Olhos negros de raiva. Lábios desdenhosos. O rosto lívido de um morto.

– Você não quer acreditar – disse Barney, com sua voz suave como seda, no auge de sua ira. – Está cansada de mim. Quer desistir, quer se livrar de mim. Tem vergonha das pílulas e do unguento, assim como ela. Seu orgulho Stirling não consegue suportá-los. Estava tudo bem quando você achava que não tinha muito tempo de vida. Uma boa diversão você podia suportar. Mas uma vida inteira com o filho do velho Doc Redfern é outra coisa. Ah, eu entendo... entendo com perfeição. Eu tenho sido muito obtuso, mas agora eu entendi finalmente.

Valancy levantou-se. Ela fitou o rosto furioso de Barney. Então, subitamente, ela riu.

O Castelo Azul

– Meu querido! – disse ela. – Você disse a verdade! Você realmente me ama! Não ficaria tão furioso se não me amasse.

Barney olhou para ela por um momento. Então ele a tomou nos braços com o riso baixo do amante triunfante.

Tio Benjamin, que assistia à cena pelo buraco da fechadura, congelado de horror, de repente se descongelou e voltou, na ponta dos pés, para junto da senhora Frederick e da prima Stickles.

– Está tudo bem agora – anunciou ele, com júbilo.

Ah, querida e pequena Doss! Ele mandaria imediatamente chamar seu advogado para alterar de novo seu testamento. Doss deveria ser sua única herdeira. Ela sem dúvida era merecedora disso.

A senhora Frederick, voltando à sua cômoda crença em uma providência que a todos dominava, pegou a Bíblia da família e registrou uma inscrição em "Casamentos".

CAPÍTULO 43

— Mas, Barney — protestou Valancy, após alguns minutos —, seu pai, de algum modo, deu-me a entender que você *ainda* a amava.

— Claro que sim. Meu pai é o campeão em cometer gafes. Se souber de algo que é melhor ser mantido em segredo, pode ter certeza de que ele vai contar a alguém. Mas ele não é má pessoa, Valancy. Você vai gostar dele.

— Eu já gosto dele.

— E o dinheiro dele não é sujo. Ele o ganhou honestamente. Os remédios dele são bastante inofensivos. Até mesmo as pílulas roxas fazem bem a muita gente quando se acredita nelas.

— Mas eu não me ajusto à sua vida — suspirou Valancy. — Eu não sou inteligente, ou bem educada, ou...

— Minha vida está em Mistawis e em todos os lugares selvagens do mundo. Eu não vou lhe pedir para viver a vida de uma mulher da sociedade. É claro, teremos que passar um pouco de tempo com meu pai. Ele é solitário e velho...

— Mas não naquela casa grande dele — implorou Valancy. — Eu não consigo viver em um palácio.

– Não pode se reduzir a isso, depois do seu Castelo Azul – sorriu Barney. – Não se preocupe, querida. Eu mesmo não poderia morar naquela casa. Ela tem uma escadaria de mármore branco com corrimões dourados e parece uma loja de móveis com as etiquetas arrancadas. No entanto, é a menina dos olhos do meu pai. Nós vamos arranjar uma casinha em algum lugar nos arredores de Montreal, no verdadeiro interior, perto o bastante para ver meu pai com frequência. Creio que nós mesmos podemos construí-la. Uma casa que você constrói para si mesmo é tão melhor do que uma de segunda mão. Mas vamos passar nossos verões em Mistawis. E os outonos viajando. Eu quero que você veja Alhambra. É o mais próximo do Castelo Azul de seus sonhos que eu posso imaginar. E tem um jardim do velho mundo, na Itália, onde eu quero lhe mostrar a lua nascendo sobre Roma através dos ciprestes.

– É mais bonito do que a lua nascendo sobre o Mistawis?

– Não é mais bonito. Mas é um tipo diferente de beleza. Existem tantos tipos de beleza. Valancy, antes deste ano, você passou toda a sua vida em meio à feiura. Você não conhece nada da beleza do mundo. Vamos escalar montanhas, caçar tesouros nos bazares de Samarcanda, procurar a magia do leste e do oeste, correr de mãos dadas até o outro lado do mundo. Eu quero lhe mostrar tudo, ver tudo novamente através de seus olhos. Garota, há um milhão de coisas que eu quero mostrar a você, fazer com você, dizer para você. Vai levar uma vida inteira. E temos que resolver a questão da pintura de Tierney, afinal.

– Você me promete uma coisa? – perguntou Valancy, solenemente.

– Qualquer coisa – disse Barney, afobadamente.

– Apenas uma coisa. Você jamais, em circunstância alguma, ou sob nenhuma provocação, deve contar que eu o pedi em casamento.

CAPÍTULO 44

Trecho da carta escrita pela senhorita Olive Stirling ao senhor Cecil Bruce:

É realmente lamentável que as loucas aventuras de Doss tenham dado certo no final. Faz com que a gente sinta que não adianta se comportar adequadamente.

Tenho certeza de que a mente dela estava desequilibrada quando ela saiu de casa. O que ela disse sobre uma pilha de terra demonstrou isso. É claro que eu acho que nunca houve algo com seu coração. Ou talvez Snaith ou Redfern, ou seja lá qual for o nome dele de verdade, tenha administrado as pílulas roxas para ela, naquela cabana de Mistawis, e curado a doença. Seria um tremendo depoimento para os registros da família, não acha?

Ele é uma criatura com uma aparência tão insignificante... Eu mencionei isso a Doss, mas tudo o que ela me disse foi: "Não gosto de homens de colarinho".

Bem, ele certamente não usa colarinho. Embora eu deva dizer que há algo de muito distinto nele, agora que cortou o cabelo e *veste roupas decentes. Eu realmente acho, Cecil, que você devia se exercitar mais. Não é bom ficar muito rechonchudo.*

Ele também afirma ser John Foster. Podemos acreditar nisso ou não. Fica a nosso critério, suponho.

O velho Doc Redfern lhes deu dois milhões de presente de casamento. É evidente que as Pílulas Roxas garantiram o pão de cada dia. Eles vão passar o outono na Itália, o inverno no Egito e cruzar a Normandia de carro e aproveitar a floração das macieiras. Não naquele carro terrível, imagino. Redfern tem um lindo carro novo.

Bem, creio que vou fugir também e desgraçar a minha reputação. Parece render bons frutos.

Tio Ben é ridículo. Tio James também. O jeito como todos agora paparicam Doss é absolutamente doentio. É um absurdo ouvir tia Amelia falar "meu genro, Bernard Redfern" e "minha filha, a senhora Bernard Redfern". Minha mãe e meu pai são tão ruins quanto eles. E ninguém vê que Valancy está apenas se divertindo à custa deles.

CAPÍTULO 45

Valancy e Barney viraram-se, sob os pinheiros do continente, no frio crepúsculo da noite de setembro, para lançar um olhar de despedida ao Castelo Azul. O Mistawis afogava-se na luz lilás do pôr do sol, incrivelmente delicado e esquivo. Nip e Tuck grasnavam preguiçosamente nos velhos pinheiros. Sortudo e Banjo miavam sem parar, em cestas separadas, no novo carro verde-escuro de Barney, a caminho da casa da prima Georgiana. Ela iria cuidar deles até Barney e Valancy voltarem. Tia Wellington, prima Sarah e tia Alberta também haviam solicitado o privilégio de cuidar deles, mas este foi concedido à prima Georgiana. Valancy estava em prantos.

– Não chore, Luar. Voltaremos no próximo verão. E agora estamos prontos para uma lua de mel de verdade.

Valancy sorriu, através das lágrimas. Ela estava tão feliz que sua felicidade a aterrorizava. No entanto, apesar dos lugares maravilhosos que ela veria – "a glória da Grécia e a grandiosidade de Roma", o fascínio do eterno Nilo, o glamour da Riviera, as mesquitas, os palácios e os minaretes –, ela sabia perfeitamente bem que nenhum local, lugar ou residência no mundo poderia ter o encanto do seu Castelo Azul.

FIM